춤추는 집 2

정석화
장편소설

춤추는 집²

네오
픽션

차례

사랑을 거래한 여자

이정국이 죽었다.

텔레비전 속에서 남자의 무덤덤한 목소리가 흘러나왔다.

경찰은 현재 호텔 측의 양해를 얻어 CCTV에 녹화된 영상을
판독 중에 있으며, 종업원들을 상대로 탐문조사도 벌이고 있습
니다. 경찰 관계자에 따르면 타살 쪽에 무게를 두고 수사가 진
행되고 있으며…….

이게 무슨 일이란 말인가? 석규는 바로 어제 이정국을 만났
다. 그의 호텔 방에서 나온 뒤 엘리베이터 앞에서 이시우를 만
났고, 잠깐 얘기를 나누고는 헤어져 엘리베이터를 탔다. 1층 로
비를 지날 때 프런트 뒤쪽에 있는 시계를 얼핏 보았는데 정확

히 7시 10분을 가리키고 있었다.

석규는 휴대폰을 눌러 인터넷을 살폈다.

이번 기사는 파티에 참석한 기자들이 직접 작성한 것들이 대부분이어서 생생하게 현장이 묘사되어 있는 점이 특이했다. 여러 개의 기사를 통해 석규는 사건에 대해 대충이나마 윤곽을 그려낼 수 있었다.

이정국의 시신이 발견된 시각은 8시쯤. 연회장에서 파티를 즐기던 사람들이 처음으로 시신을 발견했다. 파티에 참석한 사람들은 기자들을 포함하여 2백 명 정도. 눈치 빠른 기자들은 이정국이 머물고 있던 객실이 어디인지 알아냈고, 곧장 그리로 달려갔다.

사건 현장은 407호였다.

기자들의 분별없는 난입으로 사건 현장은 엉망이 되었다. 나중에 경찰들이 달려와 기자들의 출입을 통제했으나 현장은 이미 어찌할 수 없을 정도로 훼손된 상태였다.

경찰은 이정국의 죽음을 타살로 보고 있었다. 정황상 당연한 일이었다. 이정국에게 자살할 이유가 충분했더라도 사실상 아들 이시우가 주인공인 파티를 망치자는 속셈이 아니었다면 자살을 실행했을 리 만무했다. 그건 조각가로서의 자부심과는 거리가 너무 먼 얘기였다.

그렇다면 누가 왜 이정국을 죽였을까? 돈 때문에? 원한이나 치정? 그가 알기로 지금의 이정국은 돈 때문에 궁색한 형편이 아니었다. 타살이라면 원한이거나 치정일 가능성이 높았다.

치정은 몰라도 원한 관계라면 아마 한둘이 아닐 것이라고 석규는 짐작했다. 당장 자신만 해도 이정국에 대해 좋은 감정은 결코 아니었으니까.

석규의 휴대폰이 울었다. 모르는 번호였다.

그에게 전화한 사람은 남자였고 젊은 목소리였다. 이름은 오태주라고 했다. 용산서의 강력팀 형사라고 자기를 소개했다.

"좀 뵜었으면 해서요."

예상한 바였다. 형사들은 이시우를 통해 그의 얘기를 들었을 것이다.

석규는 기꺼이 형사와의 약속을 허락했다. 그의 입장에서는 차라리 잘된 일이었다. 형사를 만나보면 이정국의 죽음에 대한 정보도 좀더 많이 알아낼 수 있을 것 같았다.

그는 약속 장소를 서울로 정했다. 겸사겸사해서 이지아도 만나볼 생각이었다.

통화를 끝내고 석규는 습관처럼 휴대폰의 문자메시지를 확인했다. 새로운 메시지가 여러 개 도착해 있었다.

현 순경으로부터 도착한 메시지가 하나, 나머지는 쓸데없는 스팸문자처럼 보였다.

오늘은 사정이 있어 카풀을 하지 못하니 알아서 파출소까지 오라는 것이 현 순경의 메시지였다. 그 밖의 메시지는 금전 대출이나 성인 자료, 게임 등의 스팸문자였다. 별로 고민하지 않고 스팸문자들을 지웠다. 하지만 하나는 지우지 못했다. 애매했다. 아니, 뭔가 좀 이상한 메시지였다.

줄리엣이 죽으면 로미오도 죽어요.

고민 끝에 메시지를 남겨두었다. 웬지 그래야만 할 것 같은 느낌이었다.

*

커피숍으로 들어서자 두 사람이 자리에서 일어났다. 서른 안 팎의 젊은 사내와 사십 초반의 사내였다. 자리에 앉기 전 석규는 두 사내와 가볍게 악수를 했다. 두 형사는 그가 파출소장임을 이미 알고 있었다. 그들은 그를 경찰 선배로서 깍듯하게 예우했다. 그도 편하게 두 사람을 하대했다.

"번거롭게 해서 죄송합니다."

이렇게 말한 쪽은 사십대의 천 형사였다. 젊은 쪽이 그에게 전화한 오 형사였다. 천 형사는 형사답지 않게 얼굴색이 번지르르한 것이 어느 기업체의 사장이라고 해도 믿을 성싶었다.

"그게 자네들 일인데 어쩔 수 없지."

약속 장소로 오면서 석규는 어디까지 얘기할 것인지를 고민했고, 아직은 감출 것은 감추자, 로 내심 결론을 내렸다.

테이블에 커피가 놓이고 나서야 본격적인 얘기가 시작되었다.

첫 질문은 천 형사가 했다.

"이정국을 찾아간 특별한 이유라도 있었나요?"

"퇴직 후의 일자리에 대해 의논하려고. 내가 먼저 전화해서 찾아갔어."

그러고 보면 이정국이 이유를 만들어준 셈이었다.

"호텔 방에는 얼마나 머물렀는지요?"

"한 30분쯤."

"다른 얘기도 나누었을 것 같은데요?"

"옛날 얘기. 고향 친구니까. 비싼 위스키도 얻어 마셨고."

석규는 씁쓸한 기분을 느꼈다. 친구라니? 너무 자연스럽게 흘러나온 것이 아닌가 싶어 조금 당혹스럽기도 했다.

"대화 도중에 뭔가 이상하다고 느낀 점은 없었는지요?"

"그런 건 없었는데."

"헤어지기 전 이정국이 누굴 만났다거나 만난다거나 하는 얘기를 들은 건요?"

"누굴 만났다는 얘기는 못 들었고, 파티에 참석해야 한다는 얘긴 들었지."

"1층 파티 말이군요."

이 말이 바통이라도 되는 것처럼 그다음 질문부터는 오 형사가 나섰다.

"혹시 이 사람을 알아보시겠는지요?"

젊은 형사가 사진 하나를 내밀었다. 이미지가 또렷하지 못했다. 사진이 찍힌 각도로 보아 CCTV의 한 장면을 유광지에 인쇄한 듯싶었다. 점퍼를 입은 사람과 그 주변 사물은 흑과 백으로만 보였다.

석규는 고개를 옆으로 흔들었다.

"옆얼굴이 조금 보이는데 다시 한 번 봐주시죠."

야구모자를 깊숙이 눌러쓰고 고개를 약간 숙인 얼굴. 귀 뒤로 드러난 안경다리로 보아 선글라스나 안경을 착용했다. 야상점퍼 차림으로 봐서는 남자인 것 같지만 보이는 것만으로는 남자인지 여자인지 사실 구분조차 힘들었다.

"용의자로군."

"그렇게 생각하고 있습니다."

"남자고?"

"찍힌 각도와 거리 그리고 다른 사물들과 비교했을 때 180센티 안팎의 건장한 남자입니다."

"이거 언제 찍혔지?"

오 형사가 머뭇거리며 천 형사의 눈치를 살폈다.

천 형사가 대신 대답했다.

"시신이 발견되고 15분쯤 후 후문 쪽 CCTV에 찍혔습니다."

이정국을 만나러 갔을 때 석규 역시 CCTV를 보았다. 1층 로비, 엘리베이터 안 그리고 4층 복도에 설치되어 있었다. 4층 복도 다른 곳에 또 설치되어 있을지도 모르지만 이정국이 머물던 407호로 가는 길목에는 한 개뿐이었다. 카메라처럼 툭 튀어나온 렌즈가 달린 것으로 고정식이었다. 그러니까 이정국의 호텔 방에 침입한 용의자는 그런 사실을 사전에 조사했고 최대한 CCTV를 피해 침입하고 또 도주한 것이었다.

"CCTV의 위치를 이미 알고 있었던 것 같군."

"들어올 때도 찍혔는데, 지금보다 상태가 더 안 좋습니다. 아예 고개를 폭 숙였거든요. CCTV에 찍힌 시각은 사건 발생 두 시간쯤 전이고요."

"그럼, 내가 호텔 방에 있을 때 용의자도 그 근처에 있었다는 건데……."

"소장님이 객실에서 나가고, 아들인 이시우가 잠시 왔다 가고, 이후에 범행을 저질렀을 가능성이 높습니다."

"현장 조사에선 뭐 좀 나왔고?"

질문해놓고 석규는 곧바로 후회했다. 두 형사 역시 못마땅한 기색이 역력했다. 하지만 그들의 마뜩찮은 표정이 석규를 향한 것은 아니었다.

경찰은 현장을 훼손한 기자들이 소속된 언론사에 공문을 보냈다. 다시는 현장을 훼손하는 이런 얼토당토않은 일이 발생하지 않도록 적절한 조치를 취해줄 것을 요청하는 내용이었다. 언론사들 역시 문제의 파장을 염려했는지 빠른 답장을 보내왔다. 이번 기자들의 현장 훼손 건에 대해 깊이 반성하고 있으며 기자 개인에게는 이미 사규에 의한 징계를 조치했고 향후 이런 일이 반복되지 않도록 취재에 각별히 주의하겠다는 내용이었다.

천 형사가 뒷덜미를 손으로 잡아 지그시 누르는 것을 보며 석규가 나직한 어조로 물었다.

"이정국의 목에 걸려 있었다는 올가미 줄 말인데, 반대쪽이 침대 다리에 묶여 있지 않았나?"

두 형사가 얼굴을 마주 보며 빠르게 눈빛을 주고받았다. 전혀 예상치 못한 질문이었는지 둘은 당황한 기색이 역력했다.

"그건 어떻게 아셨습니까?"

반문하는 천 형사의 얼굴에는 의문이 가득했다. 그리고 그의 반문은 사실상 석규의 말을 인정하는 것이나 다름없었다.

"올가미는 침대 시트를 찢어서 엮었고?"

내친 김에 석규는 이어서 질문했다.

"그런 내용은 기사로도 나가지 않은 건데 어떻게……."

천 형사는 더욱 짙어진 의문 탓에 이제 눈빛까지 흔들리고 있었다.

당혹스럽기는 석규도 마찬가지였다. 이정국이 올가미를 목에 걸고 사망했다는 기사를 읽었을 때 혹시나 하는 마음이 없지 않아 있었다. 더욱이 그날은 김영옥이 죽은 날이었다. 그런 이유로 설마 하는 심정으로 넘겨짚어보았다. 결과는 놀라웠다. 자살과 타살의 차이만 있을 뿐 이정국과 김영옥은 죽음의 방식이 똑같았다. 두 사람의 죽음을 따로 분리하여 생각할 수 없다는 의미였다.

단순하지만 자연스러운 생각 하나가 머릿속에 떠올랐다.

누군가 김영옥의 복수를 하는 것이 아닐까?

상황은 분명 복수를 의심할 수밖에 없었다. 하지만 그다음이 문제였다. 김영옥의 복수를 하는 자가 대체 누구란 말인가? 선뜻 떠오르는 사람이 없었다.

18년 전 김영옥이 죽고 보고서를 쓰기 위해 약간의 조사를 했었다. 그러나 보고서의 칸을 채우기 위한 조사였을 뿐이다.

김영옥은 부모 형제가 없는 고아였고, 먼 친척일지라도 서울이 아닌 충청도와 전라도, 경상도에 뿔뿔이 흩어져 살고 있었다. 어쩌다 연락이 닿은 친척에게 넌지시 시신 인수 건에 대해 언급하자, 얼굴조차 본 적 없는데 무슨 친척이냐며 먼저 전화를 끊어버렸다. 결국 김영옥의 시신은 무연고 사망자로 분류되어 구청 측에서 화장으로 처리했다.

그때의 기억으로 판단하자면 김영옥의 친인척 중에서 복수를 생각할 수 있는 사람은 한 사람도 없었다. 오히려 다른 쪽이 보다 가능성이 높았다. 가령 김영옥에게 다른 남자가 있었다거나 하는.

안타깝게도 석규의 고개가 곧 옆으로 돌아갔다. 다른 남자가 있는데도 모텔 생활을 계속 유지했다는 게 얼른 이해되지 않았다. 생각이라는 놈은 참으로 묘하다. 하나를 포기하자 또 다른 생각 하나가 비죽 고개를 쳐들었다. 이번에는 제법 그럴듯했다.

김영옥은 여자다. 그것도 아이를 낳을 수 있는 여자. 혹 그녀에게 자식이 있었던 게 아닐까?

그러나 석규의 생각은 거기서 멈추었다.

천 형사가 그를 추궁했다.

"소장님은 그런 사실을 대체 어떻게 안 겁니까? 기사에도 안 났는데 어떻게 아셨어요?"

"그야 나도 한때 종로서 형사였으니까. 기자에게 전화도 하고 나름 생각도 하고 그래서 짐작한 거야."

실망했는지 천 형사의 어깨가 축 늘어졌다. 안쓰럽기는 해도 아직은 곧이곧대로 진실을 밝힐 때가 아니었다. 이유는 모르지만 왠지 그래야만 할 것 같았다.

"부검 결과는 뭐래? 아직 안 나온 건가?"

헛기침을 한 뒤 석규가 조심스럽게 물었다.

"네, 아직 안 나왔습니다. 곧 나오겠죠."

"타살이라고 추정하는 이유는 뭐야?"

"정황이 자살하곤 거리가 멉니다."

"어떤 정황?"

"허공에 매달린 이정국의 몸이 바동거리지를 않았어요."

그것이 무엇을 의미하는지 석규는 금세 눈치챘다. 이정국은 이미 죽은 상태에서 목에 올가미가 걸렸고, 범인은 조심스럽게 그리고 천천히 끈을 늘어뜨린 것이었다. 만일 그렇게 하지 않고 내던지듯 창밖으로 시신을 떨어뜨렸다면 거구인 이정국의 몸을 이기지 못하고 목이 떨어져 나갔을지도 모른다. 예전에 비해 살이 많이 빠졌다고 해도 이정국은 여전히 몸무게가 꽤 나가는 덩치였다. 그런 이정국을 뜻한 바대로 처리하려면 웬만한 힘으로는 불가능하다. 그렇기에 천 형사는 CCTV에 찍힌 사진 속의 인물을 '건장한 남자'라고 말했던 것이다.

"이왕 말씀드린 거 좀더 말씀드릴까요?"

천 형사가 인심 쓰듯이 말하고는 단숨에 커피 잔을 비웠다. 오 형사는 천 형사의 의도를 모르겠는지 불만이 가득한 눈빛으로 커피 잔만 만지작거렸다. 천 형사의 꿍꿍이를 모르는 것은 석규도 마찬가지였다.

"이정국은 죽기 전에 문자 하나를 받았습니다."

그 말을 하자마자 오 형사가 선배 형사를 만류하고 나섰다.

"선배님, 그건 극비 사항이잖아요!"

그러나 소용없었다. 천 형사는 괜찮다는 듯 손을 내젓고는 하고자 한 말을 끝내 입 밖으로 토해냈다.

"내용은 '줄리엣이 죽으면 로미오도 죽어요'였습니다."

이번에는 석규가 깜짝 놀랐다. 두 형사의 심상찮은 눈빛이 그를 쏘아보고 있었다.

"뭡니까? 뭐죠?"

천 형사가 즉각 따지고 들었다.

"나중에…… 하던 얘기나 마저 해봐."

천 형사는 께름칙한 표정이면서도 석규의 요구대로 계속해서 뒷말을 이었다.

"이정국의 휴대폰에는 이 문자 말고는 아무것도 없었습니다. 통화 기록도 문자도. 그러니까 범인이 다 지우고 이 문자만 일부러 남겨둔 거죠. 이유는 뻔합니다. 자기가 보낸 문자니까요. 우리가 궁금한 건 이 문자가 무슨 뜻인가 하는 겁니다. 소장님은 혹 아시는지요?"

똑같은 문자가 이정국에게도 발송되었다. 범인의 의도를 종잡을 수가 없었다. 이정국이야 그렇다 치더라도 왜 엉뚱한 사람에게까지 문자를 발송했단 말인가?

"무슨 뜻인지 알고 있는 거죠?"

천 형사가 다시 그를 재촉했다.

석규는 가만히 고개를 끄덕였다.

"무슨 뜻이죠?"

사실 석규가 의미를 깨달은 것은 방금 전이었다. 천 형사에게 문자메시지 내용을 듣는 순간 저절로 의미가 깨달아졌다.

"두 달쯤 전에 정국이의 부인이 죽었어."

"그 말은 부인이 줄리엣이고 이정국은 로미오다 이건가요?"

그 순간 석규는 또 다른 사실을 깨달았다. 범인은 이정국뿐만 아니라 서은희의 죽음에도 어쩌면 관여되었을지도 모른다는. 반 박자 늦었지만 두 형사도 그 점을 인지한 것 같았다.

"부인이 타살이었습니까?"

천 형사가 다시 그를 다그쳤다.

"아니, 차를 탄 채로 저수지에 빠졌어. 음주운전에 의한 사고사로 결론 났고. 의심할 여지는 없어."

일부러 석규는 단정 짓듯이 말했다.

서은희가 죽고 얼마쯤 후 석규는 인터넷에서 '서은희'를 검색했다.

그녀에 대한 검색 결과는 예전과 그리 다르지 않았다. 아시안 게임 3관왕 이후의 갑작스러운 은퇴 선언, 결혼, 시동생 부부의 죽음과 관련된 좋지 못한 루머. 눈을 씻고 찾아봐도 그녀의 갑작스러운 죽음에 대한 내용은 검색되지 않았다. 서은희의 죽음이 타살이 아니라면 범인은 어떻게 그녀의 죽음을 알았을까?

사고사가 아닌 타살이라면 당연히 동일범의 소행일 수 있었다. 이 경우 문자메시지는 전혀 의심할 바가 없다. 그러나 경찰 발표대로 사고사가 맞는다면 얘기는 또 달라진다. 범인이 이정국의 집안사람들을 줄곧 감시하고 있었다는 의미였다. 아니, 그뿐만이 아니었다. 어이없게도 석규 자신도 범인의 시야각에 포함되어 있었다. 문자메시지가 그에게 도착한 것이 그 증거였다. 범인은 왜 그를 감시하는 것일까? 대체 왜?

"그 저수지가 어디죠?"

"호정저수지라고 서평에 있어."

"서평이라면, 소장님의 관할지 아닙니까?"

석규는 대답 대신 고개를 한 번 끄덕였다.

"아무래도 그 사고에 대해 여쭤봐야겠군요."

그때부터 두 형사는 서은희의 사고에 대해 꼼꼼하게 질문했다. 석규는 성실하게 대답에 응했다. 자신이 알고 있는 사실에 대해서는 보태지도 빼지도 않고 있는 그대로를 말해주었다.

*

석규는 일정을 바꿨다. 원래는 이지아를 만나러 갈 예정이었지만 포기하고 곧바로 서평으로 내려갔다.

시외버스터미널에서 나와 버스정류장 벤치에 앉아 있는데 고급 승용차 한 대가 그의 앞에 와서 멈췄다. 운전대를 잡고 있는 사람은 뜻밖에도 황민기였다.

"서울에 갔다 오는 건가?"

질문이 차창을 넘어왔다.

"정국이 일 때문에 잠시."

석규는 차에 타고 난 뒤에야 대답했다.

"갑자기 왜 이러나 싶어. 얼마 전에는 은희 씨가 이번엔 정국이가."

"황 원장, 괜찮으면 어디 가서 술이나 한잔할까?"

"그럴까? 내가 가끔 가는 곳이 있는데……."

"아니, 내가 살게. 내가 자주 가는 곳으로 가자고."

석규가 황민기를 데리고 간 곳은 '서평소금구이'였다. 그곳에선 연탄불에 구워 먹을 수 있는 것이라면 무엇이든 맛을 볼 수 있었다. 돼지껍데기, 소고기, 닭발, 오징어, 조개, 생선까지 안줏감이 다양했다.

가게 안은 이른 시간인데도 사람들로 붐볐다.

곧 주문한 술과 안주가 원형의 양철 탁자에 놓였다. 주인 여자가 오랜 단골인 석규에게 알은체를 했다. 황민기는 모르는 눈치였다.

"여기서는 내가 더 유명하군 그래."

"그러게, 내가 꿀리는걸."

주인 여자가 원형 탁자의 중앙에 석쇠를 놓더니 오징어를 굽기 시작했다. 오징어는 내장을 빼지 않고 통째로 구웠다.

"이게 내 입맛에는 맞더라고, 자넨 모르겠지만."

주인 여자가 집게로 오징어를 잡고 가위로 먹기 좋게 잘라놓았다.

주인 여자가 물러나고 나서야 대화가 시작되었다.

"자네가 정수한테 송정인을 소개시켜준 건가?"

이정국에게 분명한 대답을 들은 것은 아니었다. 그래도 거의 확신하고 있었다. 아무리 생각해도 두 사람의 교집합은 황민기 뿐이었다. 만일 황민기가 부인하면 죽은 이정국을 들먹이거나 전상만을 찾아간 얘기를 주저리주저리 떠벌릴 작정이었다. 그러나 그럴 필요가 없었다.

"맞아, 내가 소개시켜줬어."

황민기가 순순히 인정했다.

"이유가 뭐지?"

"그걸 묻기 전에 자네가 무얼 얼마나 알고 있는지부터 말하는 게 순서야."

"꽤 많이 알고 있어. 홍희영이 자살이 아니라는 것도 알고 있으니까."

당황할 줄 알았는데 황민기는 전혀 그렇지가 않았다. 오징어를 입에 넣고 쩝쩝거릴 뿐이었다.

"타살이라는 증거라도 찾은 건가?"

"증거는 없어. 애초에 증거 따윈 찾을 생각도 안 했고."

황민기는 왜지? 라고 묻지 않았다. 그도 그 이유를 뻔히 알고 있는 눈치였다. 누구 말처럼 공소시효가 지나도 이미 두 번은 지났다.

"내가 송정인을 정수에게 소개시켜준 거, 일종의 거래였어."

"무슨 거래?"

주인 여자가 다가오더니 불판 위의 오징어를 접시에 담아 내려놓았다. 이번에는 돼지고기가 석쇠에 올라갔다. 솜씨 좋게

고기를 대충 구워놓은 뒤에야 주인 여자는 원래의 자리로 돌아
갔다.

"희영이가 죽고 이틀 뒤에 나를 찾아왔더군. 희영이, 자기가
그랬다고 고백하더라고. 희영이의 룸메이트였던 정인이는 내
가 아기를 반대한다는 걸 알고 있었어. 그 문제로 나와 희영이
사이가 안 좋다는 것도 알고 있었고. 정인이가 내게 대가를 요
구하더라고. 자신의 요구를 들어주지 않으면 경찰에 가서 결혼
을 빌미로 내가 시킨 일이라고 말할 거라고 했어."

석규는 잔에 술을 따르다 말고 손을 멈추었다. 예상과는 전
혀 다른 스토리였다. 석규는 홍희영을 죽게 만든 사람이 황민
기라고 내심 믿고 있었다. 그런데 황민기는 지금 엉뚱한 사람
을 살인자로 지목하고 있었다.

"송정인이 요구한 대가가 뭐였지?"

"나하고의 결혼."

"뭐?"

상식적으로 도무지 이해가 곤란한 얘기였다. 기가 차고 어이
가 없었다. 석규는 술잔을 얼른 입으로 가져가 단숨에 비웠다.
연거푸 다시 한 잔을 더 마셨다.

"사실 그때 난 희영이 말고 다른 여자가 있었어."

"알아, 그 여자가 지금의 부인이잖아. 송정인은 그런 사실을
몰랐나 보군."

"정인이는 몰랐지."

"그래서 정수를 소개시켜줬고. 차라리 경찰에 송정인의 범죄

사실을 밝히지그랬어?"

"자네가 그랬잖아. 증거는 없다고. 그런 상황에서 경찰에 사실을 말한들 무엇이 달라졌을 거라고 생각 안 해. 오히려 나만 엉망이 됐겠지. 아내와 결혼하지도 못했을 테고."

황민기가 술잔을 비웠다.

석규는 주인 여자를 불러 빈 술병을 들어 보였다. 새로운 술병이 곧 테이블에 놓였다.

그러나 황민기는 더는 술을 마시지 않았다. 별로 하는 얘기도 없이 석규는 혼자서 남은 술의 반쯤을 마셨다.

"더 마실 건가?"

석규가 다시 술잔을 입으로 가져가는데 황민기가 물었다. 그는 손에 휴대폰을 들고 있었다.

"바쁘면 먼저 가든가."

황민기는 대꾸 없이 단축키를 꾹 눌렀다.

15분쯤 지나고 정장 차림의 멀쑥한 사내 하나가 가게에 나타났다. 황민기의 승용차 운전기사였다.

"그러고 보니 왼쪽 팔뚝에 있던 상처, 그거 이제 없네."

자리에서 일어나는 황민기에게 물었다.

"상처라니?"

"상처 있었잖아. 인두에 덴 화상흔."

"아 그거, 오래전에 수술했어."

"의사라 수술도 쉽군."

그 말을 인사치레 삼아 황민기는 술집에서 나갔다.

석규는 혼자서라도 좀더 술을 마시고 싶었다.

반쯤 남아 있던 술병은 곧 바닥을 드러냈다. 여전히 정신은 말짱했다. 다시 추가 주문을 할지 말지를 고민하는데 앞쪽에서 익숙한 목소리가 들려왔다.

"더 마시게요?"

현 순경이었다. 빈 병을 보더니 녀석이 웬일이냐는 듯 눈동자를 휘둥그렇게 떴다.

"내가 여기에 있는 건 어떻게 알았어?"

"그걸 왜 몰라요, 제 구역인데. 근데 무슨 일 있어요?"

"일은…… 너도 한잔할래?"

"아뇨, 그냥 앞에만 앉아 있을게요."

석규는 싱겁게 웃고는 그만 자리에서 일어났다.

"왜요? 더 드시지."

"됐어, 가자."

취기가 있는 것도 아니었고 부축은 정말로 필요 없었다. 그래도 현 순경은 굳이 그를 부축해서 밖으로 나갔다. 그러고 보면 황민기보다도 그의 팔자가 더 괜찮은 것 같았다. 부르지도 않았는데 알아서 재깍 달려오는 녀석도 있으니.

도로에 택시가 대기하고 있었다.

목적지가 어디인지 택시 기사는 묻지도 않았다. 택시가 출발하고 나서 현 순경이 물었다.

"돌아가신 분이랑 친한 편 아니었잖아요?"

"능구렁이 같은 놈이었어. 죽었으니까, 이제 상관없지."

이정국과 서은희의 결혼 소식을 들은 것은 라디오를 통해서였다. 그날 그는 아내에게 청혼했다. 뉴스에 나오기는커녕 일가친척만 참석한 조촐한 결혼식이었다. 신혼집을 따로 구할 형편도 되지 못해서 아내의 자취방이 신혼집이 되었다.

　　한집 살림을 시작하고 여러 번의 유산 끝에 딸을 낳았다. 깨물어주고 싶을 정도로 귀엽고 예뻤다. 아빠와 눈이 마주치면 방긋방긋 웃었다. 아내는 아이가 아빠를 알아본다며 신기해했다. 잠자던 아이가 깨어 칭얼거리면 아내 대신 그가 안고 보듬어주었다. 아이는 아빠의 품에서 금세 쌔근거리며 잠이 들었다.

　　딸이 보고 싶었다. 그저 생각인 줄 알았는데 그 말이 입 밖으로 새어 나갔던 모양이다. 택시에서 내리며 현 순경이 말했다.

　　"많이 보고 싶으세요?"

　　"늘 그 정도. 쪼끔."

　　반쯤 열린 녹색 철 대문이 보였다. 언제부터인가 저 문은 완전히 닫힌 적이 없었다.

　　"그럴 땐 휴대폰을 꺼내서 아무 번호나 길게 꾹 누르세요."

　　"그러면 해미가 휴대폰에서 튀어나오냐?"

　　"당연하죠."

　　"정말로?"

　　"네, 정말로요."

　　쾌활하게 대답하곤 현 순경이 활짝 웃었다.

　　녹색 철 대문을 넘어가며 현 순경이 다시 말했다.

　　"이 문, 항상 열려 있는 이유 알아요. 암튼 저는 소장님의 영원한 영순위예요. 잊지 마세요."

현 순경의 말이 어떤 의미였는지는 다음 날 알게 되었다.

혹시나 해서 단축키 설정을 살펴보았다. 영원히 공석이라고
선언했던 단축키 1번은 그도 모르게 임자가 바뀌어 있었다. 아
니, 1번부터 9번까지 모두 한 사람의 이름으로 통일되어 있었다.

'우리딸해미'.

그래서 녀석은 아무거나 꾹 누르라고 했던 것이다.

그 외에 단축키가 하나 더 있었다. 그 단축키는 한 자리가 아
닌 두 자리였다. 단축키 00. 이름은 '상철이놈'. 녀석이 어젯밤
에 한 말이 떠올랐다.

"저는 소장님의 영원한 영순위예요."

*

이틀간의 미스터리에 대해 석규는 곰곰이 생각했다. 사진을
가져다놓은 사람은 누구였을까? 결론은 두 사람 중 하나였다.

송정인 또는 이지아.

아무리 생각해도 송정인은 아니었다. 이정수와의 결혼은 황
민기와의 거래 대가였다. 그런 그녀가 자신을 함정에 빠뜨리는
자작극을 꾸밀 필요가 있었을까?

결국 한 사람이 남았다.

석규는 장례식장으로 이지아를 만나러 갔다.

장례식장 입구에서 약간 벗어난 흡연 구역 근처 계단참에 두 사람은 나란히 앉았다. 석규는 계단을 오르내리는 사람들을 무심하게 바라보다가 문득 생각났다는 듯 질문을 던졌고, 이지아는 검정의 구두코에 시선을 고정시켜놓은 채 순순히 고개를 끄덕이는 것으로 자신의 짓이었음을 인정했다.

　"왜 그랬죠?"

　석규는 이유를 추궁했다. 이지아의 뺨으로 눈물이 흘렀지만 석규는 못 본 척했다. 이지아는 검정 한복 차림이었다. 장례식장에서 제일 흔한 것 중 하나가 눈물이었다.

　"그 아이는 왜 그랬을까요?"

　이지아는 마치 남의 얘기를 하는 듯이 말했다. 그래놓고 낮게 한숨을 토해냈다.

　석규는 그런 이지아의 모습이 안쓰럽게 보였다. 왠지 모르게 가슴이 답답했다.

　"그 아이가 그걸 왜 갖고 있었는지, 아빠가 돌아오는 날 그걸 왜 거기에 도로 넣어두었는지 솔직히 아직도 이해가 안 가요."

　"엄마가 미웠던 게 아닐까요?"

　석규도 어린 이지아의 속내가 진심으로 궁금했다. 대체 왜 그랬을까? 왜 그래야만 했을까? 할 수만 있다면 이지아를 도와 그 이유를 알아내고 싶었다.

　"엄마를 미워했지만 좋아하기도 했어요. 엄마잖아요. 죽기를 바란 적은 더더욱 없었고요."

　"그렇겠죠."

"그날 우편함에서 봉투를 가져와서 엄마 몰래 봤어요. 제대로 찍힌 사진은 한 장도 없었어요. 엄마 친구라는 분이 누구일지 궁금했지만 얼굴을 알아볼 순 없었죠."

우편함에 있던 사진이 이틀 동안 사라진 것은 어린 이지아의 짓이었다. 처음에는 단순히 호기심이었다. 하지만 나중에 생각이 바뀌었다. 그림처럼 엄마가 찢어버리기 전에 아빠에게 그것을 보여주고 싶었다. 그것도 아무도 모르게. 그 단순한 행동에 대한 결과는 참혹했다.

"그 사진, 아직 이 선생이 갖고 있는 겁니까?"

이지아의 고개가 천천히 위아래로 움직였다. 그렇다면 이정국이 그에게 보내준 사진 석 장의 정체는 더욱 분명해졌다. 이정국이 사진을 갖고 있다는 것은 그가 사진을 찍은 장본인이라는 증거에 다름이 아니니까.

"전에는 왜 아무 말 안 했죠?"

"당황스러웠어요. 난 그 사진을 누군가에게 준 적이 없는데 그 사진을 소장님이 갖고 있었으니까요. 그리고 소장님도 제게 말해주지 않았잖아요. 그 세 장의 사진, 어디서 났냐고 제가 물었던 거 기억나세요?"

물론 기억하고 있다. 그러나 그때는 이런 이유일 줄은 짐작조차 못했다.

"이 선생, 그 사진 나한테 보여줄 수 있어요? 좀 봤으면 해서요."

"그렇지 않아도 만나면 드리려고 했어요. 그때의 일에 유일하게 관심 갖는 분이 소장님이니까요. 여기서 잠깐 기다리시겠어요? 아니면 저랑 안으로……."

"아니요, 여기서 기다릴게요. 황 원장을 만나기로 했거든요."

어제 이지아와 통화하면서 국과수에서 시신을 인수받았고 곧바로 장례 절차에 들어갈 것이라는 얘기를 전해 들었다. 오늘 아침 그는 일찌감치 서평에서 출발했다. 짐작했던 일이지만 한낮이기에 접객실에는 조문객이 별로 없었다. 이정국 회사의 직원들과 장례식장 도우미 아줌마 몇 사람이 전부였다.

연회장에서 아버지의 주검을 목격한 이시우는 아직 충격에서 벗어나지 못한 상태였다. 이지아에게 듣기로 그날 이시우는 충격으로 쓰러진 뒤 즉각 병원으로 옮겨졌다고 한다. 이시우가 병원에서 나와 택시를 타고 시신을 부검 중인 국과수로 온 것은 다음 날 아침. 이지아와 이시우는 젊은 형사 한 사람과 유족 대기실에 앉아 부검이 끝나기를 기다렸고, 부검이 끝나고는 황민기의 배려로 성바오로대학병원의 장례식장으로 시신을 옮겼다. 이후로 빠르게 장례 준비가 착착 진행되었다.

석규는 조문을 마친 뒤에 이지아를 따로 불러냈다. 장례에 필요한 크고 작은 일들은 이지아가 도맡아 처리하는 눈치였기에 시간을 많이 빼앗지는 못할 것 같았다. 석규는 곧바로 본론으로 들어갔다. 그리고 이틀간의 미스터리에 대한 진실을 알게 되었다.

다시 이지아가 나타났다.

"여기 있어요. 안 돌려주셔도 돼요."

그 심정을 이해할 수 있을 것 같았다. 어떤 식으로든 이 사진과 연관된 사람들은 하나같이 정상적이지 못한 죽음을 맞이했다. 세 사람은 저수지에서, 다른 한 사람은 누군가에게 살해를 당했다.

살해? 그러고 보니 타살이라는 것은 알고 있지만 이정국이 어떻게 살해됐는지는 아는 것이 없었다. 그는 조심스럽게 이지아에게 그것을 물었다.

"정국이가 어떻게 죽었는지 형사가 말해주던가요? 유족 대기실에 함께 있었다던 그 젊은 형사가 언질은 해줬을 것 같은데요."

그러면서 석규는 오태주 형사를 머릿속에 떠올렸다. 혹시 그 사람인가 싶었던 것이다.

"비구폐색[1]에 의한 질식사래요."

그러니까 누군가 엄청난 힘으로 코와 입을 동시에 막았거나 저항하지 못하는 상태에서 질식사를 시켰다는 의미였다. 이 경우 대부분 방어흔이 발견되는 것이 다반사지만 이지아를 괴롭히는 것 같아 더는 질문하지 않았다.

"그럼, 전 이만 실례할게요. 아무래도……."

이지아가 장례식장 입구로 들어가는 한 무리의 사람들을 쳐다보며 난감한 표정을 지었다. 석규가 보기에 그들은 기자처럼 보였다. 이시우가 타깃일 것이었다. 사촌 오빠가 걱정되는지

---

1 코와 입이 동시에 기계적으로 폐색되는 것.

이지아의 눈빛이 불안하게 흔들렸다.

"그만 가봐요."

석규에게 살포시 고개를 숙여 보인 뒤 이지아는 종종걸음으로 장례식장 안으로 사라졌다.

후텁지근한 날씨였다. 가만히 앉아 있는데도 목덜미를 타고 땀이 흘러내렸다. 6월 중순에 벌써 찜통인데 본격적인 여름이 시작되는 7월에는 도대체 얼마나 더울지 벌써부터 염려되었다. 그는 주머니에서 꺼낸 손수건으로 땀으로 흥건해진 뒷덜미를 닦아냈다.

몇 발짝 떨어지지 않은 흡연 구역에서는 재떨이를 빙 둘러싸고 사내들 몇이 담배 연기를 뿜어내고 있었다. 저마다 미간을 찡그리고 있는 것으로 보아 저들도 더위가 짜증나기는 마찬가지인 것 같았다. 더구나 흡연 구역에는 그늘조차 없었다.

석규는 주머니에서 담배를 끄집어냈다. 한 개비를 입에 물었지만 피울 수는 없었다. 주머니를 뒤졌으나 라이터가 없었다. 라이터가 없는 것은 당연했다. 그는 담배를 줄여보려고 일부러 라이터를 갖고 다니지 않았다. 나름 효과는 있었다.

그러나 지금은 아니었다. 누군가 불 켜진 라이터를 불쑥 앞으로 내밀었다. 젊은 사내였다. 사내는 왼손잡이인 듯 왼손으로 라이터를 들고 있었다. 석규는 사내를 슬쩍 쳐다보고는 깊숙이 담배 연기를 빨아들였다.

"고맙소."

담배 연기를 뱉어내며 인사치레를 했다. 흡연 구역과는 약간 떨어져 있었지만 다행히 눈치를 주는 사람은 없었다.

"특실 A도 저기로 들어가나요?"

젊은 사내가 장례식장 입구를 향해 넌지시 시선을 던지며 물었다.

특실 A는 이정국의 빈소였다.

"나도 거기 왔는데 젊은이는 고인과 어떤 관계로⋯⋯."

"사장님이세요."

"직원? 배우?"

"배우요. 뮤지컬에 출연하고 있어요."

그때 계단 아래쪽에서 누군가를 부르는 소리가 들렸다. 젊은 사내가 그쪽으로 고개를 돌리더니 살짝 손을 들어 인사했다. 남녀가 뒤섞인 열댓 명의 사람들이 계단을 올라오고 있었다. 그중에는 석규가 전에 만난 전상만도 있었다. 마침 잘됐구나 싶었다. 그렇지 않아도 조만간 그를 만나볼 생각이었다. 용건은 두 가지였다.

석규는 서둘러 담뱃불을 끄고는 자리에서 일어났다.

계단 위로 올라온 전상만 역시 한눈에 그를 알아보고는 오랜만에 친구를 만난 듯 얼떨결에 손을 내밀었다.

"먼저들 들어가. 난 얘기 좀 하고 갈게."

전상만이 배우들을 먼저 보내고는 그와 마주 보고 섰다.

"전에 말씀을 못 드렸는데, 이정국과는 친구입니다."

친구라고 말해놓고 석규는 씁쓸하게 웃었다.

"아, 그랬군요. 그래서 전에 다시 보게 될 거라고⋯⋯."

전상만이 뒷말을 희미하게 흘리고는 문득 생각났다는 듯 다시 물었다.

"조사하던 건 마무리가 잘됐는지요?"

"아직 아닙니다. 그렇지 않아도 오늘 이렇게 만난 김에 한 가지 여쭤보고 싶은 게 있는데……."

전상만은 흔쾌히 괜찮다고 했다.

"김영옥이라고 아십니까?"

"누구요?"

"김영옥이라고……."

석규는 휴대폰을 꺼냈다. 사진 폴더에 있는 김영옥의 사진을 보여주었다. 그의 휴대폰에 있는 두 개의 김영옥 사진 중에 눈을 뜨고 있는 쪽이었다.

전상만이 미간을 살짝 찡그렸다. 잠시 후 느릿하게 대답이 흘러나왔다.

"이 여자, 알죠. 압니다."

휴대폰 사진에서 눈을 떼며 전상만이 이어서 말했다.

"이 여자, 자살했잖아요. 죽은 이 사장과는……."

전상만이 무슨 말인가를 하려다가 황급히 입을 닫았다. 하지만 무슨 말을 하려는지 이미 석규도 눈치챘다.

"김영옥과는 내연 관계였다는 거, 알고 있습니다."

"그것도 알고 계셨군요. 그런데 소장님이 이 여자에 대해 관심을 갖는 이유가 갑자기 궁금해지는데요?"

석규는 휴대폰을 도로 주머니에 집어넣었다.

"조사 중에 이 여자의 이름이 불쑥 튀어나와서요."

"그게 희영이와 정인이의 일과 연관이 있는 겁니까?"

"글쎄요, 솔직히 아직은 판단하기가 애매합니다."

"이 여자를 아느냐고 물어본 이유는요?"

"사진을 좀 구했으면 해서요."

이것이 그가 전상만을 만나려는 두 가지 용건 중 하나였다.

"잠깐만요."

전상만이 자신의 휴대폰을 꺼내더니 화면을 몇 번 톡톡 두드렸다. 잠시 후 화면에 이미지가 떴고 그것을 석규에게 보여주며 말을 이었다.

"제 블로그인데요. 여기서 이 게시판으로 들어가면 사진들이 있습니다. 김영옥은 여기서부터 찾아보면 있을 거고요."

게시판의 사진들을 한 장씩 넘기며 전상만이 계속 말했다.

"나랑도 두세 번 연극 공연을 함께했죠. 그다지 재능이 있는 배우는 아니었어요."

"배우들 사이에서 소문 같은 게 돌지 않았나요? 김영옥과 이정국에 대한."

"안 돌았다면 오히려 그게 더 이상한 거겠죠."

"소문 중에 좀 특별한 소문은 없었습니까?"

"특별한 소문이라면?"

"둘 사이에 자식이 있다거나 하는."

"그런 소문은 못 들은 것 같은데요."

전상만이 흘러내린 앞머리를 손으로 쓸어 올리며 심드렁한 목소리로 대답했다.

석규의 생각대로라면 이정국의 피가 섞였든 섞이지 않았든 김영옥에게는 아들이 있어야 했다. 그것도 아주 건장한 아들이. 그래야만 이정국, 나아가 서은희의 죽음에 대해 의심의 칼날을 곤두세울 수 있었다.

얼마쯤 후에 전상만이 나직하게 감탄사를 터뜨렸다. 그런 다음 말했다.

"여기 있네요. 여기서부터 한번 보세요."

전상만이 휴대폰을 그에게 건네주었다.

휴대폰 화면에 나타난 사진은 그가 갖고 있는 두 개의 사진과는 비교할 수 없을 정도로 상태가 좋았다. 분장한 사진도 있었지만 맨얼굴의 사진도 제법 많았다.

"이상하게도 웃는 사진은 없군요."

또 정면 사진보다는 옆얼굴이 대부분이었다.

"혼자 찍은 사진도 아마 없을 겁니다. 항상 여럿이 어울려 사진을 찍었거든요. 김영옥은 배우답지 않게 사진 찍는 것을 몹시 어색해했어요. 착했지만 남한테 싫은 소리 하나 못하는 좀 답답한 성격이었죠."

석규는 전상만에게 부탁하여 김영옥의 사진이 있는 게시물의 인터넷 주소를 메시지로 전달받았다. 혹시 몰라서 휴대폰에 따로 주소를 메모해놓기도 했다.

이제 전상만에게 남은 용건은 한 가지였다.

"연극 대사를 들으면 그게 어느 연극인지 알 수 있나요?"

"제가 공연한 연극이라면 보통은 알지요."

"제가 말해볼 테니 한번 들어봐주실래요? 아무래도 연극 대사 같아서요."

석규는 헛기침을 하고 나서 김영옥이 거울에 립스틱으로 남겨놓은 글귀를 잔뜩 감정을 실어서 읊었다.

"오, 이 더러운 육체여……."

"알죠, 셰익스피어의 〈햄릿〉 1막 2장에 나옵니다. 햄릿의 대사예요."

전상만이 고개를 끄덕이며 말했다. 곧이어 제법 비장한 어조로 허공을 향해 같은 부분을 직접 읊어주기까지 했다.

오, 이 더러운 육체여. 녹아 흘러 한 방울 이슬이 되어라.

소리는 작았지만 감동을 주기에는 충분했다.

"느끼셨는지 모르지만 햄릿이 절망하여 외치는 독백입니다. 그 뒤로 어머니인 거투르트를 원망하는 말들이 이어지고요."

"누군가 이런 글을 어딘가에 남겨놓았다면 그 사람은 절망과 원망 중 어느 쪽에 가까울까요?"

질문이 생뚱맞았는지 전상만이 고개를 갸웃하더니 한쪽 볼을 일그러뜨렸다.

"절망 쪽에 좀더 가깝겠죠."

"그렇군요."

석규는 고개를 주억거렸다.

"이제 질문은 끝난 겁니까?"

그러고 보니 전상만의 동료들이 장례식장으로 들어간 지 꽤 시간이 지나 있었다.

"미안합니다. 제가 눈치 없이 너무 오래 붙잡고 있었군요."

전상만이 살짝 고개를 숙여 보이고는 서둘러 장례식장 안으로 발걸음을 옮겼다.

석규는 전상만이 사라진 장례식장 입구 쪽을 바라보며 생각에 잠겼다.

그와 이정국은 똑같은 문자를 받았다.

'줄리엣이 죽으면 로미오도 죽어요.'

틀림없이 범인으로부터의 메시지였다. 누굴까? 왜 문자를 보냈을까? 두 형사와 헤어지고 나서 내내 그 생각에 사로잡혀 있었다. 휴대폰에 찍혀 있는 번호로 전화도 해보았다. 벨소리는 울렸지만 오래 지나도록 아무도 전화를 받지 않았다.

석규는 메시지 내용에 대해서는 이미 이해했다. 문제는 이정국뿐만 아니라 자신에게도 메시지가 발송된 이유였다. 도무지 이유를 짐작조차 하지 못했다. 그런데 지금은 어렴풋하게나마 그것이 짐작되었다.

각기 의미가 달랐다.

이정국에게는 죽음의 경고가 분명했다. 하지만 석규는 그 반대의 의미였다. 살인을 막아달라는 구원의 요청. 그러니까, 범인은 이정국과 그를 동시에 알고 있는 인물이었다. 실제로 둘 모두와 친분이 있는 인물일지도 모르지만 어쨌거나 이정국과 석규를 주의 깊게 지켜보고 있는 것만은 틀림없는 사실이었다.

흥.

석규는 가볍게 콧바람을 밀어냈다.

범인이 그에게 메시지를 보낸 것은 그야말로 실수였다. 이정국을 죽이고 싶지 않은 마음이 조금이라도 있었다면 범인은 석규가 아닌 다른 사람에게 메시지를 보냈어야 했다. 다른 사람들은 다 괜찮다고 하는 사람인데도 어떤 한 사람에게는 그 사람이 끔찍하게 싫을 수도 있다. 석규에게 이정국은 바로 그런 사람이었다.

이정국이 그의 눈앞에서 죽어가고 있더라도 석규는 아무렇지 않게 외면할 수 있었다. 그보다 더한 죽음도 외면할 수 있는데 그까짓 놈의 죽음쯤이야, 사실 별것도 아니었을 것이다.

*

석규는 서평으로 내려가는 시외버스에 몸을 실었다.

버스가 출발하고 나서야 이지아에게 받은 사진을 다시 꺼냈다. 사진의 상태는 이미 갖고 있는 석 장의 사진과 별반 다르지 않았다. 대충 살펴보고 난 뒤 좀더 집중하여 한 장씩 살펴보려는데 갑자기 속이 메스껍고 울렁거렸다. 아무래도 버스에 오르기 전 허겁지겁 먹은 김밥이 문제인 것 같았다.

석규는 사진을 보는 것을 포기했다. 그 대신 시외버스가 서평에 도착할 때까지 가만히 눈을 감고 휴식을 취했다.

터미널에서 나와 파출소로 향하는 버스 안에서 황민기의 전화를 받았다. 서울에서 여러 번 연락했지만 통화는 하지 못했다. 장례식장에서 벗어나며 연락을 달라는 메시지를 휴대폰에 남겨놓았었다.

황민기는 다음 날에나 서평에 내려온다고 했다. 그때 짬을 내서 만나기로 약속하고 통화를 끝냈다.

석규는 다시 사진으로 시선을 돌렸다. 이런 엉터리 사진이 한 가정을 엉망으로 만들었다는 것이 솔직히 믿기지 않았다.

처음부터 끝까지 사진을 살펴봤지만 별다른 점은 찾아내지 못했다. 그렇다고 사진을 살피는 것을 포기한 것은 아니었다. 형사 시절 반장이 늘 하던 말이 있다.

"한 번 본 것과 두 번 본 것과 세 번 본 것은 설령 같은 것을 보았더라도 결코 같은 것이 아냐."

그 말의 의미는 이미 알고 있었다. 하지만 그가 직접 그것을 경험한 적은 없었다. 의미를 이해한다는 것과 경험으로 안다는 것은 엄연히 다른 차원이었다. 그 다른 차원을 명확히 느끼게 된 것은 일고여덟 번째 반복해서 사진을 보고 있을 때였다. 무심코 손을 뻗어 하차 벨을 누르려는 찰나 번개처럼 머릿속을 관통하는 그 무엇인가를 느꼈다.

버스에서 내리고 나서 그는 한동안 멍청히 서 있었다.

도로 건너편, 그리 멀지 않은 곳에 파출소가 있었다. 누군가 파출소에서 뛰쳐나와 강아지처럼 펄쩍펄쩍 뛰어대며 손을 흔들어댔다. 눈이 흐려서 얼굴은 보이지 않았지만 검은색 선글라스는 똑똑히 알아볼 수 있었다.

이정국에게 사진을 보내달라고 요청한 사람은 바로 그였다. 그런데 정작 사진을 받은 사람은 그가 아닌 황민기였다. 왠지 모르게 찜찜했었다. 그가 모르는 뭔가가 있는 것이 아닐까 의심쩍었던 게 사실이었다.

결과적으로 석규의 의심은 옳았다. 이정국은 그가 아닌 황민기에게 사진을 보냈다. 그것도 일부러. 사실 그의 말 몇 마디에 선뜻 사진을 보내줄 이정국은 아니었다. 황민기가 그를 부추겨 사진 얘기를 이정국에게 꺼내도록 했을 때부터 수상쩍게 여겼었다. 이정국 역시 그가 황민기의 꼭두각시 노릇을 하고 있다는 것을 훤히 꿰뚫어보고 있었다. 그렇기에 순순히 사진을 보내주겠다고 했던 것이다. 그러니까 모두가 알면서도 모르는 척 시치미를 뗐던 것이다.

이로써 한 가지는 분명해졌다.

황민기가 질문을 던졌고 이정국은 그 답을 주었다는 것. 이유는 모르지만 그 질문이 무엇인지는 이미 확연하게 드러났다.

사진.

그것의 존재 유무가 두 사람에게는 굉장히 중요했다. 그리고 이제 석규도 그 이유를 알고 있었다.

석규는 즉시 이지아에게 전화했다.

두 가지 질문이 있었다. 하나는 송정인이 수영을 잘했는지 못했는지의 여부. 돌아온 대답은 잘 모르겠다는 것이었다. 곧바로 다른 질문을 던졌다.

"이 선생, 혹시 우키요에라고 압니까?"

"네, 알아요."

"혹시 예전에 살던 집 액자에 그게 걸려 있고 그랬습니까?"

"아니요, 그렇지는 않았어요. 하지만……."

현 순경이 어슬렁거리며 걸어오는 모습이 보였다. 석규는 현 순경을 주시하며 침을 꼴깍 삼켰다.

"엄마는 가끔 꽃다발을 선물로 받았어요. 그 꽃다발을 포장한 종이가 우키요에였어요. 엄마는 그걸 잘 펴서 차곡차곡 모아두었고요."

"꽃다발을 보내준 사람이 누구인지 알아요?"

물론 어떤 기대를 품고 던진 질문은 아니었다. 예상한 것처럼 뻔한 대답이 돌아왔다.

"엄마 친구요."

꽃다발을 보내준 사람, 엄마 친구라는 그 사람이 누구인지 석규는 이제 분명하게 알고 있었다. 방금 전 사진을 통해 그것을 깨달았다.

증거는 두 가지였다. 꽃다발의 포장지 그리고 사진. 포장지는 부인할 수 있어도 사진은 빼도 박도 못할 증거였다.

서른 장의 사진 중 단 한 장이 문제였다.

그 사진에는 남자의 왼쪽 팔뚝과 여자의 옆얼굴이 찍혀 있었다. 때로는 얼굴이 아닌 것이 얼굴을 대신할 수 있다. 남자의 왼쪽 팔뚝에 찍힌 상흔이 그러했다. 그 상흔은 석규도 충분히 알 만한 것이었다. 사진이 잘못 찍혔구나, 라고 여겼는데 여러 번 반복해서 보는 사이 저절로 생각이 바뀌었다.

그의 착각이 아니었다. 상흔은 불에 덴 화상흔이었다. 그러니까 송정인의 남자는 다름 아닌 황민기였다. 이지아는 수십 수백 번을 본들 눈치챌 수 없겠지만 이정국와 석규는 아니었다. 그들은 그 화상흔이 어떻게 생겼는지 무척이나 잘 알고 있었다.

의문은 꼬리에 꼬리를 물고 이어졌다.

황민기가 사진의 존재를 확인하려 했던 이유가 무엇일까? 그래야만 하는 이유가 무엇이었을까? 송정인의 남자가 황민기라는 사실을 알았으면서도 이정국은 왜 그런 사실을 밝히지 않았을까? 황민기의 목소리가 그의 머릿속에서 울린 것은 바로 그때였다.

"내가 송정인을 정수에게 소개시켜준 거, 일종의 거래였어."

거래 내용이 대체 뭐였지, 라고 생각하는 순간 머릿속으로 오롯하게 장면 하나가 떠올랐다. 그것은 물에 젖은 차였다. 차 안의 콘솔박스에 두 개의 병이 놓여 있는.

"컨디션이 별로예요? 이거 하나 드세요."

현 순경이 불쑥 박카스병을 건넸다.

"상철아, 넌 사람을 얼마나 믿냐?"

뜬금없는 질문인데도 현 순경은 아무렇지 않게 대답했다.

"거래 관계가 아니라면 다 믿어요. 안 믿을 이유가 없잖아요."

아까부터 사실은 생각 하나가 궁금했다.

서은희의 죽음에도 거래가 있었을까?

*

황민기로부터 전화가 왔다.

두 사람은 에비슨병원 심장병동 1층 로비에서 만났다. 외래 환자들이 없는 로비는 을씨년스러웠다. 형광등도 꺼져 있어서 햇빛이 들지 않는 곳은 으스스한 느낌마저 들었다. 흰색 유니폼의 의사와 간호사, 환자들이 간혹 왔다 갔다 할 뿐 평상복 차림의 외부 사람은 거의 눈에 띄지 않았다.

두 사람은 음료수 자판기 옆 의자에 자리를 잡고 앉았다.

"정국이, 누가 그랬을까?"

황민기가 캔 음료를 따며 물었다.

"황 원장이 그런 거 아냐?"

농담처럼 대꾸했지만 다분히 농담만은 아니었다.

"내가 뭐가 아쉬워서? 난 그날 알리바이도 분명하다고."

황민기가 농담으로 이해했는지 입가에 미소를 떠올렸다.

그때 엘리베이터의 문이 열리고 안에서 여자와 남자가 내렸다. 휠체어에 앉아 있는 여자와 뒤에서 밀고 있는 남자였다. 여자는 얼굴의 반 이상을 마스크로 가린 채 화난 사람처럼 앞만 주시했고, 남자는 피곤에 찌든 부스스한 몰골로 반쯤 눈을 감고 있었다. 예전에 그와 아내의 모습도 저랬을까 싶어 어쩐지 마음이 편치 못했다.

"내가 황 원장의 입장이라면 솔직히 춤이라도 추고 싶은 마음일 거야. 수십 년간 가슴을 짓누르던 문젯거리가 하루아침에 사라졌는데 당연한 것 아닌가?"

목소리가 다소 딱딱하게 나갔다.

"꼭 시비 거는 것처럼 들리는데?"

"시비가 아니라 화내는 거야."

굳이 이유를 말하라면 휠체어의 여자와 남자 때문이었다.

"나 시간 많은 사람 아니야. 할 말이나 어서 했으면 좋겠군."

황민기가 자신의 손목시계를 들어 보이며 말했다. 그렇다면 석규도 더는 점잖은 척 서두를 질질 끌 필요가 없었다. 곧장 본론으로 들어갔다.

"사실은 송정인의 남자가 누구인지 알아냈거든. 황 원장, 바로 자네더군."

자기 이름이 언급됐는데도 황민기는 조금도 당황한 얼굴이 아니었다.

"왜 나라고 생각하지?"

오히려 증거를 요구했다.

석규는 휴대폰을 테이블에 올려놓았다. 이지아에게 받은 사진 전부를 이미 휴대폰 카메라로 찍어두었다.

"사진 한 장이면 충분해."

석규의 손가락이 화면을 몇 번 두드렸고 곧 사진 한 장이 화면을 가득 채웠다.

그 순간 황민기의 표정이 차갑게 굳었다. 표정을 감추기라도 하듯 뒷주머니에서 손수건을 꺼내더니 이마와 콧등을 찍어대며 흐르지도 않은 땀을 닦아내는 시늉을 했다. 그러나 곧 손을 멈추고는 한숨을 토해놓듯 중얼거렸다.

"지겨워."

얼마나 지겨운지 그것을 몸소 보여주기라도 하겠다는 듯 겨우 한 모금밖에 마시지 않은 음료수를 냅다 쓰레기통에 던져버렸다. 그러고는 느닷없이 의자에서 벌떡 일어났다. 건물 밖으로 해가 지고 있었다. 황민기는 한마디 말도 없이 입구 쪽으로 뚜벅뚜벅 걸어가기 시작했다. 무슨 일인가 싶어 멍하니 지켜보고 있던 석규는 황민기가 건물 밖으로 나가고 나서야 황급히 뒤를 쫓아갔다.

"마치 죽지 않는 세포 같아."

황민기의 입에서 다시 이런 소리가 흘러나온 것은 주차 타워 앞을 지나가고 있을 때였다.

석규는 자기도 모르게 발을 멈추었다.

죽지 않는 세포.

아내가 입원한 병원의 담당 의사도 똑같은 말을 했다. 암세포는 죽지 않는 세포라고, 죽지 않는 세포가 사람을 죽이는 거라고. 말장난 같은 의사의 말을 석규는 선뜻 이해하지 못했다. 죽지 않는다는 건 좋은 거 아닌가? 죽지 않는 세포가 왜 사람을 죽이지?

지금은 그때와 달랐다. 그는 의사의 말을 누구보다 잘 이해하고 있었다. 그의 앞에 있는 의사의 심정 또한 어렴풋하게나마 그래서 이해할 수 있을 것 같았다.

주차 타워를 지나 산길 쪽으로 좀더 걷자 조그만 구름다리가 보였다. 구름다리를 건너자마자 나무 벤치가 있었다. 두 사람은 거기에 앉았다. 벤치 뒤로 졸졸거리며 개울물이 흘렀다. 물소리를 들으며 석규는 담배를 입에 물었다. 지포라이터를 내밀어 불을 붙여준 사람은 황민기였다. 연애 시절 자기 아내에게 생일 선물로 받은 것이라고 했다.

"그리고 그날 아내와 잤어."

그때를 떠올리고 있는지 황민기의 아련한 눈빛이 어둠이 몰리기 시작한 허공을 잠시 더듬거렸다.

"다음 날 아내가 나한테 그러더라고. 자기 아빠한테 점심 얻어먹으러 가자고. 그때부터 정신이 하나도 없었어. 내 인생이 너무 빠르게 흘러갔거든. 이런저런 일도 많았고."

황민기의 시선이 멀리 한곳을 지그시 응시했다. 그곳은 의과대학이 들어설 부지였다. 수풀만 무성하던 그곳은 이제 사방으로 가림막이 둘러쳐져 있었다. 의과대학 인가가 났다는 소리를 듣지 못했는데 공사를 이미 시작한 모양이었다.

"그래 무엇부터 얘기해줄까? 자네가 궁금한 게 정인이와의 관계인 건가?"

석규는 조용히 고개를 한 번 끄덕였다.

"아내와 자기 전 정인이와 먼저 잤어. 정인이는 희영이와의 관계를 알면서도 기회만 있으면 날 유혹하려고 했지. 솔직히 난 정인이가 그러는 게 싫지 않았고."

석규는 허공을 향해 담배 연기를 길게 밀어냈다. 벤치 옆 가로등에는 이미 불이 들어와 있었다.

"어느 날 희영이와 심하게 다퉜어. 임신했는데 아이를 낳겠다고 고집했거든. 다투고 나서 혼자 술집에 앉아 있는데, 어떻게 알았는지 정인이가 찾아왔더라고. 난 정인이에게 내 심정을 솔직하게 말했어. 임신은 생각지도 못한 거다, 난 아직 아빠가될 준비가 안 됐다, 적어도 인턴이나 끝나야 결혼을 생각할 수있다. 정인이는 아무 말 없이 조용히 듣고만 있더라고. 그날 술을 꽤 많이 마셨어. 다음 날 새벽에 눈을 떴는데 정인이가 옆에누워 있더라고. 둘 다 벌거벗은 채였고, 난 자포자기해서 될 대로 되라는 식이었지. 그날부터 희영이를 피해 다녔어. 그러면서도 정인이는 만났고. 그런 와중에 엠티를 간 희영이가 죽게된 거고."

"홍희영을 그렇게 한 거 정말로 송정인이야?"

"정인이가 한 짓 맞아. 하지만 나도 무관하진 않겠지. 정인이가 그렇게라도 해주길 바란다는 뉘앙스를 풍겼을지도 모르고."

그러니까 황민기는 한 여자도 두 여자도 아닌 세 여자와 동시에 관계를 갖고 있었다. 그중 한 여자가 임신했고 다른 한 여자가 그 여자를 죽였다. 이것이 진실일까?

이정국의 장례식장 입구에서 오지 않는 황민기를 기다리며석규는 한 가지 생각에 골몰했었다. 언젠가 전상만이 들려준운동화에 대한 에피소드였다. 사실은 까맣게 잊고 있다가 전상만을 만난 탓에 문득 떠올랐다.

"황 원장, 홍희영은 구두건 운동화건 신발 끈이 자주 풀렸다고 하던데, 정말로 그랬나?"

"갑자기 무슨 소리야?"

"전상만이라고, 알지?"

누구? 하고 황민기가 되물었다.

"전상만. 자네하고 연극 동아리를 같이 했던 사람. 그 사람이 그렇게 말하더라고."

물론 거짓말이었다. 전상만한테 그런 얘기는 전혀 듣지 못했다. 일종의 함정수사였다.

"그러고 보니 그랬던 것 같아. 희영이는 이상하게 신발 끈이 잘 풀어지곤 했어."

홍희영이 죽고 나서 엠티에 참석한 학생들은 반쯤 넘이 나가 있는 상태였다. 지도교수가 내려오고 나서야 학생들은 집으로 돌아갈 수 있었다.

그날 집으로 돌아가면서 한 여학생은 내내 뭔가가 찜찜했다. 이유를 깨달은 것은 집에 도착하고 난 뒤였다. 신발을 벗는데 끈이 풀어져 있었다. 여학생은 무심코 신발 끈을 묶으려고 다시 허리를 숙였다. 그리고 그 순간 한 가지 사실을 깨달았다. 그녀의 운동화는 끈이 없는 접착식 운동화였다. 그러니까 그녀는 어이없게도 남의 운동화를 신고 집에까지 왔던 것이다.

여학생은 누구와 신발이 바뀌었는지 곰곰이 생각했다. 하지만 끝내 기억해내지 못했다.

그런데 다음 날 느닷없이 송정인이 그녀를 찾아왔다. 송정인은 그녀에게 대뜸 이렇게 말했다.

"신발이 바뀐 것 같아."

여학생은 신발장에서 운동화를 꺼내 송정인에게 건넸다. 신발을 받고 나서 송정인은 얼이 빠진 사람처럼 한동안 운동화만 우두커니 보고 있었다. 왜 그러느냐고 여학생이 이유를 물었다. 송정인은 대답을 횡설수설하더니 갑자기 바쁜 일이 생긴 사람처럼 후다닥 집에서 뛰쳐나갔다.

석규가 전상만에게 들은 얘기는 여기까지였다.

헤어지고 나서 석규는 전상만이 전에 한 말을 다시금 떠올렸다.

"이게 무슨 힌트라도 될까요?"

힌트가 될까? 될 수 있을까? 생각을 곱씹었다. 그러다 의문이 하나 생겼다. 송정인은 어떻게 그 여학생과 신발이 바뀌었다는 걸 알았을까?

아무리 생각해봐도 이유는 한 가지였다. 착각이 가능할 정도로 비슷한 운동화였다는 것. 그 여학생은 몰랐어도 송정인은 그것을 알았다는 것. 비슷한 운동화라면 그 가능성은 한 가지밖에 없었다. 송정인과 여학생은 끈이 아닌 접착식, 이른바 찍찍이 운동화를 신었다는 것.

여기까지 생각하고 나서 석규는 일전에 찾아간 퇴직 경찰관에게 전화를 걸어 다짜고짜 질문 하나를 던졌다.

"홍희영의 시신이 나뭇가지에 걸린 채 발견되었다고 했잖습니까, 그때 신발은 뭘 신고 있었죠?"

일부러 운동화라는 언급은 하지 않았다. 퇴직 경찰관은 잠시 뜸을 들이다가 걸걸한 목소리로 이렇게 말했다.

"아무것도 안 신고 있었어. 신었는데 물살에 벗겨졌거나 했겠지."

통화를 끝내고 나서 석규는 한숨을 내쉬었다. 실망이 컸다. 뭔가 확실해질 수 있는 기회를 잡았다고 생각했는데, 다시 손가락 사이로 그 기회가 빠져나간 듯한 기분이었다.

이제 운동화에 대해 답을 해줄 수 있는 사람은 황민기뿐이었다. 다행히 그는 석규의 함정수사에 걸려들었다.

석규는 운동화에 대한 에피소드를 황민기에게 남김없이 해주었다.

황민기는 잠자코 듣기만 했다. 얘기를 하는 사이 그가 보인 반응이라고는 손으로 안경을 조금 밀어 올렸다가 콧등을 만지작거리고는 도로 내려놓는 것이 전부였다.

얘기가 끝나고 황민기에게 뻔한 질문 하나를 던졌다.

"송정인이 얼이 빠진 듯 멍청히 서 있었던 이유가 뭐라고 생각하지?"

"그거야……."

황민기는 말끝을 흐지부지 얼버무렸고 대신 석규가 이유를 설명했다.

"송정인은 당황할 수밖에 없었어. 그 여학생이 자기 신발이라며 내놓은 것이 홍희영의 신발이었으니까. 송정인은 생각했겠지. 홍희영의 신발이 왜 여기 있을까, 홍희영이 신고 간 신발은 누구의 것이었을까? 답은 뻔했지. 자기 신발을 홍희영이 신고 갔다는 것이니까. 그러다 문득 궁금해졌을 거야. 자살했다는 사람이 왜 자기 신발이 아닌 친구의 신발을 신고 갔는지. 황 원장은 어떻게 생각하지? 홍희영이 왜 자기 신발이 아닌 친구의 신발을 신고 갔을까?"

황민기는 입도 뻥끗하지 않았다. 어금니를 꾹 깨물고 있는지 광대뼈가 툭 튀어나와 보였다.

석규는 계속해서 말했다.

"한밤중에 누군가 몰래 나타났어. 홍희영을 슬그머니 밖으로 불러냈지. 홍희영은 서둘러 신발을 신었겠지. 아마 운동화 끈이 풀어져 있었을 거야. 홍희영은 운동화 끈을 묶는 것을 포기하고 집에서 하던 버릇대로 룸메이트인 송정인의 찍찍이 운동화를 신었어. 죽으러 가는 게 아니라 곧 돌아올 생각이었으니까. 그러나 그게 끝이었지. 자기도 아기도."

황민기의 입술 사이로 끙, 하는 신음 소리가 흘러나왔다. 그러나 그것이 전부였다. 어떤 반응도 더는 없었다.

"송정인은 모든 것을 알게 된 후 그 사람을 만나러 갔어. 그 사람에게 결혼을 요구했지. 그 사람은 그럴 수 없다며 버텼고. 송정인과 결혼하는 순간 그 사람의 꿈도 물거품이 될 테니까. 결국 그 사람은 다른 사람을 소개시켜주었지. 그렇게 해서 송정인은 정수와 결혼했고 애를 낳고 그럭저럭 잘 살았어. 물론 자네와의 은밀한 관계는 지속되었지만."

"추측일 뿐이야. 다 억측이라고!"

황민기가 어금니를 꽉 깨문 채 으르렁거리듯이 말했다.

"추측은 맞지만 억측은 아냐. 서울로 돌아와 송정인이 그 여학생을 찾아갔다는 걸 잊은 건가? 송정인은 여학생한테 신발이 바뀐 것 같다고 말했지. 자네 말대로 송정인이 홍희영을 불러냈다면, 그렇게 해서 살해했다면 송정인은 그 여학생을 찾아갈 이유가 없었어. 자기 신발을 홍희영이 신고 있다는 걸 뻔히 알고 있었으니까. 처음부터 홍희영의 신발을 신고 집으로 왔겠지."

황민기가 다시 끙, 하고 신음 소리를 내뱉더니 마른세수를 하듯 손으로 얼굴을 쓸어내렸다. 그의 시선이 더욱 짙어진 어둠 속을 뚫어져라 쳐다보았다. 어둠 속에서 무엇인가 은은하고 푸르스름하게 빛나고 있었다. 그것은 공사판의 가림막에 붙어 있는 글씨였다.

에. 비. 슨. 의. 과. 대. 학.

"저거, 보이지?"

황민기가 가림막 쪽을 턱으로 가리켰다.

"난 머지않아 장인어른에게 병원을 물려받게 될 거야. 우리나라 최고의 성바오로병원, 거기에 내가 키운 에비슨병원이 합쳐져 하나가 되는 거야. 명실상부한 우리나라 최고의 병원 그룹이 등장하는 거지. 그 주인이 바로 나야. 여기까지 오는 게 쉬웠을 것 같아? 아니, 결코 그렇지 않아. 내가 서평으로 온 것도 괜히 온 게 아냐. 난 나 자신을 증명해야 했으니까. 그래야 나중에 이러쿵저러쿵 군말이 없을 테니까."

황민기가 잠시 말을 끊었다. 크게 숨을 삼켰다가 내뱉고 나서야 다시 말을 이었다.

"정인이와 나 아무런 관계도 아니었어. 아니, 정인이가 나를 좋아했던 건 맞아. 하지만 친구의 애인이니 어쩔 수 없었던 거

지. 딱 그 정도였어. 그런데 그날 찾아와서 갑자기 결혼을 하자
고 그러는 거야. 난 거부했어. 그냥 네 남자로 살라면 살 수 있
지만 결혼을 할 수는 없다고 했지. 결혼한다고 해도 평생 희영
이의 악몽을 꾸면서는 행복할 수 없으니까. 그날 술을 많이 마
셨어. 둘 다. 눈을 뜨니 모텔이었고 옆에 정인이가 있었고. 모텔
에서 나와 아침을 먹는데, 정인이가 빤히 쳐다보면서 내게 묻
더라고. 평생 자기 남자로 살 수 있겠냐고. 결혼은 다른 여자
와 하겠지만 그렇게 하라면 그렇게 하겠다고 대답했어. 식당에
서 나와 버스정류장으로 걸어가면서 정인이는 내내 굳은 얼굴
이었어. 버스정류장에서 정인이가 다시 내게 말하더라고. 좋은
남자 있으면 소개시켜달라고. 자네는 어떻게 생각할지 몰라도
우린 거래를 했어. 서로를 위한 거래를 한 거라고."

　　나이가 들고 보니 좋은 점도 있었다. 예전 같으면 가슴에 격
한 소용돌이가 쳤을 텐데 지금은 그저 덤덤하기만 했다. 그러
고 보면 수도자들이 깨달음을 얻기 위해 안달복달하는 것도 우
스운 일이었다. 그렇게 고생고생하지 않아도 나이 들면 저절로
깨닫게 되는 것인데……. 좀더 일찍 깨닫든 조금 늦게 깨닫든
그게 무슨 차이가 있겠는가. 오히려 일찍 깨닫고자 하는 것 자
체가 욕심일 뿐.

　　"정국이가 자네한테 요구한 게 박카스병인가?"

　　"난 모르는 일이야."

　　"정말로 몰라?"

　　"몰라."

황민기는 고개까지 저으며 잡아뗐다.

석규와 황민기와 함께 본 변검 공연에서 차검의 달인은 24회까지 가면을 바꿔치기할 수 있다고 했다. 그것이 인간의 한계일까? 혹시 더 많은 가면을 쓰는 것도 가능하지 않을까? 인간은, 아니 황민기는 도대체 몇 개의 가면을 얼굴에 쓰고 있는 것일까?

"다시 묻지. 정국이가 자네한테 요구한 게 뭐야? 정국이의 음모에 결국 자네도 가담한 건가?"

"왜 그런 걸 궁금해하지? 설령 그랬다고 해도 자네가 상관할 일이 아냐."

그러니 궁금해하지도 묻지도 말고 그냥 입을 다물라는 것인가?

"맞아, 난 상관할 필요가 없지. 누가 누구를 죽였든, 죽이는 데 도움을 줬든 나하고는 상관없으니까. 이미 공소시효는 오래전에 지났고 그러니 법적인 처벌은 불가능해. 도의적인 책임 따위도 내가 애초부터 원했던 게 아냐. 누군가를 처벌해 정의를 바로 세우겠다는 어쭙잖은 공명심이 있는 것도 아니고. 그런 건 나라는 놈하곤 거리가 멀어."

"그럼 됐잖아. 이제 됐어. 이 정도에서 그만 멈춰. 더 쫓아서 무엇을 증명하겠다는 건데? 그런다고 뭐가 달라져?"

문득 궁금해졌다. 대체 무엇을 쫓고 있는 것일까? 황민기의 말처럼 무엇인가를 증명하려는 것일까? 그것을 증명한들 무슨 의미가 있을까? 설마 진실 따위를 궁금해하는 것일까?

"난 진실이 뭔지 확인하고 싶어."

어이없게도 불쑥 이 말이 입에서 나갔다. 황민기가 풋, 하고 웃더니 잠시 후에는 허리를 꺾어가며 자지러지게 웃어댔다.

"최 소장, 그거 아나? 천사의 진실이든 악마의 진실이든 거기에는 어떤 무게의 차이도 없다는 거. 어느 쪽에 서 있느냐가 중요한 거야. 똑같은 진실이지만 어느 쪽이냐에 따라 전혀 다르게 보이거든."

석규에게 진실은 망치나 드릴 같은 도구일 뿐이었다. 진실은 그 어떤 힘도 갖고 있지 못했다. 진실을 도구처럼 휘두를 수 있는 자만이 비로소 진실의 힘을 만끽할 수 있었다. 석규는 그런 사람이 되지 못했다. 진실을 도구처럼 휘두르고 싶은 욕심조차 갖고 있지 못했다. 그는 그저 궁금할 뿐이었다. 석규는 이 점을 황민기에게 강조해 말했다. 그리고 마지막으로 한마디 덧붙였다.

"황 원장, 자네에게 분명하게 약속할게. 자네에 대해 그 누구에게도 입도 뻥끗하지 않겠다는 거."

설득이 통했는가? 아니, 그렇지는 않았다. 황민기는 자신이 정한 그것만큼만 보여줄 뿐 나머지는 꽁꽁 감춰두는 사람이었다. 그러니 설득해도 별로 소용은 없었다. 그래도 실망할 단계는 아니었다. 확실히 뭔가 조짐이 있는 것이 사실이었다. 황민기는 담배를 입에 물더니 한동안 희멀건 담배 연기만 반복적으로 뿜어댔다. 담배 연기와 함께 황민기의 목소리가 밀려나온 것은 담배가 반쯤 타고 난 다음이었다.

"난…… 몰랐어."

석규는 대꾸 없이 잠자코 다음 말을 기다렸다.

"정인이를…… 그걸 알았더라면 결코 주지 않았을 거야."

한동안 침묵이 이어졌다. 석규는 새 담배에 불을 붙이고 싶었지만 꾹꾹 눌러 참았다. 하루에 세 개비, 그와 현 순경이 정한 약속이었다.

먼저 입술을 뗀 사람은 석규였다.

"이번 서은희의 죽음에도 자네가 연관되어 있는 건가?"

"아니, 이번 사건과는 상관없어."

"정말인가?"

"자네가 날 의심하는 이유를 모르겠군. 난 아니야."

"18년 전처럼 정국이에게 협박당한 거 아냐? 그래서 나를 부추겨 이정국에게 사진을 요구한 거고."

"아니, 협박 따위 받지 않았어. 은희 씨가 죽어서 겁을 먹었을 뿐이야. 하필이면 18년 전과 똑같은 장소에서 그것도 비슷한 방식으로 죽었잖아. 은희 씨 사건, 정국이가 한 짓이 아닐까 의심했거든. 18년 전의 일은 무사히 넘어갔지만 이번 일도 과연 그럴지는 솔직히 의문이었고. 만일 일이 잘못돼서 정국이가 경찰에 체포라도 된다면, 그렇게 되면 18년 전의 사건까지 문제가 될 것 같았고. 그런 상황에서 정국이가 나와의 비밀을 끝까지 지켜줄지 의문이 들 수밖에 없었지. 그래서 난 그 사진의 유무를 알고 싶었던 거야. 사진이 없다면 발뺌해도 문제될 게 없으니까."

그럴듯한 변명인데도 곧바로 의심이 고개를 쳐들었다. 또 다른 가면으로 버티고 있는 것이 아닐까? 그러나 석규는 곧 생각

을 바꾸었다. 황민기를 믿기로 했다. 그것이 맨얼굴이든 가면
이든 이제는 별다를 것도 없었다.

"정국이가 죽기 전날, 혹시 문자메시지 같은 거 받은 적 있
나? 줄리엣이 어떻고 로미오가 어떻다는 그런 거."

"그런 거 없었는데. 우리가 오래된 관계이긴 해도 로미오와
줄리엣을 찾을 정도로 친한 사이는 아니니까."

오래된 관계. 모텔 주인 여자에게 들은 말이었다. 목 어딘가
에 가시가 걸린 듯 그때나 지금이나 신경에 거슬리는 말이었
다. 도대체 얼마나 오래되어야 오래된 관계라는 것일까?

김영옥은 모텔 309호에서 5년간 장기 투숙했다. 그동안 이
정국과는 연인 관계를 유지했다. 그 정도, 5년이면 오래된 관계
인 것일까? 모텔 여주인이 말한, 아니 김영옥이 말한 오래된 관
계는 과연 몇 년을 의미하는 것일까? 적어도 5년 이상이라는
것은 분명했다. 지금 그가 궁금한 것은 5년 이상이 과연 어느
정도의 세월인가 하는 것이었다. 석규는 그것을 구체적으로 알
고 싶었다. 아무래도 조만간 모텔 여주인을 찾아가봐야 할 것
같았다.

김영옥에게 아들이 있다면 오래된 관계의 정도에 따라 나이
는 달라질 수밖에 없다. 10년이라면 김영옥의 아들 나이는 맥
시멈이 스물여덟이다. 그보다 오래되었다면 맥시멈은 그만큼
더 늘어난다.

만일 이정국과 김영옥 사이에 생긴 아들이 범인이라면, 그
자는 존속살해를 저지른 것이다. 그러나 이정국을 만나기 전에

김영옥에게 남자가 있었다면, 그 둘 사이에 자식이 있었다면
얘기는 또 달라진다.

"오늘은 여기까지 하지."

황민기가 자리에서 일어나며 손으로 엉덩이를 툭툭 털었다.
무엇이 묻었다기보다는 그냥 습관적인 행동 같았다.

석규는 의자에서 일어나며 황민기를 똑같이 따라했다.

"시간될 때 전화 주게. 사무실에 한번 오든지."

당분간 황민기를 찾아갈 일은 없을 것 같았지만 석규는 건성
으로 그러마고 대답했다.

"최 소장, 자네가 찾는 걸 어쩌면 내가 줄 수도 있으니까."

갑자기 호기심이 당겼다.

"내가 찾는 게 뭔지는 알고?"

"아까 자네가 말했잖아, 진실이라고."

진실? 석규는 하마터면 웃음을 터뜨릴 뻔했다. 그렇게 말했
단 말이지? 진실을 알고 싶다고!

"그래서 그 진실을 순순히 알려주겠다는 건가?"

"그건 자네가 어떻게 하느냐에 따라 달라지겠지."

"왜 스스로 가면을 벗지 않지?"

"난 배우가 아니니까. 난 고해성사만 해도 충분해."

"황 원장은 내가 사제처럼 보이나 보군."

"아무려면 어때. 나만 만족하면 되지."

그 말을 끝으로 두 사람은 헤어졌다. 이유는 모르지만 다른
날과 달리 헤어지면서 악수까지 나누었다.

먼저 자리를 떠난 사람은 황민기였다. 석규의 입에서 또 다른 질문 하나가 튀어나간 것은 그가 일고여덟 걸음쯤 멀어졌을 때였다.

황민기는 미처 질문 내용을 알아듣지 못한 것 같았다.

"방금 뭐라고 했지?"

"송정인을 어떻게 생각했느냐고 물었어. 가령 사랑했다거나……."

"사람 마음이라는 게 흑과 백으로 명확하게 구분되는 게 아니잖아. 그녀를 만날 때 난…… 뭐랄까, 그냥 좋았어. 그녀도 그랬던 것 같고. 그녀가 죽었을 때는 진심으로 슬퍼했고. 하지만 사랑이니 뭐니 그런 건 생각조차 해본 적 없어. 사랑하지 않아도 만나서 얼마든지 행복한 사람도 있는 거잖아. 난 일 년 내내 멀쩡하게 살지만 단 하루만은 유치한 짓거리를 해. 정인이가 죽은 그날 사고가 난 그곳에다가 장미꽃 한 다발을 놓아두고 오는 거야. 딱 그 정도겠지. 그 정도가 내가 정인이에게 할 수 있는 전부야."

황민기는 멈췄던 걸음을 다시 재촉했다. 어둠 속으로 스며드는가 싶더니 모퉁이를 돌면서 건물이 아예 그를 가려버렸다.

황민기의 말은 옳았다.

사랑하지 않아도 얼마든지 행복할 수 있다. 반대로 사랑하더라도 행복하지 못할 수도 있다. 아픈 아내를 오랜 세월 지켜보면서 수백 수천 번 스스로에게 같은 소리를 했었다. 난 아내를 사랑해. 그러니까 난 행복해. 난 행복한 사람이야. 그러나 정말

로 행복한 것은 아니었다. 아내는 어땠을까? 일과 아내의 병에
지친 남편을 보면서 그녀는 어떤 생각이었을까? 행복했을까?
정말로?

　아니, 결코 그렇지 않았다.

　아내는 그를 사랑했지만 행복한 여자는 아니었다. 아내와 그
는 서로 사랑했으나 행복한 부부는 아니었다. 딸은 그것을 이
해하지 못했다.

　회의실에 모인 사람은 다섯이었다. 넘버 2 염 형사는 매직펜을 들고 화이트보드 앞에 섰고, 나머지 넷은 사각 탁자에 빙 둘러 앉았다. 팀장과 천 형사가, 맞은편에는 조진호와 오태주가 나란히 앉았다. 강력 4팀에 속한 형사가 셋 더 있었지만 그들은 외근 중이었다.

　"줄리엣이 죽으면 로미오도 죽어요. 이게 서은희와 이정국이었다 이거지?"

　팀장이 이렇게 말하고는 천 형사 쪽을 보았다. 속옷이 바지에 끼었는지 엉덩이를 들썩거리던 천 형사가 엉겁결에 네, 하고 대답했다.

　"범인은 과시욕이 강한 놈이야. 다른 메시지는 다 지웠으면서 줄리엣과 로미오 그거 하나만 보란 듯이 달랑 남겨놓은 것만 해도 그렇고. 잘난 척하는 거야. 나 잡아봐라, 하고 약 올리는 거라고. 그러고 보니 꼭 연인들의 사랑 놀이 같네. 우리가 언제부터 이런 관계가 된 거지?"

"너무 사랑하니까 수갑 들고 쫓아가는 거잖아요. 잡아서 가둬두려고요."

천 형사의 맞장구에 왁자하게 웃음이 터졌다. 하지만 팀장은 웃지 않았다.

"시신을 전시했다는 느낌이 든다고 누가 그랬지? 진호였나?"

팀장이 조진호와 눈을 맞추고는 가볍게 고개를 끄덕여주었다.

"사실은 나도 같은 생각이야. 범인은 누군가에게 보여주려고 했을 거야. 그건 아마도 이시우겠고."

"그러니까 팀장님은 이시우를 둘러싼 테러 사건의 범인이 저지르는 짓이다, 이거죠?"

천 형사가 확인했다.

"그렇지. 얼마 전에 테러를 당한 여배우의 증언대로라면 이시우의 문자를 받고 호텔로 돌아가려는 거였는데, 정작 이시우는 그런 연락을 한 적이 없다고 했어. 더욱이 이시우는 안개꽃은 자기가 싫어하는 꽃이라고 했고. 범인이 수작을 부린 거지. 범인은 이시우의 광팬인 게 틀림없어."

이시우의 광팬이든 아니든 한 가지 풀어야 할 숙제가 있었다. 범인이 어떻게 여배우의 휴대폰 번호를 알았느냐는 것. 이 문제는 의외로 쉽게 풀렸다. 테러를 당하기 하루 전날 여배우가 꽃다발을 들고 대기실로 이시우를 찾아갔고, 그 꽃다발에 휴대폰 번호를 적은 쪽지를 놓아두었다는 진술이 확보된 것이다. 그 쪽지는 대기실 쓰레기통 속에서 발견되었다. 여배우의 매니저에게 확인한 결과 여배우의 필체가 분명하다고 했다.

팀장이 의자를 빙글 돌리더니 화이트보드 앞의 염 형사를 향해 가볍게 손짓했다. 염 형사가 알아들었다는 듯 흰색 보드에 무엇인가를 적기 시작했다. 짧은 사이에 방금 팀장이 말한 내용이 요약 정리되었다. 그중 '황산 테러범＝광팬'이라는 글자에는 동그라미가 둘러쳐져 있어 유독 눈에 잘 띄었다.

황산 테러는 연이어 네 차례 발생했다. 안타깝게도 수사팀은 아직까지 범인의 윤곽조차 파악하지 못했다. 수사팀에서 범인과 가장 가깝게 접근한 인물은 태주였다.

태주는 지난번 범인을 쫓은 일에 대해 이미 팀장에게 상세하게 보고했다. 하지만 지하철역에서 하수연과 그의 애인인 김기준을 만났다는 것은 보고 내용에 포함시키지 않았다. 굳이 그럴 필요가 없다는 판단이었다.

그날 태주는 두 사람과 밖으로 나가 커피 전문점으로 갔다. 막상 자리에 앉고 보니 별로 할 말이 없었다. 멋쩍게 앉아 있다가 뮤지컬 얘기가 나왔고, 다시 이야기는 이시우로, 그러다가 황산 테러범에까지 확장되었다.

황산 테러범의 얘기가 나오자마자 하수연은 갑자기 질문이 많아졌다.

"당한 사람이 다 여자라죠? 황산 테러 같은 경우에 남자가 여자에게 테러하는 경우도 있나요? 제 생각엔 여자가 여자한 테 할 것 같은데요. 아무래도 여자는 남자보다 힘이 약하고 남 자들처럼 칼이나 무기류를 사용하는 게 쉽지 않잖아요."

하지만 사실과는 전혀 다른 소리였다. 여자라고 칼이나 총, 그 외의 무기류를 사용하지 않는 것이 아니었고, 또 힘이 약해 서 황산 테러를 하는 것도 아니었다. 황산 테러의 경우 대부분 원한에 의한 범죄였다. 그러니까 이시우를 끔찍하게 좋아하거 나 싫어하는 자의 범행일 가능성이 높다는 의미였다.

하수연의 질문이 끝나고 태주도 질문을 던졌다. 그가 커피나 한잔 마시자는 하수연의 제의를 선뜻 받아들인 것은 께름칙한 기분을 확인하기 위해서였다.

"두 분은 지금 어디에서 오는 거죠?"

"영화 보고요. 기준 씨는 월요일이 휴일이거든요. 집이 이 근 처라서 늦었지만 함께 저녁 먹으려고요."

"무슨 영화였죠? 좋으면 저도 보려고요."

"에이, 그게 아닌 것 같은데요. 지금 오태주 형사님은 우릴 의심하는 거잖아요."

하수연이 만만찮은 여자라는 것은 이미 알고 있었다. 그래서 그녀의 입에서 무슨 소리가 나올지 은근히 기대가 되기도 했다.

"제 생각에 오 형사님은 비옷을 입은 누군가를 쫓다가 놓친 것 같아요. 그것도 지하철역에서. 비옷을 벗어 던지고 어딘가 로 도주해버린 거죠. 그 직후에 우릴 만났고요. 도주한 사람이 우리 중 한 사람이라고 생각한 건지도 모르죠. 우릴 바라보는 눈이 이놈들 수상쩍어, 그랬으니까요. 혹시 도주한 사람이 황산 테러범이라도 돼요?"

정말로 대단한 여자였다. 하수연은 정확히 맥을 짚어냈다. 어떻게 그런 추리가 가능했는지 하수연에게 물었다.

"간단해요. 오 형사님은 머리부터 발끝까지 홀딱 젖어 있잖아요. 비옷을 갖고 있는데 왜 젖었을까요? 입지 않았다는 거죠. 비옷은 나중에 어떻게 얻게 된 거고요. 일회용 비닐 우비에 비해 그런 비옷은 몇 배나 비쌀 텐데 이런 날씨에 일부러 그걸 버리고 갈 사람이 누가 있겠어요. 꼭 버려야 할 이유가 있었다면 모를까. 그 비옷을 태주 씨가 손에 들고 있다는 건 비옷을 입은 사람을 쫓고 있었을 가능성이 높다는 거고요."

태주는 속으로 혀를 내둘렀다. 이런 여자가 경찰서가 아닌 주민센터에서 일하고 있다는 것이 의아했다.

범인이 입었던 것으로 추정되는 비옷은 국과수로 넘겨졌다. 예상했지만 역시 아무것도 나오지 않았다. 비옷 안쪽에는 'M건설'이라는 글자가 전화번호와 함께 흰색 페인트로 쓰여 있었다. 석규는 그곳에 전화해 몇 마디 물어보고는 'M쇼핑센터' 공사장을 찾아갔다. 범인을 놓친 지하철역에서 그리 멀지 않은 곳이었다.

M쇼핑센터 공사장에서는 지천으로 널린 것이 회색의 그 비옷이었다. 그것은 하나같이 사이즈가 같았다. 허리의 고무밴드를 줄이거나 늘리는 방식으로 덩치에 상관없이 누구나 입을 수 있는 구조였다.

결국 비옷으로 형사들이 얻은 것은 아무것도 없었다.

팀장이 좌중을 둘러보며 다시 말했다.

"이정국이 죽은 그 파티, M건설이 주관했다면서?"

"M건설이 뮤지컬의 후원사이기도 하고요. 제작에도 일정 부분 투자했고요."

천 형사가 대답하고는 손깍지를 낀 팔을 탁자에 괴었다.

"비옷도 M건설이잖아. M건설의 마창기하고 이시우는 친구고. 아무래도 뭔가 연관이 있어. 범인이 우리를 그쪽으로 유인하는 느낌이 들기도 하고. 왠지 엄청 찜찜한걸."

"하지만 M건설하고 이정국과는 별다른 원한 관계가 없었는데요."

"돈거래는?"

"원래 이정국 그 집안이 돈이 꽤 있는 집안이더라고요."

천 형사가 수첩을 펼치더니 힐끔거리며 내용을 읽기 시작했다.

"사업을 확장하면서 한때 어려움이 있었는데 건설사를 운영하던 동생이 죽고 그 재산을 관리하게 되면서 오히려 전화위복이 됐어요. 건설사는 전문 경영인이 운영하다가 IMF 직전에 다른 건설사에 아예 모든 지분을 넘겼고요. 썩 운이 좋은 편이었죠. 이후로 이정국은 탄탄대로였습니다. 극단과 뮤지컬 전용 극장을 운영하고 있고, 이시우가 귀국하기 전에 연예 매니지먼트 사업도 시작했고요. 불과 1년 만에 우리나라 정상급 뮤지컬 배우와 영화배우 다수를 확보했죠. 부동산과 주식을 합쳐 2천억이 넘는 자산가고요."

"2천억이나 돼? 그 정도면 대체 얼마나 되는 거야?"

"5만 원권으로 사과 박스 하나면 10억이니까, 사과 박스 2백 개네요. 그 정도면 팀장님 아파트 거실을 가득 채우고 안방도 반은 채우겠는걸요."

팀장이 깐죽거리는 천 형사를 사납게 흘겨보며 다시 물었다.

"그 정도라면 누군가에게 돈을 빌렸을 것 같지는 않고, 반대로 돈을 꿔줬는데 안 갚아서 성질을 부리거나 한 사람은 없어?"

"개인적인 돈거래는 하지 않았답니다."

천 형사가 수첩에 코를 박고 대답했다.

"직원들과 거래처 사람들은 뭐래?"

"극단 쪽으로 여러 사람들을 만나봤는데, 돈 문제는 확실한 사람이었습니다."

"그럼, 그쪽으로는 의심할 게 없다는 거로군. 좋아, 다음으로 넘어가자고. 서평에는 진호가 내려갔었나?"

조진호가 조금 느즈러져 있던 자세를 바로 잡으며 네, 하고 대답했다.

"서은희에 대해 확인은 해봤고?"

"해봤는데 나온 게 없습니다."

"사고사가 맞아?"

"네, 그렇게 처리돼 있었습니다. 음주운전으로 인한 사고사요. 검안을 담당한 의사를 만나봤는데 의심쩍은 부분은 발견되지 않았다고 했습니다."

"18년 전 죽었다는 시동생 부부 얘긴 어떻게 됐어? 서은희하고 뭔가 연관이 있는 거야?"

"사건 연관성은 없는 걸로 보입니다."

팀장이 천 형사 쪽으로 다시 시선을 옮겼다.

"이정국의 여자 관계는 어땠어?"

"그건 저쪽인데요."

천 형사가 태주를 턱으로 가리켰다. 팀장의 시선이 곧바로 태주에게로 쏠렸다.

"좀 찜찜한 여자가 한 사람 있긴 있습니다."

태주가 뒷머리를 긁적거리며 대답했다.

"그 여자가 누군데?"

"이름은 김영옥, 18년 전에 자살했습니다."

"웬 자살? 그런데 18년 전이라고? 이정국 동생네 부부도 18년이고, 김영옥 그 여자도 18년이고. 뭔가 이상하지 않아?"

팀장이 팔짱을 끼고는 어떻게 생각하느냐고 묻듯이 태주를 쏘아보았다.

"이정국과 그렇고 그런 사이였습니다. 그래서 자살한 것 같고요."

"둘 사이에 아이는 있었고?"

팀장의 질문이 어떤 의도를 감추고 있는지 태주는 단박에 짐작했다. 만일 아이가 있다면 그 아이가 테러범일 가능성을 염두에 둔 것이었다.

"그건 아직 모르겠습니다. 오늘 김영옥이 자살한 모텔을 찾아갈 겁니다. 주인을 좀 만나보려고요."

"자살이라면 사연 좀 있겠는걸. 왠지 끌려, 자세히 캐봐."

그날 회의는 거기까지였다. 과장으로부터 호출을 받은 팀장이 마지못해 회의 종료를 선언한 것이다. 서둘러 회의실을 빠져나가며 팀장은 주먹을 흔들어 보이며 으름장을 놓았다.

"내가 깨지면 니들도 깨지는 거 알지?"

*

파라다이스? 홍콩파크, 오아시스, 올인, 낙원, 백조, 샹그릴라, 엔돌핀, 엘리자베스, 킹&퀸 등이 그 옆으로 어깨를 견주고 있었다. 모텔 이름은 왜 모두 이런 식이란 말인가? 태주는 싱겁게 웃고 나서 파라다이스의 유리문을 밀고 안으로 들어갔다.

바로 모텔 프런트가 보였다. 약하게 선팅이 된 유리창 저편에서 여자의 목소리가 들려왔다.

"쉬었다 가시게요?"

파마머리의 여자였다. 이십대는 아니고 삼십대 중반쯤? 이여자가 18년 전에도 이 자리를 지키고 있었을지는 의문이었다. 종업원이거나 주인이 바뀌었거나 둘 중 하나일 것이다.

"경찰입니다."

태주는 신분증을 꺼내 여자에게 보여주었다.

"경찰이 웬일이래요?"

여자가 샐쭉한 표정을 짓더니 칫솔과 콘돔을 쥐었던 손을 슬그머니 뒤로 빼냈다.

"여기 주인이십니까?"

"굳이 따지자면 아직까지는 저희 어머님이 주인이죠. 며느리
예요."

"어머님이 연세가 어찌되시죠?"

"여든 넘으셨어요."

여든씩이나 된 건가? 그런 사람이 18년 전의 일을 기억하고
있을까?

"어머님께서는 언제까지 여기서 일하셨나요?"

"요즘도 가끔 나오세요. 제가 나온 지는 2년 됐고요."

"아직 정정하신가 보네요?"

"너무 정정해서 탈이죠. 요즘도 수입과 지출을 매일 직접 확
인하시거든요."

여자는 불만이라는 듯 목소리에 조금 날이 섰다.

"어머님을 좀 만나 뵈었으면 하는데요."

"우리 어머님을요?"

"네."

건성으로 대답하고는 붉은 카펫이 깔린 1층 복도 쪽으로 고
개를 돌렸다. 양쪽으로 문이 다섯 개씩 모두 열 개였다. 문이
열린 곳은 두 곳, 나머지는 닫혀 있었다.

"경기가 엉망이라는데 여긴 아니군요."

휴대폰의 번호를 누르다 말고 여자가 웬 시비냐는 듯 입술을
비죽 내밀었다.

"어머님, 전데요……."

여자가 짧게 내용을 설명하더니 태주를 보며 무슨 일로 오셨죠? 라고 물었다.

"18년 전의 일에 대해 좀 여쭤보려고요."

여자가 그 말을 고스란히 휴대폰 저편으로 전했다.

여자는 알았어요, 라는 말로 통화를 끝냈다.

"어머님이 집으로 찾아오시래요."

그러면서 여자는 종이에 주소와 휴대폰 번호를 적어주었다. 그리 먼 곳은 아니었다.

"오늘따라 우리 어머님 인기 좋네."

뒤돌아 나가는데 여자가 그의 등에 대고 구시렁거렸다.

태주는 걸음을 멈추고 다시 여자에게로 돌아왔다.

"왜요? 욕 같은 거 안 했는데요."

여자가 지레 겁먹은 눈으로 변명했다.

"그게 아니라요. 혹시 이 근처에 피타고라스나 유클리드, 페르마 이런 이름을 가진 모텔이 있나 해서요."

"다시 말해봐요."

태주는 여자에게 좀 천천히 반복해서 말해주었다.

여자가 고개를 갸웃하고는 곰곰이 생각에 잠긴 듯한 표정을 지었다. 그러다가 그를 보며 불쑥 물었다.

"그거 꼭 지금 알아야 해요?"

"아니, 그건 아니에요."

"휴대폰 번호 남겨놓으면 알아보고 문자로 알려드릴게요."

"뭐 꼭 그럴 필요까지는⋯⋯."

그러나 곧 생각이 바뀌었다. 여자가 혼잣말처럼 구시렁거리는 소리를 들은 것이다.

"유클리드하고 페르마는 어디 있는 것 같은데, 피타고라스는 도통 모르겠네."

태주는 휴대폰 번호를 남겨놓고 모텔에서 나갔다. 좀 어이가 없었다. 도대체 주인이 어떤 사람들이기에 수학자의 이름을 모텔 이름으로 짓는단 말인가? 주인이 허미자처럼 수학자가 꿈이었던 것일까?

허미자와 조진호는 급속도로 관계가 진전되었다. 누가 봐도 심상찮은 사이라고 느낄 수밖에 없을 정도로 두 사람은 낯간지러운 짓을 서슴지 않았다. 두 사람의 데이트 자리에 조진호는 걸핏하면 태주를 불러냈다. 그도 특별한 일이 없으면 마다하지 않고 초대에 응했다. 사실 이유는 따로 있었다. 두 번에 한 번꼴로 이지아가 그 자리에 함께 있었던 것이다.

네 사람이 모이면 이야기는 대부분 허미자가 주도했다. 한 번은 허미자가 자신의 꿈에 대해 이야기했다.

"저는 수학 선생이 아닌 수학자가 꿈이었어요."

중학교 때 피타고라스의 완전수[2]를 알게 된 것이 계기가 되었다고 한다. 허미자의 수학 선생은 학생들에게 이런 말을 했

---

2 자신을 제외한 양의 약수의 합으로 표현되는 양의 정수이다. 6(1+2+3), 28, 496, 8128 등의 여러 짝수 완전수가 발견되었다.

다. 이제까지 발견된 완전수는 다 짝수야. 허미자는 손을 번쩍 들고 선생에게 질문했다. 홀수는 없나요? 수학 선생의 대답은 글쎄, 였다. 조금 고민하다가 이제껏 발견한 사람은 없어, 라고 말했다. 그 순간 그녀는 수학의 세계가 바다나 우주만큼 넓고 넓다는 것을 깨달았다. 수학자가 돼서 홀수인 완전수를 찾아내 겠다고 주먹을 불끈 쥐며 결심했다.

그러나 그것은 불가능한 일이었다. 그녀가 그것을 깨달은 것은 고1 때 담임과의 진로 상담을 하면서였다. 공교롭게도 담임은 수학 선생이었다. 담임이 심드렁한 목소리로 이렇게 말했다.

"네가 방금 말한 게 수학의 유명한 미해결 문제 중 하나라는 건 알고 있는 거냐?"

미해결 문제? 어떻게 수학에 '미해결'이라는 말이 붙을 수 있지? 1+1=2, 2×2=4, 이게 수학이잖아. 수학은 약속 아냐? 수학에서 명확한 답이 없다는 게 말이 되는 소리야?

그날 그녀는 수학자의 꿈을 포기했다. 하지만 그때 그 즉시 수학 선생이 그녀의 새로운 꿈이 된 것은 아니었다.

'미해결'은 수학에만 있는 것이 아니었다. 알고 보니 어느 세계든 '미해결'은 존재했다. 그녀의 인생에서 수학자는 '미해결'에 가깝고 수학 선생은 그 반대쪽에 가깝다는 것을 어느 날 문득 이해하게 되었다. 그리고 그날 수학 선생이 그녀의 새로운 꿈으로 정해졌다.

꿈이 바뀌었다고 해도 그녀의 마음속에서 수학자에 대한 존경심이 사라진 것은 아니었다. 수학자는 그에게 첫사랑의 기억과 흡사했다. 그녀는 세월의 더께만큼 자신의 한때 꿈이었던 수학자를 그럴싸하게 포장했다. 술을 마시다가도 문득문득 수학자에 대해 떠벌렸다. 그러다 어느 순간 조진호든 허미자든 갑자기 어디론가 연기처럼 사라졌다. 한 사람이 먼저 사라지고 나중에 다른 한 사람이 사라지거나 두 사람이 동시에 사라지거나 하는 식이었다. 다음 날 어떻게 된 일이냐고 물으면 엉뚱하게도 피타고라스, 유클리드, 페르마를 줄줄이 늘어놓았다.

"걔네들 이름 가진 모텔 찾느라고."

*

노파의 집을 찾는 것은 그다지 어렵지 않았다. 집 근처에 마침 제과점이 하나 있었다. 그는 그곳에서 롤케이크 하나를 사들고 노파의 집 대문을 두드렸다. 주름살이 깊어지긴 했어도 노파는 며느리가 마뜩잖게 여길 정도로 정정한 모습이었다. 노파는 직접 나와 대문을 열어주었다. 2층 단독주택으로 마당에는 온갖 화초가 가득했다.

"그 여자 이름이 김영옥 맞아."

마당 한쪽에 놓인 나무 평상에 앉아 얘기를 나누었다. 눈앞이 꽃밭인지라 기분이 썩 괜찮았다.

태주는 노파에게 양해를 구하고 휴대폰으로 대화 내용을 녹음했다. 이 녹음으로 귀찮은 일은 생기지 않을 테니 염려하지 말라고 안심시켰다. 노파는 그런 걱정 따위 하지 않는다면서 차라리 무슨 일이라도 생겼으면 좋겠다며 투덜거렸다. 늙으니까 너무 심심하다는 게 이유였다.

"우리 모텔에서 5년간 장기 투숙했어. 그러다 자살했고. 난 보통은 309호라고 불렀어."

노파는 목소리의 톤이 조금 높았다. 그만큼 귀가 안 좋다는 의미였다.

"김영옥, 그 여자한테 남자가 있었는데 혹시 아세요?"

"알지, 곰 같은 놈이 5년 동안 문지방 빠질거리게 드나들었어."

그자가 이정국이라는 건 이미 알고 있었고, 태주가 궁금한 것은 그다음이었다.

"두 사람 사이에 아이는 있었고요?"

"아이, 있었지. 아들이고."

"그 아이, 지금쯤 어른이 됐겠네요. 한데 아들이라는 건 어떻게 아셨어요? 직접 보셨어요?"

"아니, 그냥 듣기만 했어. 309호는 걸핏하면 충청도 어딘가에 내려갔거든. 한 달에 한 번꼴로 꼭 그랬던 것 같아. 한 번은 내가 거긴 왜 자꾸 가는 거냐고 물어봤지. 돌아온 대답이 보고 싶은 사람이 있어서 그렇다는 거야. 난 애인이라도 숨겨뒀나 했는데 가만히 생각해보니까 그게 아니더라고. 애인 숨겨놓고 다른 남자랑 그런 짓을 할 여자가 못 됐거든. 착했어. 한 번은 내가 슬쩍 넘겨짚어봤어. 애가 거기에 있는 거냐고."

309호 여자는 순순하게 인정했다. 아들이 하나 있는데 사정이 있어서 맡겨놓은 것이라고.

"몇 살인지는 모르세요?"

"몰라."

"아이를 맡겨놓은 곳이 어딘지는요?"

"몰라, 들은 적 없어."

"친척집일까요?"

"들은 적 없다니까."

노파가 은근하게 목소리를 높였다. 그러면서도 슬그머니 뒷말을 이었다.

"친척집은 아닐 거야. 명절에 어디 가는 걸 한 번도 못 봤으니까. 애 맡겨놓고 그러지는 않을 거 아냐. 내 생각엔 보육원 같은 곳 같아. 내려갈 때마다 자질구레한 선물들을 잔뜩 싸갖고 갔거든."

"차가 있었나요?"

"집도 없어서 모텔에서 살았는데 차는 무슨."

"마지막으로 거기를 다녀온 게 언제인지 혹시 기억하세요? 자살하기 열흘 전 또는 보름 전 이런 식으로 말씀해주시면 되는데."

"잘 모르겠어. 일주일 전인 것 같기도 하고 열흘이나 보름쯤 전인 것 같기도 하고. 그날은 평소답지 않게 몹시 낙담한 얼굴로 모텔로 들어오더라고. 마치 하늘이 무너지기라도 한 것처럼. 보통은 거기를 다녀오면 얼굴이 밝았거든."

"이유를 말하던가요?"

"내가 물었는데 넋두리처럼 한마디 하더라고."

"뭐라고요?"

"다 타버렸어요, 잿더미가 됐어요. 이렇게."

태주는 노파가 방금 한 말을 한 번 더 확인했다. 노파는 짜증을 내지 않고 그 부분을 다시 말해주었다.

보육원에 화재가 난 것일까? 노파가 그의 생각에 쐐기를 박듯이 말했다.

"다음 날 물어보니까 아이가 있던 곳에 불이 났다고 하더라고. 그 바람에 아이가 어떻게 되기라도 했냐고 물어봤는데, 그건 대답을 안 해주더라고."

"그래도 추궁을 해보지 그러셨어요?"

"해봤지. 그런데 말을 안 해줬어."

바로 눈앞에서 범인을 놓친 듯 태주는 안타까움을 느꼈다.

만일 아이가 화재로 사망했다면 김영옥의 아들에 대한 혐의점은 완전히 털어내도 되는 것이었다. 그러나 그렇지 않다면 김영옥의 아이는 여전히 황산 테러범이자 살해 용의자로 가장 유력한 인물이었다.

"혹시 애 아빠가 누군지 알고 계세요?"

"아니."

"물어본 적도 없으세요?"

"물어봤는데 대답을 안 해줬어. 다만⋯⋯."

손아귀에 땀이 차서 끈적거렸다. 노파에게 시선을 떼지 않은 채 손바닥을 바지에 문질렀다.

"내가 에둘러서 물어봤어. 아이 아빠 죽은 거냐고."

"그랬더니요?"

"안 죽었대. 혹시나 해서 그 곰 같은 놈이냐고 물어봤는데 벙어리마냥 아무 말도 안 하더라고. 그렇게 한참 말 안 했어. 그래서 분위기가 좀 데면데면해졌는데 그쯤에야 불쑥 한마디 하더라고. 좀 뜬금없는 소리였지만."

"무슨 얘기였는데요?"

"그 사람하고 오래됐대. 마치 한숨을 뱉어내듯이 오래된 관계예요, 이렇게 말하는 거야."

얼마나 돼야 오래된 관계인 것인지 궁금했다. 그것을 말해줄 수 있는 사람은 18년 전 이미 이 세상 사람이 아니었다.

"혹시나 해서 여쭙는 건데요, 309호의 아이 이름 아세요? 혹은 성씨라도?"

별로 기대한 것은 아니었다. 그런데도 노파의 고개가 옆으로 돌아가는 것을 보자 어쩔 수 없이 실망감이 밀려왔다.

어쨌든 이제 노파를 찾아온 중요한 용건은 끝났다. 하지만 용무가 완전히 끝난 것은 아니었다. 아직 한 가지만 남았다. 태주는 그것을 노파에게 물었다.

"309호, 자살한 이유가 뭐죠? 이정국과 어떤 일이 있었기에 자살까지 했을까요?"

"뻔하지 뭐. 암튼 숨 좀 돌렸다가 천천히 얘기하자고. 늙은이가 두 번 얘기하는 거 쉬운 일 아냐."

두 번 얘기하다니? 귀가 솔깃해졌다. 그러고 보니 모텔에서 만난 노파의 며느리라는 여자도 비슷한 말을 했다. 오늘따라 우리 어머님 인기 좋네, 라고 했던가?

"혹시 저 말고 찾아온 사람이 또 있었어요?"

"있었지."

"누구죠?"

"지금 서평에서 파출소장한다고 하던데?"

누군지 단박에 짐작이 됐다.

"최 소장님 말씀하시는 거군요."

"아는 사이인가 보네."

"알죠, 얼마 전에도 만났는걸요. 한데 그분이 왜 여길 왔죠?"

"목적은 그쪽하고 같아. 309호 아들에 대해 캐물었으니까."

"그분은 이번 사건 담당자도 아닌데 왜 그런 걸 캐물었을까요? 아무래도 좀 이상한데요."

"이상하긴. 지금은 아닐지 몰라도 예전에는 그 사람이 담당이었어."

눈이 번쩍 뜨였다.

"그게 무슨 소리죠?"

"309호 자살했을 때 그 사람이 조사했어."

문득 생각 하나가 떠올랐다. 종로서 형사였다고 했던가?

최 소장은 이정국이 살해되기 전 이시우를 제외하고 마지막으로 만난 사람이었다. 최 소장은 단순히 취직 부탁을 위해 만났다고 했지만 그 말을 곧이곧대로 믿을 이유는 없었다. 어쩌면 그가 거짓말을 했을지도 모른다. 만일 거짓말을 했다면 그 이유는 18년 전에 죽은 김영옥과 연관되어 있을 것이다. 더욱이 그는 김영옥의 아들에 대해 궁금해하고 있었다.

뿌옇던 눈앞이 갑자기 밝아졌다. 비로소 뭔가를 발견한 것 같은 느낌이랄까. 그러나 한편으로는 왠지 모르게 마음이 불안했다. 뒷덜미가 서늘한 것이 누군가 어둠 속에서 그를 노려보고 있는 것 같았다. 앞으로 가야 할지 뒤돌아서서 어둠 속의 눈동자와 마주 서야 할지 선뜻 결정할 수가 없었다.

갈팡질팡하는 마음을 떨쳐버리기라도 하듯 다시 노파에게 질문을 던졌다.

"309호, 김영옥에 대해 말씀 좀 해주세요. 되도록이면 자세하게."

일단은 눈에 보이는 것을 향해 걸어가야 할 것 같았다. 걸어가다가 와락 뒷덜미를 잡히는 순간이 오더라도 지금은 보이는 것만을 바라보고 싶었다. 그것이 최선의 선택이라고 믿고 싶었다.

꼬리를 무는 사람들

충청도의 보육원은 모조리 뒤질 각오였다. 문제는 어떻게 해야 효율적인가 하는 것. 현 순경은 접근 방식이 석규와는 사뭇 달랐다. 그는 인터넷으로 이 문제를 아주 쉽게 해결했다.

"처음에는 보육원 연합회 쪽으로 어떻게 해볼까 했는데요, 그게 여의치가 않을 것 같더라고요. 그래서 보육원마다 일일이 메일을 보내는 걸로 생각을 바꿨어요. 아무래도 그것만으로는 안 될 것 같아서 전화도 해볼 거고요."

거의 자정에 가까운 시각, 석규의 집이었다. 현 순경이 노트북을 옆구리에 끼고 나타난 것은 10시가 조금 넘어서였다. 들어오자마자 추리닝으로 갈아입더니 그때부터 보육원에 대해 주저리주저리 떠벌리기 시작했다. 녀석은 가끔 이렇게 찾아와 그의 집에서 자고 갔다. 옷과 칫솔, 수저 등 웬만한 것들은 다구비되어 있었다.

"꽤 많을 텐데, 내가 도와줄까?"

"충북 열아홉 곳, 충남 스물일곱 곳 정도예요. 예상했던 것보다 많지 않더라고요. 제가 혼자 해도 충분해요."

"다른 건 묻지 말고 1994년 6월, 아니 5월과 6월에 화재가난 곳이 있는지만 확인해."

"그건 명심하고 있죠. 근데요, 문제는 비인가 보육 시설이에요. 이런 곳은 인터넷을 뒤져도 거의 나오지가 않거든요."

"그건 나중 일이고. 일단 알고 있는 곳만 알아보도록 해."

"네, 그럴게요."

모텔 여주인을 만나고 온 뒤 석규의 관심사는 오직 한 가지뿐이었다. 김영옥 아들의 생사 여부. 사실 그의 마음은 사망 쪽으로 많이 기울어져 있었다. 죽기 전 보육원에 다녀온 김영옥이 하늘이 무너진 것처럼 낙담한 표정이었다는 것과 김영옥의 갑작스러운 자살이 그 이유였다. 특히 후자 쪽은 그의 의심을더욱 부채질했다. 어린 아들이 멀쩡히 살아 있는데 엄마인 김영옥이 자살을 했다는 게 어쩐지 선뜻 이해가 되지 않았다. 이런 사실을 확인하려면 화재가 났다는 보육원을 찾아야 했다. 보육원을 찾으면 모든 것이 명확해질 것이라고 믿었다.

"한 가지 염려되는 게 있는데요."

현 순경이 거실 바닥에 드러눕더니 두 팔을 머리 위로 뻗어올리며 한껏 기지개를 켰다.

"뭐가?"

"화재가 난 보육원을 찾는 건 그리 어렵지 않을 것 같은데요, 일부가 탔다면 몰라도 완전전소가 됐다면 보육원 자체가 완전히 사라졌을지도 모르잖아요."

"그렇다고 아이들이 전부 어떻게 되지는 않았을 것 같아. 만일 그랬다면 꽤 큰 사건이고 여기저기서 떠들어댔겠지. 당연히 어렴풋하게나마 나도 기억하고 있을 테고. 기억에 없는 거 보면 아이들이 어떻게 된 건 아닌 것 같아. 보육원이 화재 때문에 회생 불가능이 됐다면 거기에 있던 아이들은 다른 곳으로 옮겨졌을 테고. 전화할 때 아이들이 어디로 옮겨졌는지도 한번 물어봐."

"되도록 오래 근무한 직원을 바꿔달라고 해서 물어볼게요."

"그래, 그럼 내일부터 고생 좀 해주고……."

석규는 벽에 걸린 시계를 보았다. 자정이 넘어 있었다.

"여기서 잘 거냐? 그럴 거면 부모님한테 전화 드리고."

"안 오면 여기서 자는 줄 알겠죠. 뭐 한두 번인가요."

현 순경이 다시 늘어지게 기지개를 켰다. 이번에는 입이 찢어져라 하품까지 했다. 그런 현 순경을 보는 석규의 입가에 흐뭇하게 미소가 떠올랐다. 언제부터인가 녀석과는 비밀이란 게 거의 없었다. 이번에 그가 관심을 갖고 조사하는 이정국 사건에 대해서도 꽤 많은 얘기를 해주었다. 하지만 정작 중요한 부분은 일부러 언급하지 않았다. 그 부분을 얘기하려면 그의 부끄러운 과거까지 언급되어야만 했다. 아무리 녀석이라도, 아니 녀석이기에 더 감추고 싶은 것이 솔직한 그의 마음이었다.

"피곤하면 그만 자든지."

"자긴요, 이제부터 또 할 일이 있다고요."

"무슨 일? 어차피 지금은 전화도 못 하잖아?"

"그 일 말고요."

그가 말한 일이란 인터넷 카페에 들어가 운영자로서 글을 올리거나 댓글을 달아놓는 것이었다.

"요즘 카페에서 이정국 사건이 화제예요."

현 순경이 느릿하게 몸을 뒤집더니 바닥에 있는 노트북을 끌어당겨 자판을 두드리기 시작했다.

"이유가 뭔데?"

이정국 사건, 이라는 말이 석규의 관심을 끌었다.

"마플이 올린 글이 있는데 한번 보실래요?"

석규의 시선은 이미 노트북 화면에 꽂혀 있었다.

'추적 이슈―햄릿가의 불행 ①'이라는 제목이 눈에 확연하게 띄었다.

"보세요. 꽤 흥미로워요."

석규는 못 이기는 척 글을 읽었다. 흥미롭다기보다는 조금 당혹스러운 글이었다. 18년 전 발생한 이정수 부부의 불행을 다룬 내용이었다. 그 사건에 대한 세상 사람들의 의문과 비난, 경찰의 조사 등을 르포처럼 적어놓았다.

①을 읽고 난 뒤 곧바로 ②를 읽었다.

'햄릿가의 불행 ②'는 이정국의 죽음과 그보다 약 두 달 전에 죽은 서은희의 죽음을 언급하고 있었다. 18년 전 시동생 부부가 죽은 바로 그 장소에서 서은희가 비슷한 방식으로 죽었다는 것을 지적하며 우연이 겹치면 결코 우연이 아니다, 라고 주장하고 있었다.

"③은 없네?"

②를 읽고 나서 물었다.

"조만간 올라올 거예요. ③에서는 모두가 놀랄 만한 충격적인 내용이 담길 거라고 하던데요. 물론 뻥일 수도 있어요. 원래 마플이 뻥이 좀 세거든요."

"이 카페에 가입해야 이 글을 읽을 수 있는 거냐?"

"가입하지 않아도 돼요. 제가 올라오는 대로 스크랩해서 소장님한테 메일로 보내드릴게요."

"그럴래?"

"그게 뭐 어렵나요. 그보다……"

현 순경이 말끝을 흘리더니 벽에 걸린 달력을 보았다. 그런 다음 그를 향해 고개를 돌렸다.

"이제 곧 해미 아기 돌이잖아요."

물론 석규도 잊지 않고 있었다.

"안 가 보실 거예요?"

"글쎄."

1년 전쯤 사위에게서 전화가 왔다. 해미가 조만간 딸을 낳을 거라면서 예정일을 알려주었다. 그는 여러 개의 동그라미로 달력에 표시를 해놓았다. 유치원 아이들처럼 거기에 별과 하트를 그려놓고 '출산'이라고 써놓기도 했다. 출산일을 이틀 앞두고 다시 사위로부터 연락이 왔다.

"아버님, 지금 병원입니다. 양수가 터져서 입원했어요. 오늘 중으로 아기를 낳을 것 같습니다."

흥분으로 가슴이 떨렸다. 당장 병원으로 달려가고 싶었다. 그러나 이어진 사위의 조심스러운 목소리에 그의 들뜬 마음은 곧 차분하게 가라앉았다.

"아버님, 죄송하지만⋯⋯."

거기까지 말했을 때 무슨 소리인지 금세 감이 왔다. 그는 보이지도 않는데 손사래까지 쳐가며 서둘러 변명을 둘러댔다.

"하필이면 요즘 비상이 걸려서 꼼짝할 수가 없어. 미안하네."

그리고 이제 1년이 지났다. 사위의 연락을 기다렸지만 아직까지 아무런 연락도 오지 않았다. 사위에게서 왜 연락이 오지 않는지 사실은 뻔히 사정을 짐작하고 있었다.

"해미 본 지 너무 오래된 것 같아요. 언제 봤는지 기억도 안 나요."

"넌 해미가 수능 보고 못 봤을 거야."

"그러네요. 엄청 오래됐어요."

말썽만 부리던 해미는 고등학생이 되고 나서는 완전히 딴사람이 되었다. 무슨 생각을 했는지 밤낮으로 공부에만 매달렸다.

수능을 치고 나서 해미는 곧바로 서울로 올라갔다. 제멋대로 방을 구하고는 이사하겠다고 고집을 부렸다. 결국 뜻대로 해주었다. 얼마쯤 지나고 우편물이 하나 도착했다. 딸이 발송한 것으로 서울의 한 사립대학의 등록금 고지서였다.

그때부터 그와 딸은 남처럼 살았다. 명절에도, 방학 때도, 엄마의 제삿날에도 전화 한 통 없었다. 어쩌다 술에 취해 전화를 해도 받지를 않았다. 그래도 등록금과 생활비는 꼬박꼬박 통장에 넣어주었다.

대학을 졸업하고 나서도 연락이 없기는 마찬가지였다.

딸에게 연락이 온 것은 결혼을 한 달쯤 앞둔 어느 날이었다.

"저쪽에서 상견례를 하재요."

딸은 날짜와 시간, 장소를 알려주고는 일방적으로 전화를 끊었다.

상견례 때 보고 다시 결혼식 때 보았다. 이후로도 이전처럼 또 연락이 되지 않았다.

그러나 이전하고 완전히 같은 것은 아니었다. 이제는 사위가 있었다. 사위를 통해 집 주소를 알게 되었고 손녀가 태어났다는 것도 백일이라는 것도 전해 들었다. 딸이 보고 싶을 때면 무작정 집으로 찾아갔다. 그렇다고 딸의 집 초인종을 누른 것은 아니었다. 해미의 눈에 띄지 않을 곳에 숨어 가만히 지켜보는 것으로 만족했다. 운이 좋은 날에는 딸의 딸까지 볼 수 있었다.

그러나 거기까지였다. 그리고 그것은 지금도 마찬가지였다.

"아무래도 못 갈 것 같아."

현 순경이 즉각 반문했다.

"왜 그러는 거예요? 해미와 소장님, 왜 그렇게 재미없는 아빠와 딸이 된 거예요?"

그러고 보면 녀석은 1년에 한두 번쯤 꼭 이런 질문을 했다.

그리고 그의 대답은 매번 똑같았다.

"다 내 잘못이지. 내가 잘못했으니까 그런 거야."

현 순경이 다시 무엇인가를 말하려다가 도로 입을 다물었다. 더는 어떤 대답도 들을 수 없다는 것을 경험으로 알고 있었다.

"불 꺼라. 자자."

현 순경이 슬그머니 일어나더니 잠시 후에 딸깍, 하고 스위치 내리는 소리가 났다. 어둠 속에서 현 순경이 말했다.

"언젠가 말하고 싶을 때 저한테 먼저 말하세요. 제가 그래도 명색이 영순위잖아요."

*

오전 중으로 결과 보고를 하겠노라 큰소리쳤었다. 그런데 정오가 훨씬 넘었는데도 보고가 없었다.

"그게 쉬운 일이 아니잖아. 천천히 해."

점심을 함께 먹으며 달래주었다.

그러나 현 순경은 기가 죽지 않았다.

"별로 어려운 일도 아니죠. 서너 시쯤에는 뭔가 알아낼 수 있을 거예요. 기다리는 사람이 있거든요."

보육원 화재에 대해 알고 있을 만한 사람을 소개받았다고 했다. 그 사람과 연락이 되면 일이 술술 풀릴 것이라고 장담했다.

3시가 약간 지났을 때 현 순경으로부터 전화가 왔다.

"어디세요?"

현 순경은 기분이 좋은 모양이었다. 목소리가 밝았다.

"저수지 벤치."

"10분쯤 걸릴 거예요."

정확히 10분 후 현 순경은 그의 옆에 앉아 있었다.

"남영주에 있는 '가브리엘의 집'이에요. 화재가 난 건 1994년
6월 초순, 두 사람이 사망했고요."

사망자라는 소리에 석규의 귀가 솔깃해졌다.

"그 두 사람 중에 소년도 있어?"

"네, 있어요. 사망자는 어른과 아이인데요. 어른은 원장이고
아이는 원장의 아들이랍니다."

"원장의 아들?"

김영옥과 보육원 원장은 어떤 관계였을까? 물론 원장의 아
들과 김영옥과의 관계가 궁금한 탓이었다.

"화재가 났다는 그 보육원, 아직 있고?"

"없어요. 화재로 완전히 전소돼서 사라졌대요. 그곳에 있던
원아들은 여러 곳으로 뿔뿔이 흩어졌고요. 그 일을 주도해서
처리한 사람이 제가 통화한 사람이에요. 당시에는 공무원이었
는데 지금은 그만두고 시설을 운영하고 있대요. 제가 연락처를
문자로 보내드릴게요. 어차피 그 사람 만나러 가실 거잖아요."

맞는 소리였다. 곧 그의 휴대폰에 문자메시지가 도착했음을
알리는 멜로디가 짧게 울렸다. 메시지에는 제보자의 이름과 휴
대폰 번호, 보육원 이름과 주소가 적혀 있었다.

"남영주라면⋯⋯."

그는 손목시계를 확인했다. 시간이 좀 어정쩡했다.

"지금 출발하기엔 늦었어요. 내일 일찌감치 출발하세요. 제가 터미널까지 모셔드릴게요."

다음 날 아침, 웽웽거리는 사이렌 소리에 눈을 떴다. 담벼락 옆에 세워진 순찰차가 보였다. 선글라스 차림의 현 순경이 휘파람을 불어대며 운전석에 앉아 있었다.

"소장님, 빨리 나오세요!"

현 순경이 그를 발견하고는 신 나게 손을 흔들어댔다. 옆집 아주머니가 그를 향해 눈살을 찌푸리고 쾅 소리를 내며 창문을 닫았다.

"사이렌 꺼!"

현 순경은 마지못해 사이렌을 껐다. 그러나 순찰차가 출발하고 나서는 곧바로 사이렌을 켰다.

집에서 터미널까지는 그리 먼 거리가 아니었다. 출발한 지 얼마 되지 않아서 곧 시외버스터미널에 도착했다.

차에서 내리려는데 현 순경이 그의 팔을 붙잡았다.

"이거 가져가세요."

금색 글씨로 금은방 상호가 새겨진 분홍빛 조그마한 플라스틱 케이스였다.

"웬 거냐?"

"아버지가 갖다드리래요."

현 사장이 그랬을 리 없다. 예의 바르고 싹싹한 사람이긴 해도 생전 이런 걸 챙기는 걸 보지 못했다.

"반지냐?"

"해미 딸, 돌이잖아요."

"뭘 이런 걸 준비했어."

"남영주에 들렀다가 해미한테 가보세요. 해미가 뭐라고 해도 그냥 버티세요. 언제까지 이렇게 지낼 순 없잖아요."

현 순경은 짐짓 표정이 진지했다.

"그래, 그러마."

고맙다는 말은 하지 않았다. 현 순경의 충고대로 정말로 그렇게 할 자신도 없었다.

현 순경은 석규가 탄 시외버스가 출발하고 나서야 승강장에서 나갔다. 그의 뒷모습을 보면서 석규는 가슴이 짠했다.

해미와 그와의 관계를 누구보다 잘 알고 있는 사람이 현 순경이었다. 속 깊게도 제 부모에게는 그와 해미의 남보다 못한 관계에 대해 일절 발설하지 않았다.

버스가 서평을 벗어나고 나서야 석규는 휴대폰을 꺼냈다.

단축키는 무조건 한 자릿수. 어느 것을 눌러도 상관없다. 그야말로 눈을 감고도 걸 수 있는 것이다. 상철의 성의를 봐서라도 전화를 걸어봐야 할 것 같았다. 그는 숫자 1을 꾹 눌렀다. 걱정 반 기대 반으로 가슴이 떨렸다. 긴장을 풀기 위해 길게 숨을 내쉬기도 했다.

여러 번 벨이 울렸지만 해미는 전화를 받지 않았다. 여자 목소리의 기계음이 들려왔을 때에야 석규는 빨간색 통화 종료 버튼을 눌렀다. 실망감이 싸하게 가슴을 훑어 내렸다.

스팸.

변한 것은 아무것도 없었다. 딸에게 그는 여전히 스팸인 것이다.

버스는 두 시간쯤 달려 남영주에 도착했다.

터미널을 완전히 빠져나오고 나서야 사위에게 전화했다. 사위는 느닷없이 걸려온 그의 전화에 몹시 당혹해했다.

"그동안…… 잘 지내셨어요?"

그는 통화를 길게 하고 싶지 않았다. 딸이 부담스러우면 사위도 마찬가지였다.

"다름이 아니라 라미 돌 때문에……."

라미는 아름다운 열매라는 의미로 손녀딸의 이름이었다. 해미가 꾼 태몽을 이름으로 지었다고 언젠가 사위에게 들었다.

"아버님……."

사위가 어렵게 먼저 입을 열었다.

"라미가 태어날 때 보내주신 꽃다발…… 두 달 동안 저랑 말 한마디 안 했습니다."

그러니 돌잔치에는 오지 말아달라는 부탁이었다.

"알았어. 알아들었어."

"죄송합니다."

"내가 미안하지. 잘 지내고."

곧 비라도 내릴 것 같았다. 시커먼 구름이 불룩해진 배를 한껏 늘어뜨리고 있었다. 우산은 미처 챙겨 오지 못했다. 사실은 비가 올 것이라는 소리조차 듣지 못했다. 한동안 불볕더위가 기승을 부리겠다는 것이 어젯밤의 일기예보였다.

버스정류장에서 10분쯤 앉아 있노라니 기다리던 버스가 도착했다. 손님은 그가 유일했다.

차가 없는 도로를 버스는 신 나게 내달렸다. 그가 하차 벨을 누를 때까지 버스에 탄 사람은 고작 세 사람이 전부였다.

버스에서 내리고 나니 빈손이라는 게 마음에 걸렸다. 주위를 둘러보다가 길 한쪽에 꽂혀 있는 푯말을 발견했다.

'꿀수박 1통 5천 원'.

그 밑에 휴대폰 번호도 있었다.

통화하고 얼마쯤 후 오른쪽 밭 한가운데 비닐하우스에서 여자가 나왔다.

"수박이 다 이래요. 설탕보다 달아요."

여자가 밭이랑을 따라 걸어 나오더니 들고 온 수박 하나를 잘라 한 조각을 내밀었다. 전화로 들은 여자의 장담처럼 수박은 꿀처럼 달았다.

"배달은 해주는 거죠?"

"당연하죠. 한두 통도 아닌데."

전화로는 열 통쯤이라고 했다.

"저기에 보육원 있잖아요, 거기 아이들이 먹을 건데 열 통이면 충분할까요?"

"거기 아이들이 80명쯤 되니까 스무 통은 사야 하지 않겠어요?"

"그럼 거기에 다섯 통 더 주세요."

여자는 기분이라면서 다섯 통을 덤으로 더 주겠다고 했다.

"먼저 가지 마시고 여기서 기다리세요. 어차피 트럭이 가야하니까, 그거 타고 가면 돼요."

여자가 어딘가로 전화하고 15분쯤 후 수박을 실은 1톤 트럭 한 대가 그곳에 나타났다. 운전석과 보조석에는 여자의 남편과 시동생이 앉아 있었다. 여자는 시동생 자리에 앉으라고 권했지만 그는 굳이 우겨서 짐칸에 자리를 잡았다.

"보육원까지 꽤 멀어요. 걸어서 올라갔으면 땀깨나 흘렸을걸요. 그뿐인가요, 뱀은 또 얼마나 많은데요."

도로에서 벗어나 트럭이 산길을 오르기 시작했을 때 여자가 신이 나서 떠들어댔다. 뭔가 우스운 생각이라도 났는지 여자의 입가에는 웃음기가 가득했다.

"우리 동네는 다른 촌과 달라서 아이들도 많아요. 그게 다 뱀이 많아서 그런 거래요."

말하고 나서 여자는 갑자기 까르르 웃음을 터뜨렸다. 석규는 여자가 웃는 이유를 미처 눈치채지 못했다.

보육원의 정문이 보이기 시작했을 때 여자가 산길 한곳을 손가락으로 가리키며 소리쳤다.

"저거, 저 바보 좀 보세요!"

길 한쪽에 까치살모사 한 마리가 죽어 있었다. 그런데 죽은 모습이 좀 희한했다.

"왜 저렇죠?"

뱀은 자기 꼬리를 자기가 덥석 깨물고 있었다.

"가끔 저런 놈이 있어요. 바보 뱀이에요."

그럼, 자살인 건가? 여자는 그건 아니라고 했다.

"다른 놈인 줄 알았던 거죠. 그래서 냅다 물었는데 자기 꼬리였던 거고요. 바보들이 원래 그렇잖아요."

석규는 씁쓸하게 웃었다.

세상에 바보가 아닌 사람이 있을까? 따지고 보면 그의 주위에는 온통 바보들 천지였다.

남의 남자와 오래된 관계였고 결국 자살로 생을 마감한 김영옥, 한 여자에게 준 것이라고는 꼴랑 정액뿐인 이정국, 사랑을 맹신한 어리석은 여자 홍희영, 사랑을 거래한 여자 송정인, 두 여자를 농락하며 자신의 꿈을 향해 치달린 황민기 그리고 생때같은 딸을 남겨두고 먼저 저세상으로 떠나버린 석규의 아내. 하지만 그 누구보다 바보인 사람은 바로 그였다.

아내를 그렇게 보내야만 했을까? 좀더 붙잡아둬야 했던 것이 아닐까? 힘들어도 참고 버티라고 악다구니를 쳤더라면, 그랬으면 아내는 그렇게 떠나지 않았을지도 모른다. 그런데 그는 그렇게 하지 못했다. 그 결과로 그는 딸을 잃었다. 내일모레면 손녀딸의 첫돌인데 엉뚱한 곳에서 헤매고 있었다.

*

양 원장은 이마 위가 훤했고 반밖에 남지 않은 머리칼은 검은색이 거의 보이지 않았다. 정작 나이를 따져보니 양 원장은 석규보다 무려 여덟 살이나 적었다.

"이게 다 관련 자료들입니다."

탁자 한쪽에는 50장쯤 되는 A4 용지가 가지런히 쌓여 있었다. 개인적으로 보관하고 있던 것과 군청에서 복사해 온 것이라고 했다.

"고맙습니다. 꼼꼼하게 신경 써주셔서."

여기까지가 인사치레 삼아 주고받은 대화였다.

석규는 일단 자료들을 대충 살펴보았다.

솔직히 실망스러웠다. 그가 필요로 하는 내용과는 대부분 관계가 없었다. 속내가 그렇더라도 성실하게 자료를 준비해준 사람의 성의를 봐서라도 실망감을 드러낼 수는 없었다. 석규는 필요한 자료를 사진으로 찍어도 되느냐고 묻는 것으로 양 원장의 기분을 흐뭇하게 해주었다.

"원래는 가브리엘 보육원이 아니었네요?"

자료를 들춰보는 척하면서 본격적인 질문으로 넘어갔다.

"그렇죠, 보육원을 처음에 만든 사람은 네덜란드 사람이었어요. 목조로 지었는데 겉모양도 우리나라 건물하고는 많이 달랐죠. 사람들은 네덜란드풍이라고 했어요. 실제로 그런지 어떤지는 몰라도 보육원을 만든 사람이 네덜란드 사람이라서 아마 그런 말이 나왔을 겁니다. 네덜란드 원장이 죽고 친분이 있는 가브리엘 원장이 뒤를 이어받으면서 이름이 바뀌었어요."

"화재가 난 경위에 대해 아시는 대로 설명을 좀 들었으면 하는데요. 여기 이걸로는 설명이 많이 부족한 듯해서요."

석규는 화재 발생 경위서를 양 원장에게 보여주며 고개를 옆으로 저었다. 종이에 맞춰 박스가 그려져 있었지만 내용은 불과 몇 줄이 전부였다. 양 원장도 고개를 끄덕이는 것으로 자료가 부실하다는 점을 인정했다.

"화재가 난 건 6월 6일 늦은 밤이었고, 경찰과 소방관이 거기에 간 건 6월 8일 늦은 오후였어요."

잠시 날짜를 헤아려보았다. 그로부터 열하루가 지나고 김영옥은 자살했다.

"출동이 늦어도 너무 늦었네요. 무슨 이유가 있었던 겁니까?"

"장마철이었거든요. 산중턱에 있는 보육원에 가려면 반드시 나무다리를 건너야 했는데, 길이가 30미터쯤 되고 폭은 어른 셋이 어깨동무를 하고 건널 수 있는 정도였죠. 보육원을 지으면서 만든 다리인데 너무 낮게 만들어놔서 비가 좀 많이 온다 싶으면 쉽게 파손이 되곤 했어요. 비가 내리기 시작한 건 공교롭게도 보육원이 화재로 다 타고 난 다음이었는데, 어쨌거나 그 비로 다리가 파손됐고, 그래서 신고가 늦어졌던 거죠."

화재로 보육원이 전소됐다면 전화로 신고하는 것은 불가능했을 것이다. 또한 그 당시에 휴대폰이 있을 리도 만무했다.

"그럼 어떻게 화재가 난 걸 알게 됐죠?"

"아이들 몇 명이 마을로 내려왔어요. 계곡의 물이 빠지고 나서 내려온 거죠."

"장마철에 화재라니, 재수가 없었군요."

"그때 저랑 같이 보육원에 올라갔던 한 경찰관이 그러더군요. 가브리엘 원장이 죽을 운명이었던 거라고."

"화재가 나고 아이들은 이틀 동안 어디서 지냈죠? 지낼 만한 곳이 마땅치 않았을 텐데요."

"근처에 폐광이 있어요. 거기 동굴에서 비를 피하며 지냈답니다. 보육원 감자밭에서 캐 온 감자를 구워 먹으면서요."

석규는 고개를 끄덕이고 나서 계속해서 질문을 던졌다.

"경찰이나 소방서에서 화재 조사를 했을 텐데, 어떤 말을 하던가요?"

"화재 조사랄 게 없었어요. 우리가 그곳에 도착해서 보니까, 목조라서 그런지 몰라도 정말 깨끗하게 다 탔더라고요. 게다가 다음 날 새벽부터 쏟아진 폭우로 현장마저 엉망이 됐고요. 경찰의 조사라는 것도 화재가 처음 시작된 발화점을 찾는 것과 아이들에게 이것저것 물어보는 것이 전부였는데 알아낸 건 아무것도 없었어요."

보육원 건물은 크고 작은 두 동의 건물이었다. 큰 건물에는 아이들의 숙사와 사무실이 있었다. 숙사에서는 40명 안팎의 아이들이 지냈다. 숙사와 연결된 작은 건물은 사택으로 원장 가족이 사용했다. 사택에서 먼저 불이 올랐고 숙사 쪽으로 옮겨 붙었다는 것이 아이들의 증언이었다.

"화재 발생 시각은요?"

"밤 10시에서 11시 사이로 추정하더라고요."

"아이들은 어떻게 알고 피신한 거죠?"

"누군가 불이야! 하고 외쳤답니다. 그게 누군지는 모르고요."

"원장과 그 아들의 사망 원인은 밝혀졌고요?"

"시신이 다 타고 뼈만 남은 상태라 그것조차 조사가 가능하지 못했어요. 나중에 경찰에게 들으니까 일산화탄소 중독으로 사망했을 거라고 하더군요."

화재 사고로 인한 전형적인 사망 원인이 일산화탄소 중독이었다.

"불이 사택에서 시작됐는데 왜 원장하고 그 아들은 빠져나오지 못한 거죠? 오히려 아이들보다 먼저 빠져나왔어야 했을 것 같은데요."

"그게 사정이 있더라고요. 그날 낮에 사고가 있었답니다. 그 사고로 원장의 아들인 요셉이 다쳤고요."

갑자기 번쩍 귀가 뜨였다.

"무슨 사고였죠?"

"아이들이 폭탄 놀이를 했답니다."

폭탄 놀이라니? 대체 무슨 소리를 하는지 얼른 이해가 되지 않았다. 양 원장이 당연히 그럴 것이라는 듯 곧바로 설명을 이었다.

"텔레비전 옥외 안테나 있잖습니까? 그걸 한 뼘쯤의 크기로 여러 번 구부려 자릅니다. 그리고 한쪽 끝을 살짝 구부려놓고 속에다 달리기 할 때 딱총에 사용하는 종이 화약과 성냥개비에서 긁어낸 유황을 잔뜩 집어넣는 거죠. 그런 다음 남은 한쪽도 구부려 막고요. 이게 바로 폭탄입니다. 이 폭탄을 자기들 주먹

크기만 한 땅을 파서 그 위에 얹어놓습니다. 폭탄을 가열시키기 위해 구멍 밑에다 촛불을 켜놓고요. 그럼 어떻게 되겠어요? 시간이 지나 가열이 되면 꽝 하고 터지는 거죠."

촛불에 가열된 폭탄은 15분에서 20분 정도 시간이 지나면 요란한 폭발음과 함께 터진다. 터질 시간이 되면 아이들은 멀찌감치 떨어져서 땅바닥에 납작 엎드려 있지만 일부 아이들은 일부러 폭탄 주위를 거들먹거리며 돌아다닌다. 그러면서 우쭐대는 것이다.

그날 원장의 아들인 요셉이 그런 행동을 자처했다. 아이들은 함성으로 그의 용기를 칭찬했다. 그러나 그날 요셉은 재수가 없었다.

"느닷없이 폭탄이 터진 겁니다. 아이들도 깜짝 놀랐지만 요셉은 더 놀랐겠죠. 그런데 요셉은 땅에 엎드리지도 않고 처음 자세 그대로 우뚝 서 있었답니다. 겉보기엔 다친 데도 없이 멀쩡했고요."

아이들은 함성을 지르면서 요셉에게 달려갔다. 그리고 그제야 요셉의 상태를 확인했다.

"머리를 크게 다친 겁니까?"

석규가 성급하게 물었다.

"아니요. 머리 쪽은 긁힌 정도였고, 다리 쪽도 그리 큰 상처는 아니었답니다."

그런데 왜 빠져나오지 못했을까? 그 이유를 물었다.

"어디서 들었는지 몰라도 경찰에 따르면 요셉이 지독한 코

감기에 걸려 있었다고 하더군요."

그러니까 요셉은 후각 이상으로 연기 냄새를 맡지 못했던 것이다.

"그럼 가브리엘 원장은 왜 빠져나오지 못한 거죠?"

"아이들의 말로는 술에 취해 있었답니다. 거의 매일 술을 마셨다고 하더군요. 그날도 그랬고요. 결국 술이 사람을 잡은 거죠."

"가브리엘 원장은 어떤 사람이었습니까? 소문이 어땠죠?"

"소문은 안 좋았죠. 아이들에게 폭력을 행사한다는 소문도 있었고요. 하지만 사실인지 아닌지는 확인된 바가 없습니다."

"그게 사실이라면 요셉이 폭탄 놀이로 다쳤을 때 가브리엘 원장이 폭력을 행사했을 가능성도 있겠군요."

"그 점에 대해서는 제가 듣지를 못했어요. 솔직히 그 당시에는 경찰도 그 문제까지 신경 쓸 여력이 없었을 겁니다. 보육원에 불이 났고 또 원장과 그 아들이 죽었는데, 누가 아이들의 폭력 문제에까지 관심을 가졌겠어요."

찜찜했지만 석규는 일단 그 부분은 넘어가기로 했다. 어차피 두 사람이 떠들어봤자 어떤 결론을 내릴 수 있는 것도 아니었다.

석규는 A4 용지를 보면서 다시 질문을 던졌다.

"이 자료에는 가브리엘 원장의 가족 관계가 안 나와 있던데, 부인과 다른 자식은 없었던 겁니까?"

"아니, 있었어요. 부인하고 딸인데, 따로 살았고요."

"이유가 뭐죠?"

양 원장이 조금 주저하다가 말했다.

"가정 폭력이 문제였다고 하는데, 소문이니까 확실한 건 모르는 거죠."

"부인의 이름을 혹 알고 있는지요?"

이 질문에는 다분히 의도가 숨어 있었다.

"들은 것 같은데 기억이 잘······."

석규는 곧바로 자신의 의도를 드러냈다.

"부인 이름이 김영옥 아니었습니까?"

양 원장은 기억을 되짚듯이 고개를 비스듬하게 기울였다. 석규는 김영옥의 이름을 다시금 또박또박 말해주었다.

"잘 모르겠습니다. 기억이 안 나요."

"이거 한번 봐주시겠어요."

석규는 휴대폰의 화면에 사진을 띄웠다. 전상만의 블로그에서 스크랩한 김영옥의 사진이었다.

양 원장은 사진들을 한 장씩 꼼꼼하게 살폈다. 원래 성격이 그런지 표정이 몹시 진지했다. 그러나 결과는 실망스러웠다.

"사진을 보니 더 모르겠는걸요."

석규는 잠시 생각한 뒤 질문을 바꾸었다.

"뼈밖에 안 남았어도 시신을 인수받은 사람은 부인이었겠죠? 여기에 내려왔었나요?"

"우리가 여기에 왔다 가고 그다음 날 내려왔어요."

실망스러운 대답이었다.

어쨌거나 그것으로 한 가지는 분명해졌다. 가브리엘 원장의 부인은 김영옥이 아니라는 것. 모텔 여주인이 말했듯이 김영옥은 죽기 일주일 전 혹은 열흘이나 보름쯤 전에 마지막으로 아들에게 다녀왔다고 했다. 그 말은 이후에는 줄곧 서울에 있었다는 의미였다.

"부인은 남편과 아들의 죽음에 대해 반응이 좀 달랐을 것 같은데요."

조금 전 가정 폭력 운운했던 것을 감안해 던진 질문이었다.

"별로 다르지 않았어요. 눈물도 흘리지 않았다고 하던데요. 슬픈 표정이 아니었답니다. 그것 때문에 사람들 사이에서 말들이 좀 있었나 보더라고요."

"뭔가 좀 이상하군요. 남편이야 그렇다고 쳐도 아들이 죽었는데 슬퍼하지 않았다는 건……."

"가브리엘 원장, 재혼이었어요. 요셉은 전처가 낳은 자식이고, 재혼한 뒤로는 딸을 하나 두었고요."

설마 그 전처라는 여자가 김영옥인 것일까? 그렇다면 요셉은 김영옥의 아들이 되는 것이고, 김영옥의 아들 요셉은 이미 죽은 자이기에 이정국을 죽인 살인범의 혐의에서 완전히 벗어나는 것이었다.

"그 전처라는 여자에 대해 혹 아는 것이 있나요? 어떤 것이든 좋습니다."

"한 가지는 알죠."

석규는 침을 꿀꺽 삼켰다. 그는 양 원장의 입술에서 시선을 떼지 못했다.

"죽었어요. 이건 가브리엘 원장에게 제가 직접 들은 얘기예요."

순간 석규는 온몸의 맥이 탁 풀리는 느낌이었다. 죽었다니? 그럼 김영옥은 전처도 아니라는 의미였다.

어쨌든 또 한 가지가 분명해졌다. 김영옥의 아들이 살아 있을 가능성이 높아졌다는 것. 그리고 보육원의 아이들 중 한 아이가 그녀의 아들이라는 것. 그 순간 생각 하나가 궁금해졌다. 모텔로 돌아온 김영옥은 왜 그토록 낙담했던 것일까? 이유가 무엇이었을까?

석규는 복사본 자료를 손으로 그러모아 정리하는 척했다. 사실은 이제 들을 말을 다 들었으니 그만 돌아가겠다는 제스처였다.

"오늘 시간 내주셔서 고맙습니다. 큰 도움이 됐어요."

석규의 인사에 양 원장은 몹시 흡족해하는 얼굴이었다.

"이제 어디로 가시죠? 터미널 쪽으로 가실 거면 제가 태워드릴 수 있는데요. 군청에 볼일이 있어서 나가봐야 하거든요."

"저는 여기 경찰서에 잠깐 들러볼까 하는데, 가시는 데까지만 신세를 지겠습니다."

"경찰서는 왜요?"

"가브리엘 원장의 가족에 대해 좀더 알아보려고요. 연락처를 알아낼 수 있을지도 모르고요."

"잘됐네요. 경찰서는 군청 건너편에 있거든요."

양 원장이 소파에서 일어나며 약간 목소리를 높여 누군가를 불렀다. 그 소리를 듣고 젊은 여자가 안으로 들어왔다. 양 원장은 그녀에게 빠르게 업무 지시를 내리고는 가죽 가방 하나를 손에 드는 것으로 외출 준비를 끝냈다.

양 원장의 차를 타고 가면서 석규는 문득 생각났다는 듯 한 가지 질문을 던졌다.

"가브리엘은 세례명인 것 같고, 혹시 본명은 모르세요?"

"그건 저도 잘 모르겠군요."

양 원장은 경찰서 정문 앞에 정확히 차를 멈추었다. 차에서 내리기 전에 석규는 한 가지 부탁을 했다.

"당시 가브리엘의 집에 있던 아이들의 사진을 구했으면 하는데, 혹 방법이 있을까요?"

"지금은 디지털로 자료화해서 별의별 정보를 다 DB로 구축해놨지만 화재가 났던 당시에는 그렇지가 않았어요. 하지만 가능성이 전혀 없는 것은 아닙니다. 거기에 있던 아이들을 다른 곳으로 보내면서 다시 원아 카드를 만들었으니까요. 시간이 좀 걸리겠지만 알아볼 수는 있을 겁니다."

"고맙습니다, 정말 고맙습니다."

석규는 고마움의 표시라는 듯 양 원장의 차가 건너편 군청 안으로 들어갈 때까지 시선을 떼지 않고 그를 지켜보았다.

경찰서 안으로 발을 들여놓자 정문을 지키고 있던 의경이 용무를 확인했다. 의경은 그의 신분을 확인하고는 곧바로 경례를 올려붙였다.

"통합형사팀은 본관 2층에 있습니다."

4층짜리 건물이 있고, 양쪽으로 한 층이 낮은 건물이 두 개 더 있었다. 의경의 손으로 가리킨 건물은 4층짜리였다.

통합형사팀은 쉽게 찾을 수 있었다.

입구로 들어가 두리번거리며 안을 살폈다. 의자에 앉아 있는 사람은 두 사람이었다. 한 사람은 대머리였고, 다른 한 사람은 수염을 덥수룩하게 기른 털보였다.

석규는 두 사람 중 털보에게 다가갔다.

"실례합니다."

털보가 그를 보더니 무슨 일로 왔는지를 물었다. 석규는 품에서 경찰공무원증을 꺼내려고 했다. 그때 털보가 자리에서 일어나며 공손하게 이렇게 말했다.

"혹시 '가브리엘의 집' 때문에 찾아오신 겁니까?"

"네, 그렇긴 합니다만……."

어리둥절했다. 그가 찾아온 목적을 털보는 대체 어떻게 알았을까? 곧 그 이유를 알 수 있었다.

"그럼 용산서에서 오신다는 바로 그분이로군요."

용산서? 순간 두 사람의 얼굴이 눈앞으로 스쳐갔다. 그리고 그때 석규의 등 뒤로 목소리 하나가 달라붙었다.

"소장님."

필요 이상으로 놀라며 석규는 히뜩 고개를 돌렸다.

한 사내가 가만히 그를 노려보고 있었다. 방금 전 그가 떠올렸던 두 얼굴 중 하나였다. 이름이 오태주라고 했던가?

오태주.

왠지 모르게 껄끄러운 느낌이었다. 전에 만났을 때는 께름칙한 정도였는데 이번에는 뭔가 느낌이 확실히 달랐다.

다섯 개의 점

태주는 궁금했다.

형사도 아닌 사람이, 그것도 정년퇴직을 앞둔 파출소 소장이 오지랖 넓게 여기저기 들쑤시고 다니는 이유가 뭘까? 나이에 걸맞지 않게 천둥벌거숭이처럼 형사 놀이라도 하겠다는 건가? 태주는 최 소장을 복도로 불러냈다.

"소장님이 점점 수상쩍게 생각된다는 거 아십니까?"

거짓말이 아니었다. 처음에는 무심코 넘겼는데 모텔의 노파를 만나고 온 이후로는 최 소장에 대한 모든 것이 새롭게 인식되고 있었다. 이정국을 찾아간 이유가 단순히 퇴직 후의 직장을 염려한 때문이라고는 이제 믿지 않았다. 서은희가 죽었는데 하필이면 최 소장의 근무지였다. 또한 18년 전 그곳에서 이정국의 동생네 부부가 죽었다. 그것도 서은희와 똑같은 방식의 죽음. 그곳에도 최 소장, 아니 최석규는 있었다.

그리고 김영옥!

이정국의 애인인 그 여자의 죽음을 조사한 담당 형사 역시 최석규였다. 우연치고는 지나치게 많은 우연이 개입되어 있었다. 사건이 있는 곳에 그가 있다? 왠지 모르게 꺼름칙했다. 한 번 의심하기 시작하자 투명했던 유리가 갑자기 젖빛유리로 변해버린 것처럼 시야가 불투명해졌다.

당장 궁금한 것은 김영옥에 대해 조사하는 이유였다. 아니, 김영옥의 아들을 왜 쫓고 있느냐는 것이었다. 김영옥의 아들을 이번 이정국 살해 사건의 범인으로 생각하는 것일까? 그렇지 않으면 여기까지 올 이유가 없었다. 하지만 왜?

"소장님은 여러모로 복잡하게 얽혀 있더군요."

"그럴지도 모르지만, 변명하자면 결코 내가 원했던 건 아니라는 거야."

목소리에서 다소 짜증이 느껴졌다. 그것을 증명하듯 최 소장이 마른세수를 하고 시선을 창밖으로 던졌다. 그가 바라보는 것은 까맣게 죽어버린, 그러나 죽은 것처럼 보이지 않는 고목이었다. 고목에 주황색 꽃이 피어 있었다. 고목을 칭칭 둘러 감고 올라온 꽃은 능소화였다.

"여긴 왜 오신 겁니까?"

이유를 짐작하면서도 일부러 시치미를 떼고 물었다.

"오 형사는 여기에 왜 왔지?"

"저야, 사건 때문이죠. 어떤 사건인지는 아실 테고요."

"나도 그래."

퉁명스러운 대꾸였다. 그가 여기에 나타난 것이 못내 불만스러웠는지도 모른다. 물론 충분히 그럴 수 있었다. 혼자만 알고 있는 비밀인 줄 알았는데 누군가 엿보고 있다는 것을 알게 된 기분일 테니까.

"제가 어떻게 여기에 오게 된 줄 아십니까?"

"안 그래도 그게 궁금하던 참이야. 내가 모르는 다른 방법이 있나 해서."

"파라다이스 모텔의 노파를 만났습니다."

"내가 아는 방법이로군."

"김영옥의 아들에 대해서는 얼마나 알아내셨죠?"

태주는 단도직입적으로 물었다.

최 소장은 즉답을 피했다. 그는 자신에 대한 변명부터 늘어놓았다.

"끝까지 뭘 감추겠다는 생각은 처음부터 없었어. 적당한 때가 되면 다 털어놓을 생각이었으니까."

과연 그랬을까? 다시 질문을 던졌다.

"김영옥의 아들이 살아 있던가요?"

"살아 있을 가능성이 높겠지. 화재가 났을 때 죽지 않았으니까. 참, 보육원에 화재가 난 건 알고 있겠지?"

태주는 건성으로 고개를 끄덕여주곤 이어서 질문했다.

"김영옥의 아들이 살아 있다는 건 어떻게 알아내신 겁니까?"

"그냥 알아냈어. 방법까진 묻지 말아줬으면 고맙겠군."

"이정국을 죽인 범인이 김영옥의 아들이라고 생각하시는 겁니까?"

"가능성은 충분해."

"근거는요?"

"그건……."

최 소장이 대답을 하려다 말고는 다시 창밖의 고목을 응시했다.

"소장님."

태주는 대답을 재촉했다.

최 소장이 그에게 시선을 맞춘 채 가만히 입술을 움직였다.

"오 형사, 나하고 동맹 맺을까?"

"동맹요?"

"응, 같은 편이 되자고 말하는 거야."

이번에는 태주가 고목 쪽으로 고개를 돌렸다. 생각이 복잡해졌다. 동맹을 제안하는 최 소장의 속셈이 뭘까? 분명 이유가 있을 것인데 짐작조차 쉽지 않았다.

하지만 이런 상황을 태주는 이미 어느 정도 예상했었다. 남영주로 내려오면서 최 소장을 만날 것이라 짐작했고, 그런 상황이 되었을 때 어떻게 행동하고 말할 것인지 머릿속으로 시뮬레이션 했었다. 동맹 제안도 그중 하나였다. 이번 사건은 그가 알지 못하는 것, 알 수 없는 그 무엇이 깊숙이 연관되어 있었다. 이런 경우 그보다는 최 소장 쪽이 보다 빨리 문제의 핵심에 접근할 것 같은 예감이었다. 수사팀보다 한 발짝 앞서가는 최 소장의 행보만 봐도 이는 어느 정도 증명된 셈이었다.

"좋습니다. 그렇게 하죠."

태주는 짐짓 어려운 결정을 내린 듯 무겁게 고개를 끄덕였다.

"좋아, 그럼 동맹이 성사된 거로군. 그럼 자네부터 말해봐."

그러니까 수사팀에서 숨기고 있는 것을 밝히라는 요구였다. 이것도 그가 예상한 것 중 하나였다. 태주는 그의 요구에 순순히 응했다.

"이정국의 등에 다섯 개의 점이 찍혀 있었습니다. 등 곳곳에 넓게 찍힌 자창흔입니다."

최 소장이 흠칫 놀란 얼굴을 했다. 당연한 반응이었다. 수사팀을 제외하고는 아무도 모르는 내용이니까.

"그게 결정적인 사인인 건가?"

"그렇지는 않습니다. 사인은 전에 말씀드린 그대로입니다. 상처 구멍은 3에서 4밀리미터, 상처 가장자리의 지름은 2밀리미터, 상처 각으로 보아 왼손잡이일 가능성이 높고요."

"이정국은 왼손잡이였는데……."

"맞습니다. 죽은 서은희를 제외하고 모두 왼손잡이더군요. 이정국, 이시우 그리고 이지아도."

"그 다섯 개의 점이 뭔지는 알아낸 건가?"

"물론이죠."

자창 자국의 의미에 대해 알아낸 사람은 조진호였다. 그는 순전히 허미자 덕분이라고 했다. 허미자와 조진호, 두 사람은 수시로 전화와 문자를 주고받는 것으로는 부족했는지 거의 하루도 거르지 않고 만나서 데이트를 즐겼다.

데이트라고 해봤자 늘 술집에 가는 것이 전부였다. 가끔 영화를 보는 것 같기도 했는데 조진호가 코를 골며 자고 난 뒤로는 다시는 가지 않는다고 했다. 두 사람의 만남이 워낙 빈번하다 보니 두 번에 한 번꼴이던 합석이 일주일에 한 번꼴로 바뀌었다.

넷이서 만나도 마찬가지로 늘 술을 마셨다. 술자리에서 두 사람은 태주나 이지아를 투명인간처럼 취급했다. 일이 분에 한 번씩 쪽쪽거리며 입술을 맞추는 건 예사로운 일이었고, 술이 불콰하게 오르면 더 농염한 애정 행각도 보아란 듯 아무렇지 않게 저질렀다. 그때쯤 되면 두 사람은 야릇한 눈빛을 교환하느라 바빴다. 그리고 그 끝은 항상 같았다. 누군가 한쪽이 넌지시 암구호를 흘려놓는 것이었다.

"왜 이렇게 미스아메리가 보고 싶지."

"난 미스코리가 더 좋던데."

"그래? 나도 미스코리가 좋긴 한데······."

미스코리와 미스아메리는 허미자가 키우는 애완견이었다. 허미자에 따르면 미스코리는 코리아 스타일의 미인이고 미스아메리는 아메리카 스타일의 미인이라고 했다. 믿거나 말거나지만 조진호가 걸핏하면 애완견 카페나 홈페이지를 드나드는 것을 보면 허미자가 두 애완견에 대해 상당한 애정을 갖고 있는 것은 분명했다. 나중에 알게 되었는데 미스아메리는 모텔에서, 미스코리는 허미자의 집에서 자고 가라는 의미였다.

자창의 미스터리를 알게 된 그날은 미스아메리였다.

미스아메리로 떠난 지 반시간쯤 후 갑자기 조진호로부터 전화가 왔다. 아파트 문 앞이었다. 조진호는 대뜸 야, 알아냈어, 라고 소리쳤다. 뭘 알아냈느냐고 묻기도 전에 녀석의 흥분한 목소리가 이렇게 말했다.

"이정국의 등판에 찍혀 있던 다섯 개의 점!"

자창 자국에 대해 여러 말들이 있었다. 범인의 과시하려는 성격으로 보아 범행에 관련된 어떤 힌트일 가능성이 높다는 데 이견은 없었다. 단지 그 힌트가 무엇인가 하는 것에는 의견이 여러 개로 갈렸다. 별자리, 범인의 근거지, 특이 종교 집단의 표식일 가능성 등이 제기되었다. 그러나 뜬구름 잡는 소리일 뿐이었다. 조진호가 알아낸 의미는 그것과는 전혀 달랐다.

다음 날 느지막이 출근한 조진호는 의기양양한 얼굴이었다. 태주는 그의 옆구리를 쿡쿡 찔러대며 다섯 개의 점이 무엇을 의미하는지를 캐물었다.

두 사람은 택시에서 내려서 미스아메리, 그러니까 모텔에 들어갔다. 파라다이스 모텔의 젊은 여주인은 유클리드와 페르마의 이름을 가진 모텔을 찾아 위치를 알려주겠다고 했지만 약속을 잊었는지, 알고 봤더니 그런 모텔이 없었는지 연락이 오지 않았다. 그런 이유로 두 사람은 여전히 수학자의 이름을 가진 모텔을 찾아 헤매고 다녔다.

수학자의 이름인지 아닌지는 몰라도 조진호와 허미자는 모텔 엘리베이터에 올라 4층 버튼을 눌렀다. 문이 닫히고 두 사람은 다시 문이 열릴 때까지 본능에 따라 서로를 꼭 껴안고 있었다.

잠시 후 문이 열렸다. 당연히 두 사람은 엘리베이터에서 나가는 것이 순서였다. 하지만 두 사람의 반응은 정반대로 엇갈렸다. 허미자는 엘리베이터 밖으로 나가려고 했지만 조진호는 엘리베이터 바닥에 발이 붙어버린 사람처럼 꿈쩍하지 않았다.

"자기야, 왜 그래?"

마음이 급했던 허미자는 조진호의 팔을 잡아끌었다. 그러나 소용없었다. 조진호는 엉뚱한 곳에 마음이 빼앗겨 있었다. 그의 눈은 한곳을 뚫어져라 응시하고 있었다.

"그게 뭐였지?"

최 소장이 호기심을 참지 못하고 물었다.

"은색의 엘리베이터 버튼이었습니다."

층수를 나타내는 숫자 밑에 볼록하게 도드라져 있는 것. 2층과 3층, 5층은 점이 여섯 개. 1층은 다섯 개인 그것. 최 소장이 짐작했다는 듯 가만히 고개를 끄덕였다.

"네, 점자(點子)였습니다."

태주가 다시 말했다.

"그 점자의 의미는 뭐였지?"

태주는 빙긋이 웃었다. 기다리던 순간이었다. 동맹이란 서로의 믿음을 우선시하는 거래였다. 그는 충분히 보여줄 만큼 보여줬고, 이제 무엇인가를 보여줘야 할 사람은 최 소장이었다.

"소장님, 이제 제가 질문해야 할 것 같은데요."

최 소장은 그의 말뜻을 금세 알아들었다. 시선을 창밖으로 미끄러뜨리더니 대답할 준비가 됐다는 듯 고개를 한 번 끄덕였다.

"김영옥의 아들, 소재 파악이 된 겁니까?"

"아니 아직."

"사진이나 주소, 전화번호 등등 파악된 것이 있습니까?"

"그것도 아직."

"조만간 가능한 겁니까?"

"사진은 가능할 것 같기도 해."

"어떻게요?"

"그것까지 말해주고 싶지는 않군."

태주는 그쯤 얼마든지 이해할 수 있었다. 과정이 아닌 결과가 중요한 것이니까.

"이곳에 온 이유는요?"

"가브리엘 원장의 가족 사항에 대해 알아보려고."

"왜죠?"

"원장에게 부인과 딸이 있었어. 만나볼까 해서."

"그것도 김영옥의 아들을 찾는 것과 연관된 거겠죠?"

"물론."

"여기 오기 전에 어디에 들른 겁니까?"

"그것도 말해야 하나?"

"들른 곳에서 만난 사람한테 사진을 부탁한 겁니까?"

"맞아."

"그 사람한테 무슨 얘기를 들었죠?"

최 소장이 살짝 이맛살을 구겼다.

"이봐, 그 얘기는 자네에게 해줄 만한 것이 없어. 그리고 지금은 아무래도 저 친구부터 만나보는 게 좋을 것 같고."

최 소장이 태주의 어깨 너머를 턱짓으로 가리켰다.

털보가 문 밖으로 고개를 빼죽 내밀고는 두 사람을 지켜보고 있었다.

*

안타깝게도 털보에게서 얻어낸 정보는 거의 없었다. 태주는 가브리엘의 집 화재 사건에 대해 캐물었지만 털보의 대답은 아는 게 없다, 였다. 경찰 자료는 오래전에 폐기되었고, 당시에 그 화재 사건을 담당한 은퇴한 경찰을 찾아가보았지만 치매기가 있어서 아무런 도움도 받지 못했다고 했다. 소방서나 군청 쪽도 찾아가보았지만 역시 나온 게 없다고 했다.

"가브리엘 원장은 본명도 모르지만 사망자잖아요. 이건 주민증번호를 알아도 아무것도 알아낼 수 없는 판국인데, 18년이나 지난 일을 무슨 수로 조사한단 말입니까? 처음부터 한계가 있을 수밖에 없는 일이었어요."

털보의 말은 괜한 투정이 아니었다. 사망자의 경우 주민증번호를 조회해도 아무것도 나오지 않는다. 경찰 전산망도 그렇지만 행정 전산망으로도 결과는 똑같이 '사망자'로 조회될 뿐이다.

"그나마 이거라도 건진 게 정말 행운입니다, 행운. 이 주소지를 찾으려고 제가 그 고생을 한 걸 알면 당장 술이라도 사고 싶을걸요."

털보의 말마따나 술이라도 사줘야 할 것 같은 분위기였다. 술 대신 식사로 대신할 수밖에 없었지만, 식사를 하는 내내 털보의 영웅담 못지않은 수사 과정에 대해 귀가 따갑도록 들어줘야 했다.

"원장의 시신을 화장한 업자한테 가서 찾은 겁니다. 인수증만 따로 모아놓은 박스였는데, 박스 하나에 10년 치가 들어 있더라고요. 웃긴 건 인수자 이름이 가브리엘로 돼 있다는 겁니다. 이게 왜 이런 거냐고 물으니까 간혹 이름을 안 적는 사람이 있다고 하더라고요. 그래서 고인의 이름을 적어놓곤 한답니다. 그렇다고 문제될 게 전혀 없으니까요."

태주는 최 소장을 옆자리에 태우고 서울로 향했다. 최 소장은 서울에서 만날 사람이 있다고 했다.

"누굴 만나는데요?"

"개인적인 일이야."

한갓진 길을 조금 달리다가 차는 요금소로 진입했다. 고속도로는 한산했다. 룸미러에는 아예 차가 보이지도 않았다. 그의 차는 2차선을 타고 막힘없이 내달렸다.

고속도로를 달리면서 김영옥의 자살 사건에 대해, 그리고 최 소장이 이번 사건에 얽히게 된 이런저런 사연에 대해 들을 수 있었다.

그 얘기가 끝나고 최 소장은 슬며시 눈을 감더니 등받이에 몸을 기댔다. 더는 귀찮게 하지 말라는 의미였다.

계기판은 시속 백 킬로미터를 왔다 갔다 했다. 일부러 액셀을 밟을 필요는 없었다. 전면 유리 저편으로 거무스름한 구름 띠가 폭 넓게 둘러져 있었다. 장마철이었다. 하지만 비는 그리 많이 내리지 않았다. 그만큼 무더위가 길다는 의미였다. 예년에 비해 열대야가 더 길게 이어질 것이라고 기상청은 연일 경고했다. 6월의 막바지였고 이제 곧 7월이었다.

서울요금소를 한 시간쯤 남겨두고 최 소장이 눈을 떴다. 태주는 그동안 듣고 있던 라디오의 볼륨을 줄였다가 마음을 바꿔 아예 꺼버렸다.

최 소장이 등받이 뒤로 팔을 뻗어 기지개를 켜는 것을 보고 있다가 문득 생각났다는 듯 질문을 던졌다.

"가브리엘의 가족을 만나려는 건 원아들의 사진이 있나 알아보려는 거잖습니까. 설령 사진을 받았다고 해도 누가 김영옥의 아들인지 어떻게 찾아내죠? 어떤 방법이 있는 겁니까?"

"사진에 이름이라도 적혀 있을지도 모르잖아."

"이름이 적혀 있어도 어떤 이름이 김영옥의 아들인지 모르는 건 마찬가지잖습니까?"

"사실은 나도 별로 기대는 하지 않아. 그런 자료가 있었더라도 부부 관계가 별로였는데 이미 예전에 버렸을 테고. 그래도 찾아는 봐야지. 수사란 게 다 그런 거잖아."

최 소장이 손을 번갈아가며 어깨를 주물렀다. 내비게이션에서 마침 휴게소 안내가 나왔다. 1킬로미터 앞이었다.

"좀 쉬었다 갈까요?"

최 소장이 가만히 고개를 끄덕였다.

　주중이라 휴게소는 한산했다. 넓은 주차장이 텅텅 비어 있다시피 했다. 화장실에 다녀온 뒤 파라솔 아래 자리를 잡았다. 테이크아웃 커피 두 잔이 테이블에 놓였다. 태주는 아메리카노였고 최 소장은 모카였다.
　"소장님, 원장의 부인 주소지에 함께 가실래요?"
　최 소장이 잠깐 생각하는 척하다가 고개를 저었다. 그런 다음 커피의 뚜껑을 열더니 후후 불면서 한 모금 마셨다.
　커피를 테이블로 내려놓고 난 뒤에야 최 소장의 입술이 넌지시 열렸다.
　"그 주소에 살고 있는지 아닌지도 정확한 게 아니잖아. 가보고 정확하면 나중에 연락 줘. 그때 가보지 뭐."
　커피의 빨대를 입에 문 채 태주는 알겠다는 의미로 두어 번 고개를 끄덕였다.
　다시 최 소장이 말했다.
　"오 형사, 난 이번 사건과 인연이 아주 깊어."
　"압니다. 사실은 저도 그렇거든요."
　최 소장이 눈을 동그랗게 뜨는 것으로 그게 무슨 소리냐고 물었다.
　"소장님은 살해당한 이정국과 친구잖아요. 저는 그의 아들인 이시우하고 친구거든요."
　"묘하군. 자넨 이시우하고 친했나?"

"아니요, 사실 친구라고 부르기도 뭣해요."

"그것도 나와 비슷하군."

최 소장이 커피를 만지작거리며 쓸쓸하게 웃었다.

"시우를 떠올리면 연극 공연이 생각나요. 〈로미오와 줄리엣〉이었는데, 시우는 로미오, 그의 사촌여동생이 줄리엣을 맡았죠. 전 로미오의 친구인 머큐시오였고요."

"사촌 여동생이라면 이지아겠군."

"소장님도 아시네요."

"이 선생 아빠가 어렸을 때 나랑 친했어. 날 잘 따랐지. 이 선생을 본 건 몇 번 안 돼. 열한 살 때 한 번 봤고 최근에 다시 봤어. 어릴 때도 예뻤지만 지금도 그렇더군."

"줄리엣이잖아요."

"로미오를 하고 싶었겠군."

"몸살이 날 정도였죠."

말하고 나서 태주는 왠지 계면쩍은 기분이었다. 괜히 한 손이 뒷덜미로 올라갔다.

"그러고 보니 자네와 나도 묘한 인연으로 얽힌 것 같아."

"제가 진짜 묘한 얘기 하나 해드릴까요?"

해보라는 듯 최 소장이 눈꺼풀을 껌벅거렸다.

"이정국의 휴대폰에 남아 있던 문자 기억하십니까? 줄리엣이 죽으면 로미오도 죽는다는."

최 소장이 커피를 한 모금 꿀꺽 삼키더니 갑자기 한 발을 다른 발에 포갰다. 우중충한 하늘을 향해 시선을 멀리 던지더니 소리 없이 깊숙이 숨을 삼켰다가 뱉었다. 얼핏 느낀 것이지만 그의 시선을 회피하는 것처럼 보였다. 그렇게 생각해서 그런지 몰라도 뭔가 초조해하는 것 같은 낌새가 얼굴에 드러나 있었다. 미심쩍은 점이 있었지만 일단은 따지지 않고 그냥 넘어가 주기로 했다.

"기억하지. 갑자기 그건 왜?"

최 소장이 커피를 테이블에 내려놓으며 말했다. 시선은 여전히 시커먼 먹구름 어디쯤에 꽂혀 있었다.

"그 문자, 저도 받았습니다."

"뭐?"

최 소장이 깜짝 놀라 포갰던 다리를 원래대로 끌어내렸다. 태주는 곧바로 질문을 던졌다.

"왜 그렇게 놀라시죠? 설마 소장님도 똑같은 문자를 받기라도 한 겁니까?"

일부러 찔러보았다. 최 소장은 아무 말 없이 고개를 돌리더니 커피를 다시 입으로 가져갔다.

이번에는 커피를 마시지 않았다. 잠시 미동도 없이 앉아 있다가 커피를 도로 테이블에 내려놓더니 갑자기 어깨가 들썩거릴 정도로 크게 한숨을 내쉬었다. 곧이어 그의 입에서 나직하고 힘없는 목소리가 흘러나왔다. 신경 써서 귀를 기울이지 않으면 들을 수 없는 소리였으나 태주에게는 바로 옆에서 들리는 소리처럼 크고 분명하게 들렸다.

"사실은 나도 그래. 나도 받았어."

이번에 놀란 사람은 태주였다. 설마 하고 짐작만 했을 때와 짐작이 사실이 되었을 때는 확실히 감흥의 차이가 컸다.

"소장님께 그 문자가 수신된 게 언제였죠?"

태주는 차분하게 질문했다.

"이정국이 죽기 두 시간쯤 전."

최 소장이 순순히 대답했다.

"저는 그보다 훨씬 전에 받았습니다."

그날이 이지아와 재회한 날이라는 말은 일부러 하지 않았다. 그러고 보니 그날 이지아는 '소장님'이라는 사람과 통화했었다. 그 소장님은 경찰이라고 했다. 그렇다면 그 사람이 최 소장인 걸까?

그날 지하주차장에서 그 문자를 받았을 때 태주는 곧바로 두 사람을 떠올렸다. 이지아와 이시우. 그가 알고 있는 줄리엣과 로미오는 그들뿐이었다. 로미오의 죽음 따위 솔직히 상관없었지만 줄리엣이 죽는 것은 결코 그가 바라는 일이 아니었다.

그러나 최 소장은 줄리엣과 로미오를 전혀 다른 사람으로 짐작했다. 서은희와 이정국. 그때 속으로 태주는 그지없이 기뻤다. 기쁜 나머지 최 소장을 얼싸 끌어안고 춤이라도 추고 싶을 정도였다.

"범인은 우리를 다 알고 있는 사람인 것 같아."

최 소장이 다시 한숨을 뱉어내고 나서 중얼거리듯이 말했다.

"우리 둘을 관찰하고 있다는 의미이기도 하고요."

"범인이 정말로 우리 주변의 인물일까?"

"글쎄요, 좀더 생각해봐야겠지만 제 생각에는 그리 가능성이 크지 않을 것 같은데요."

"왜지?"

"소장님과 제가 죽은 이정국과 인연이 있긴 해도 그것을 제외하면 별로 공통점이 없거든요. 아, 경찰이라는 거, 이것도 공통점이겠네요."

"자네 팀에서는 범인을 어떻게 생각하고 있지?"

"아직 주시하고 있는 인물은 없습니다."

이시우와 연관된 황산 테러범의 얘기는 꺼내고 싶지 않았다.

"김영옥의 아들에 대해 집중하지 않겠다는 건가?"

"이미 그쪽으로 얘기가 있었어요. 하지만 크게 혐의점을 두고 있지 않은 것도 사실입니다."

"그건 좀 의외인데? 무슨 이유라도 있는 건가?"

"아직은 구체적으로 잡히는 게 없으니까요. 모르죠, 수사가 좀더 진행되면 그쪽으로 쏠리게 될지."

최 소장이 커피 빨대를 쪽쪽거리며 가만히 고개를 끄덕였다. 그러나 그의 말에 수긍하는 표정은 아니었다.

"그만 가자고."

최 소장이 남은 커피를 단숨에 마시고는 자리에서 일어났다. 태주는 커피를 손에 쥐고 최 소장의 뒤를 쫓아갔다.

차는 시원하게 고속도로를 내달렸다.

서울요금소를 앞두고 최 소장이 다시 질문을 던졌다. 시선은 오른쪽 차창 밖으로 쏠려 있었다.

"아까 한 말 말이야. 김영옥의 아들이 아직은 용의선상에 올라 있지 않다는 건가, 아니면 용의자에서 이미 제외되었다는 건가? 어느 쪽이지?"

"용의자로서 아직은 충분치가 못하다는 겁니다. 그냥 그 정도예요."

"충분치가 못하다고? 대체 뭐가?"

최 소장의 반문에 태주는 어쩔 수 없이 길게 설명을 늘어뜨려야 했다.

"김영옥의 아들이 엄마의 불행에 대해 알고 있더라도 자세한 내막까지 시시콜콜 알고 있는 것은 아니었을 겁니다. 알 수 있는 방법도 사실상 없고요. 만에 하나 이정국이 김영옥에게 못된 남자였다는 것을 아들이 알았다고 해도 여전히 의문은 남습니다. 그 아들이 그런 사실을 어떻게 알 수 있었을까요? 김영옥은 이정국의 곁을 떠난 상태가 아니었습니다. 그런 상황에서 자기 아들에게 이정국에 대한 증오심을 심어줬다는 건 어쩐지 납득이 되지 않고요."

"그래서 수사팀은 김영옥이 자신은 물론 이정국의 존재에 대해서도 아들에게 비밀로 했다고 결론을 내린 거로군."

"잠정적으로는 그렇습니다."

그러나 최 소장은 여전히 뭔가가 찜찜한 표정이었다. 태주는 좀더 설명을 부연했다.

"소장님께서 제게 말했듯이 김영옥은 죽을 때 아들에게 아무런 유서를 남기지 않았습니다. 고작 남긴 거라고는 거울에 쓴 인상적인 문구 한 줄이 전부였죠. 그 문구 역시 아들에게 남긴 것은 아니잖습니까? 그렇게 여겨지지 않는다는 건 소장님이 더 잘 알 거고요. 김영옥의 아들이 이정국에게 원한을 가질 만한 이유는 사실상 아무것도 없는 겁니다. 원수라는 걸 모른다면 원수일지라도 사랑도 가능한 거 아니겠습니까. 모르면 그걸로 끝인 거죠."

"그렇군."

최 소장이 창밖을 응시한 채 고개를 끄덕였다. 더는 트집을 잡을 생각이 없는 모양이었다.

서울요금소를 통과할 때까지 차는 일정한 속도를 유지했다. 그때까지 태주와 최 소장은 침묵했다.

서초교차로에서 차는 사당역 쪽으로 빠졌다. 그때부터 사위에 땅거미가 깔리기 시작했다. 최 소장은 적당히 아무 곳이라도 좋으니 내려달라고 했지만 태주는 부득불 우겨서 최 소장의 목적지와 가까운 곳에서 차를 멈추었다. 신림역 근처 택시 승강장이었다.

"김영옥은 타살일 가능성이 전혀 없었던 겁니까?"

깜박이를 켜놓고 태주가 질문을 던졌다.

"김영옥의 자살은 의심할 여지가 없었어. 유서를 쓴 립스틱에서 김영옥의 지문이 발견됐고, 또 시간을 따져봐도 이정국의 짓은 아냐."

"김영옥이 죽고 가족이나 친지가 나타났었나요?"

"아니, 전혀."

"그럼 김영옥의 아들도 자기 엄마의 죽음을 몰랐을 가능성이 크네요."

"아마도."

최 소장의 손은 이미 차의 문손잡이에 올라가 있었다. 짧게 한마디 인사만 하면 곧 차에서 내릴 것 같은 자세였다. 하지만 선뜻 문을 열지는 못했다. 태주의 입에서 아직 듣지 못한 대답이 있었다. 최 소장은 결국 다시 질문을 던지는 것으로 그의 대답을 촉구했다.

"점자, 무슨 의미였는지 이제 말해줘야 하지 않을까?"

태주는 그렇지 않아도 그럴 참이었다. 그러나 그전에 한 가지 약속을 확인하는 것이 먼저였다.

"김영옥 아들, 찾으면 저한테 즉시 알려주는 겁니다. 사진이나 그 밖의 것도 그렇고요."

최 소장은 고개를 끄덕이는 것으로 그의 요구에 대꾸했다.

"영어로 'me'입니다."

"엠이? 미? 나에게, 뭐 이런 뜻?"

"스페인어이나 불어 등 다른 나라의 뜻도 찾아보았지만 별로 탐탁지 않았습니다. 어떤 특정 단어의 일부일 가능성도 배제하지 못하고요."

"특정 단어의 일부라는 건 별로 좋은 의미가 아니로군."

"그렇죠, 또다시 살인이 벌어질 수 있다는 의미니까요."

그때 빵빵 하고 클랙슨이 울렸다. 택시가 뒤에서 헤드라이트 불빛을 올렸다 내렸다를 반복했다.

"이제 내려야겠군. 오늘 고마웠네."

"또 뵙겠습니다."

태주가 이곳 신림역에 와서야 최 소장을 내려준 것에는 분명한 이유가 있었다.

그는 최 소장이 택시를 타고 떠난 직후 곧바로 뒤를 쫓아가기 시작했다. 택시는 그리 먼 거리를 이동하지 않았다. 택시가 멈춘 곳은 언덕 위에 지은 두 동짜리 아파트였다.

최 소장은 택시에서 내린 뒤 곧장 아파트 쪽을 향해 걸어갔다. 101동과 102동 중 101동 쪽이었다. 택시는 떠나지 않고 멈춘 곳에서 대기했다.

최 소장은 1층 우편함 어딘가에 무엇인가를 넣고는 휴대폰을 꺼내 만지작거렸다. 통화를 하는 것 같지는 않고 문자메시지를 보내는 것 같았다.

그것으로 끝이었다.

최 소장은 다시 택시로 돌아온 뒤 도망치듯 그곳에서 떠났다. 태주는 빨갛게 미등이 켜진 택시의 꽁무니를 지켜보다가 차에서 내려 101동 우편함으로 뛰어갔다. 그리고 빠르게 움직이며 우편함을 뒤지기 시작했다. 701호의 우편함에 손을 넣었을 때 무언가 걸리는 게 있었다.

"이건……."

조그마한 분홍색 플라스틱 상자였다.

뚜껑을 열어보니 돌반지가 나왔다. 잠시 난감한 표정을 짓고 있는데 땡, 하고 엘리베이터가 멈추는 소리가 들렸다. 태주는 보석함을 원래대로 우편함에 넣어두었다.

엘리베이터에서 내린 사람은 반바지 차림의 젊은 사내였다.

우편함에서 얼쩡거리는 그를 사내의 눈이 수상쩍게 훑었다. 태주는 가타부타 아무 말 없이 차로 되돌아왔다. 운전석에 앉아서 아파트 쪽을 보니 입구에 선 사내가 멀뚱히 그를 지켜보고 있었다.

*

그가 찾아가야 하는 주소지는 서대문구 안산(鞍山) 근처였다. 언젠가 안산에 있는 봉원사에 가본 적이 있기에 대충 지리는 아는 곳이었다. 그래도 습관처럼 내비게이션에 주소지를 입력했다.

하늘은 어제처럼 온통 먹빛이었다.

제주도를 비롯한 남부 지방에서는 이미 많은 비가 내리고 있다고 했다. 서해안과 서울, 경기도 역시 오전 중으로 비가 내릴 것으로 예고되어 있었다.

빗방울이 유리에 부딪치기 시작한 것은 차가 아현역을 지났을 때였다. 빗물은 불과 몇 초 지나지 않아 폭우로 바뀌었다. 그야말로 누군가 바가지로 들이붓듯이 차 지붕에서 후드득 소리가 요란했다. 와이퍼를 최대 속도로 작동시켰지만 눈앞이 뿌옇게 보일 정도로 순식간에 시야가 흐려졌다. 비상등과 헤드라이트를 켜놓고 최대한 속도를 늦췄다. 다른 차들도 사정은 마찬가지였다. 결국 거북이처럼 움직이던 차는 얼마 가지 못하고 아예 멈춰 서고 말았다. 시야가 확보되지 못한 탓이었다.

태주는 핸드브레이크를 잡고는 운전대에서 손을 놓았다. 느긋하게 허리를 조금 뒤로 젖혀놓고 라디오를 틀었다. 디제이가 사연을 읽고 있었다. 서강대 근처에 있던, 그러나 지금은 사라진 조그만 기차역의 오래된 은행나무에 얽힌 사연이었다.

은행나무에 얽힌 추억은 태주에게도 있었다.

경찰복을 입고 첫 근무를 시작한 곳이 바로 '은행나무 파출소'였다. 정식 명칭은 따로 있었지만 파출소 입구 왼편으로 아름드리 은행나무가 있는 탓에 경찰이든 지역민이든 으레 은행나무 파출소라고 불렀다.

은행나무 밑에는 나무 벤치 하나가 놓여 있었다. 겨울에는 흰색, 봄에는 연두색, 여름에는 초록색, 가을에는 노란색이었다. 벤치는 파출소장이 일부러 만들어놓은 것으로, 계절마다 색이 바뀌는 것도 그곳 파출소장 덕분이었다. 낮에는 노인들이, 밤에는 주로 연인들이 그곳을 이용했다. 하지만 밤이 좀더 깊어지면 술에 취한 사람이나 길고양이들이 벤치를 차지했다.

은행나무 탓인지 늦가을이면 파출소는 온통 노란빛으로 물들었다.

노란빛이 절정에 이르면 파출소 식구들은 은행나무 벤치에 모여 단체 사진을 찍었다. 어느 해 정년퇴직을 앞두고 그곳 파출소장은 사비를 들여 파출소 외벽을 아예 은행나무 그림으로 채워버렸다.

이후로 그곳 파출소는 진짜 은행나무 파출소가 되었다. 남녀노소 상관없이 즐겨 찾는 명소가 되었다. 특히 연인들의 발길이 끊이지 않고 이어졌다. 연인들이 아니더라도 그곳 앞을 그냥 지나치는 사람은 거의 없었다. 휴대폰이나 디지털카메라를 들이대고는 갖은 포즈로 사진을 찍어댔다.

사연 소개가 끝나고 라디오에서 신청곡이 흘러나왔다. 노래가 중간쯤 지났을 때 거셌던 빗줄기가 거짓말처럼 가느다랗게 변했다. 그제야 차들이 서서히 움직이기 시작했다.

태주는 5분이 지나지 않아 마을버스 종점에 도착했다. 목적지 근처였다. 주위를 두리번거리며 주차할 공간을 찾았지만 마땅한 자리는 보이지 않았다.

그사이 비는 완전히 그쳤다. 다시 비가 내릴 것으로 예상됐지만 당장은 안심해도 될 것 같았다.

태주는 카센터를 발견하고 그리로 차를 몰았다.

"엔진오일 좀 갈아주세요."

그는 식사 좀 하고 오겠다면서 카센터에서 나갔다.

그가 찾는 주소지까지는 불과 50미터 거리였다. 찾기도 어렵지 않았다.

크고 웅장한 집이었다. 축대처럼 쌓아올린 담장은 높고 길었고 담 위로 솟아나온 소나무 가지도 여러 개가 보였다. 짐작하건대 마당도 그만큼 꽤 넓을 것이었다.

태주는 몇 개의 돌계단을 올라간 뒤 다시금 주소를 확인했다. 그러고 나서 차임벨을 눌렀다. 스피커폰을 통해 곧 여자의 목소리가 새어 나왔다. 말투가 조금 어눌했다.

"누구쎄요?"

"경찰입니다."

안에서 신분증을 볼 수 있도록 렌즈에 가까이 붙여주었다.

갑자기 저쪽에서 말이 사라졌다. 가끔 알아듣지 못할 소리가 스피커를 통해 들려왔다.

"여기 주인을 만나러 왔는데요."

기다리지 못하고 방문 목적을 밝혔다.

"쭈인 아니에요. 쭈인 몰라요."

그제야 눈치챘다. 상대는 외국인이었다. 그동안 주인이 바뀌었거나, 다른 사정으로 세를 주고 이사를 갔거나, 가사도우미가 외국인이거나 셋 중 하나였다.

"형사입니다. 잠깐 문 좀 열어주세요."

스피커폰에서 영어가 흘러나왔다. 그의 신분증을 다시 보여달라는 요구였다. 그는 요구대로 순순히 따라주었다.

곧 띠— 하는 기계음이 들리고 문이 열렸다. 정원에는 소나무뿐만 아니라 다른 나무도 제법 많았다. 단풍나무, 대추나무와 감나무가 눈에 띄었다. 키 작은 꽃나무도 곳곳에 잘 가꾸어져 있었다.

집 안쪽의 현관문을 열고 들어가자 키가 작고 피부가 까무잡잡한 필리핀 여자가 그를 맞아주었다. 여자가 그를 소파 쪽으로 안내했다. 소파에는 외출복 차림의 백인 여자가 앉아 있었다. 필리핀 여자의 말로는 프랑스 사람이라고 했다.

조금 난감했다. 이래서야 의사소통이 제대로 될까 싶었다. 그나마 다행인 것은 그가 해야 할 질문이 그리 많지 않다는 것이었다.

간단히 다시 자기소개를 한 후 곧바로 질문을 던졌다.

"이 집에 산 지 얼마나 되셨죠?"

그는 필리핀 여자에게 말했고, 그녀는 백인 여자에게 통역을 해주었다. 대답 역시 필리핀 여자를 통해 들었다.

"5년."

필리핀 여자가 손가락을 쫙 펴 보였다.

"이 집 산 겁니까? 아니면 전세나 월세 계약입니까?"

필리핀 여자가 이 말의 의미를 알아들을 수 있을까 하고 염려했는데 잠시 후 기우라는 것이 밝혀졌다. 필리핀 여자가 월세, 라고 짧게 대답했다. 여자는 보충 설명까지 해주었다. 1년 치 월세를 1월에 한꺼번에 계산했다는 설명이었다.

"이 집 원래 주인을 만나러 왔는데요. 주인 여자의 이름과 연락처 좀 알 수 있을까요?"

백인 여자가 소파에서 일어나더니 방으로 들어갔다. 나올 때는 손에 쪽지 한 장을 들고 있었다. 백인 여자가 건네준 쪽지에는 한글 이름이 삐뚤빼뚤하게 숫자는 또박또박하게 적혀 있었다. 여자의 이름은 주경란이었다.

그 집에서 나와 카센터로 향하며 태주는 쪽지에 적힌 번호로 전화를 걸었다.

노랫소리가 들리다가 곧 여보세요, 하는 여자의 목소리로 바뀄다. 그런데 그의 예상과는 느낌이 완전히 다른 목소리였다. 가브리엘 원장의 부인이라면 적어도 오십대 중반은 됐을 텐데, 들려온 목소리는 이삼십 대의 젊은 여자였다. 번호를 잘못 누른 것일까? 일단 그것부터 확인했다.

"주경란 씨 휴대폰 맞습니까?"

"누구시죠? 어떻게 전화하셨는데요?"

대답이 조금 애매모호했다.

"주경란 씨를 찾는데요. 이 번호가 주경란 씨 휴대폰 맞습니까?"

여자는 대답하지 않았다. 갑자기 침묵이 흘렀다. 통화가 끊어진 것은 아니었다. 침묵이 약간 길어졌을 때 태주는 조바심치듯이 여보세요, 하고 여자를 불렀다. 여자가 느닷없이 전화를 끊어버리기라도 하면 어쩌나 싶어 솔직히 불안하기도 했다.

그러나 여자는 전화를 끊을 생각이 전혀 없는 사람이었다. 그 이유는 곧 밝혀졌다.

여자가 큼, 하고 헛기침을 하더니 조심스럽게 이렇게 물었다.

"혹시…… 오 형사님?"

상대방의 그런 반응은 전혀 예상치 못한 것이었다. 태주는 적잖게 당황스러웠다.

"저를 아세요?"

오히려 태주는 이렇게 되물었다.

"용산경찰서 강력 4팀 오태주 형사님, 맞죠?"

그러고는 여자가 깔깔거리며 웃었다.

여자는 정확히 그를 알고 있었다. 도대체 이 여자가 누구지?

"제 휴대폰 번호는 어떻게 아셨어요? 그나저나 제 애인까지 봤으면서 저한테 이러면 곤란한 거 아닌가요?"

멋대로 말해놓고 여자는 또다시 깔깔거리며 웃었다.

태주는 그제야 여자의 정체를 눈치챘다. 그녀의 얼굴이 오롯하게 눈앞에 떠올랐다.

"하수연 씨?"

"이제야 아셨네요. 한데 저한테 어쩐 일이세요? 전화번호는 어떻게 아셨고요? 참, 주경란 씨는 왜 찾는 거죠?"

하수연은 말이 많아졌고 또 빨라졌다.

"그건……."

태주는 생각했던 대답을 얼른 바꾸었다.

"수연 씨, 좀 만났으면 하는데요."

물론 수작을 부리는 게 아니라고 분명하게 밝혔다.

"좋아요, 이번에는 우리 집에서 만나죠. 시간은 7시쯤. 괜찮겠어요?"

괜찮다고 말해놓고 통화를 끝냈다.

하수연이 주경란이 될 수는 없었다. 당연히 하수연이 주경란이라는 이름으로 이중생활을 하는 것도 아닐 것이다. 그런데 어떻게 하수연이 주경란이 됐을까?

사실 간단한 문제였다.

하수연이 고등학생이었을 때 쪽지 한 장만 달랑 남겨놓고 도망갔다는 여자가 바로 주경란이었다. 그렇다면 507호 하수연은 주경란과 가브리엘 원장의 딸이라는 의미였다. 세상 참 좁다지만 직접 이런 경험을 하리라고는 그로서도 생각지도 못한 일이었다.

한편으로는 조금 우습기도 했다. 돌고 돌아서 기껏 도착한 곳이 옆집이라니. 참으려고 해도 입술 사이로 슬금슬금 웃음이 비어져 나왔다. 차가운 물방울이 그의 이마에 떨어진 것은 그때였다. 하늘은 여전히 무거웠고 또다시 한바탕 빗줄기가 쏟아지려는 찰나였다.

원수를 사랑해도 될까요

"어서 오세요."

하수연은 평소 잘 알고 있는 지내는 사람처럼 스스럼없이 그를 맞아주었다. 석규가 쓰고 온 우산을 받더니 문 한쪽에 있는 플라스틱 통 속에 집어넣었다.

석규는 오 형사로부터 연락을 받았다. 주경란은 찾지 못했지만 그녀의 딸인 하수연은 찾았다는 것. 그 결과에 대해 오 형사는 이렇게 말했다.

"도움이 될 만한 걸 하나도 얻지 못했어요. 시간 낭비예요."

한 가지 묘한 말도 남겨놓았다.

"하수연이 가브리엘 원장의 딸일 줄은 몰랐어요. 사람의 인연이라는 게 참 묘해요."

하수연을 이미 알고 있는 것 같은 말투였다. 오 형사의 말마따나 사람의 인연이란 참으로 묘한 것이었다. 근래에 그는 인연에 대해 여러 생각을 했다.

그가 조사를 맡았던 김영옥의 자살 사건, 그리고 이정국과의 만남, 그로 인한 서평으로의 전출. 그런 뒤에도 사건은 끊임없이 이어졌다. 이정수와 송정인의 죽음, 그리고 서은희와 이정국에 이르기까지. 이것으로 인연의 끈이 매듭지어지는 것인가? 그러나 그렇지 않았다. 그는 또다시 김영옥의 아들을 범인으로 의심하고 있었다. 더욱이 수사팀과는 다른 방향이었다.

너무 김영옥의 아들에게 집착하는 것이 아닐까?

문득 그런 생각이 들었지만 일단은 끝까지 가볼 수밖에 없다고 곧 결론 내렸다. 달리 그가 가야 할 방향을 아직은 모르는 탓이기도 했다.

하수연이 찻상을 그의 앞에 내려놓았다. 홍차였다.

석규는 한 모금을 마셨다. 씁쓰레한 맛이 혀에 감겼다가 목 안으로 넘어갔다.

"오 형사님이 특별히 부탁하시더라고요. 오시면 말씀 좀 잘해드리라고."

"오 형사와는 어떻게 아는 겁니까?"

석규는 찻잔을 내려놓고 하수연을 넌지시 바라보았다. 동그란 얼굴에 이목구비가 또렷했다. 찻잔을 든 손가락은 희고 가늘고 길었다.

"어머, 모르시나 보네요. 오 형사님, 바로 옆집이에요. 506호."

석규는 좀 어이가 없었지만 떨떠름하게 미소 짓는 것으로 상황을 마무리했다. 그는 찻잔을 손에서 내려놓으며 시선을 베란다 쪽으로 옮겼다. 그리 큰 공간은 아니었지만 그곳에는 크고 작은 화초들과 철제 탁자와 철제 의자가 있었다. 대나무로 된 긴 깔때기 모양의 조명등이 천장에서 탁자 위로 내려와 있었다. 차나 커피를 마시면서 책을 읽기에 적당한 공간처럼 보였다.

1인용 카페처럼 꾸며진 베란다와 전혀 어울리지 않는 물건도 하나 눈에 띄었다. 투박하게 보이는 깡통으로 아기들이 먹는 분유통의 두 배쯤 되는 크기였다.

"저건 뭐죠?"

"저건…… 일종의 화장터예요."

화장터라면 뭔가 태운다는 것인가?

"전 가끔 누군가를 죽여요. 저 화장터에서."

물론 여자의 말을 곧이곧대로 믿는 것은 아니었다. 그러나 어쩔 수 없이 호기심이 발동했다.

"누굴 죽이는데요?"

"엄마요."

다소 뜬금없는 소리였지만 상황에 대해 이해가 안 되는 것은 아니었다.

"엄마 사진을 태우는 모양이군요. 특별한 이유라도 있나요?"

"그냥…… 잊기 위해서겠죠."

"엄마가 돌아가신 건가요?"

"아니요, 멀쩡히 살아 계세요. 아마도요."

아마도, 에서 살짝 한쪽 눈썹이 치켜 올라갔다.

"엄마와 친하지 않았군요."

"글쎄요, 암튼 사진 태우는 거 엄마한테 배운 거예요. 아빠가 죽고 엄마가 아빠 사진을 태웠거든요. 다 태우고는 날 떠났고요."

마침 가브리엘 원장에 대한 얘기가 그녀의 입에서 나왔다. 자연스럽게 그쪽 질문으로 넘어갈 기회였다. 하지만 석규는 좀 더 느긋해지기로 했다. 오 형사로부터 이런저런 설명을 들은 것도 그가 여유를 갖는 이유 중 하나였다. 오늘의 방문 목적은 오 형사에게 들은 얘기를 확인하고 필요하다면 보충 설명을 듣는 차원이었다.

"아빠가 죽고 한동안 엄마는 엄마 역할에 충실했어요. 그전에는 외출이 잦고 가끔 외박도 서슴지 않았는데 사람이 완전히 달라진 것처럼 내게만 신경을 쓰더라고요. 허나 그리 오래가지는 않았죠. 두세 달쯤 지나고 다시 예전으로 돌아갔어요. 외출은 몰라도 외박은 전보다 훨씬 잦아졌죠. 거리낄 게 없으니 당연한 것이겠죠. 결국 엄마는 아빠 사진을 다 태우고 난 뒤 쪽지한 장 달랑 남겨놓고 집을 나갔어요. 제가 고등학교 2학년 때였죠. 이제 9년쯤 됐네요."

"주경란 씨는 하 원장님 사진을 왜 태운 거죠?"

가브리엘 원장의 본명은 하창재였다.

"엄마는 아빠를 끔찍이 싫어했어요. 사진을 태우는 게 아빠의 기억 전부를 지우는 거라고 생각했나 봐요. 그러면서 집을 나갈 결심도 다졌겠죠. 물론 추정일 뿐이에요. 엄마한테 직접 물어본 건 아니니까."

다시 베란다 쪽을 바라보는데 엄마의 사진을 태우는 하수연의 모습이 잠시 눈에 보였다가 사라졌다.

　석규는 헛기침을 한 뒤 본격적인 질문으로 들어갔다.

　"하 원장님은 어떤 남편, 어떤 아빠였죠."

　"얼핏 말했지만 한 여자의 남편으로서는 끔찍했어요. 걸핏하면 욕설과 폭력을 서슴지 않았으니까요. 아빠가 가브리엘의 집 원장이 되고 나서 딱 한 번 그곳에 갔었어요. 이후로 그곳에 가지 않았고요. 대신 아빠가 찾아왔죠. 그날은 엄마 아빠가 대판 싸운 날이었어요. 엄마가 아빠를 잊고자 하는 건 당연한 일일 거예요. 하지만 엄마와 나는 입장이 다르잖아요. 저는 아빠를 좋아했어요. 아빠도 제게 잘해줬고요. 엄마한테 야단맞으면 아빠를 부르며 울기까지 했으니까요."

　그건 그의 딸 해미도 마찬가지였다. 까무러칠 듯 울다가도 그가 안아주면 금세 쌔근거리며 잠이 들곤 했다. 엄마한테 혼나고 울 때는 여지없이 아빠를 찾았다. 기분이 좋아 아빠를 부를 때도 마찬가지였다. 해미는 아빠를 부를 때면 아빠 아빠 아빠 아빠, 하고 연달아 네 번을 불렀다.

　"아빠와 오빠가 죽고 한동안 엄마를 살인자라고 생각했어요. 엄마가 몰래 그곳에 가서 불을 질렀을 거라고 생각했던 거죠."

　"그럴 만한 이유가 있었던 겁니까?"

　"화재가 났던 날 엄마는 외박했어요. 어디서 잤냐고 물었더니 대답을 안 해주더라고요. 그래서 억지를 부린 거죠. 아빠의 죽음에 대해 누군가에게 책임을 묻고 싶은데, 외박하는 엄마가 마침 마뜩잖게 보였던 거겠죠."

"이런 얘기를 오 형사에게도 했습니까?"

하수연의 고개가 위아래로 움직였다.

석규는 오 형사의 생각이 궁금했다. '가브리엘의 집'을 누군가 방화했고, 그 사람이 주경란이거나 그녀와 만남을 갖고 있는 한 남자의 소행일 거라고 의심하지 않았을까? 하지만 오 형사가 이 문제에 대해 깊게 파고들 가능성은 거의 제로에 가까웠다. 누군가의 방화라고 해도 이미 공소시효가 지났다. 흥미를 느낀다고 해도 현직 형사가 개인적인 조사를 벌인다는 건 현재의 조직 시스템으로는 어림없는 일이었다.

그러나 석규의 입장은 달랐다.

궁금했다. 화재로 전소된 보육원, 그곳에 다녀온 김영옥은 낙담했다. 아들이 화재와 관련해 사고를 당한 것이라 추측했지만 사실과는 거리가 먼 얘기였다. 김영옥, 모텔로 돌아온 그녀가 낙담해야 했던 진짜 이유가 무엇일까? 석규는 그녀가 자살한 이면에는 보육원의 화재도 어떤 역할을 했을 것이라고 믿었다.

양 원장을 만나고 와서 파라다이스 모텔의 늙은 여주인에게 전화했다. 김영옥이 마지막으로 보육원에 다녀온 날짜가 혹 현충일과 그다음 날이 아닌지를 확인하기 위해서였다.

그러나 모텔 여주인에게 돌아온 대답은 예전하고 똑같았다.

"정확한 날짜는 기억이 안 나."

다시 잘 생각해보라면서 추궁했지만 짜증 섞인 대답만 돌아왔을 뿐이다.

"기억이 안 난다니까."

어쨌든 노파에 따르면 김영옥이 '가브리엘의 집'에 마지막으로 다녀왔을 때 그녀는 화재 사실을 알고 있었다. 이는 그녀가 화재 장면을 목격했거나 화재가 난 이후에 그곳을 방문했다는 의미였다. 사소한 것 같아도 이 두 가지에는 큰 차이가 있었다. 화재가 난 이후에 그곳을 방문했다면 그것에서 별 의미를 찾을 수 없겠지만, 화재 현장을 목격했다면 그녀가 화재를 저질렀을 가능성도 배제할 수 없는 것이었다.

그는 노파와의 통화가 끝나고 곧바로 남영주의 양 원장에게 전화했다. 역시 비슷한 질문을 던졌다.

"보육원 화재가 났던 날에 수상쩍은 여자를 본 사람이 있는 지요?"

양 원장의 대답은 글쎄요, 였다. 그런 건 경찰도 조사하지 않은 것 같은데요, 라고 그가 덧붙였다. 석규는 한번 알아봐줄 수 있느냐고 부탁하려다가 염치가 없는 것 같아 그만두었다. 경찰도 조사하지 않은 것을, 그것도 이미 18년이나 지나버린 일을 양 원장이 무슨 수로 알아낼 수 있겠는가 싶었던 것이다.

그날 석규는 기분 좋게 양 원장과의 통화를 끝냈다. 양 원장은 '가브리엘의 집'에 있던 원아들의 반 정도는 이미 사진과 신상 명세를 확보했다고 했다. 문제는 나머지 반이었다.

"읍사무소, 군청을 비롯해 여러 곳을 뒤져봤으나 전혀 자료를 구할 수가 없었습니다."

양 원장의 말에 의하면 당시에는 비정상적인 상황이 정상인 것처럼 아무렇지 않게 행해졌다고 한다. 부모의 부탁으로 아이를 받는 대신 일정한 보수를 받거나, 새로 보육원에 온 아이인데 신고를 뒤로 미루거나, 심지어 이미 다른 보육원으로 옮겨 갔는데도 버젓이 그곳의 원아로 남겨두는 등등의 경우였다.

석규와 현 순경은 주민등록번호가 파악된 아이들을 대상으로 현주소지를 알아냈고, 그곳으로 일일이 우편물을 보냈다. 그곳 파출소에 전화해 종종 부탁하기도 했다. 가까운 곳은 발품을 팔아 직접 다녀왔다. 기껏 찾아갔는데 사람을 못 만나는 경우에는 쪽지에 휴대폰 번호를 남겨놓고 돌아왔다.

그러나 일부러 먼저 연락해오는 사람은 아무도 없었다. 나중에 알고 보니 그들 대부분은 보육원에서의 기억을 잊은 척 살아가고 있었다.

결국 석규는 다른 방법을 찾아야 했다. 때마침 현 순경이 썩 괜찮은 아이디어 하나를 제안했다. 1994년이 아닌 그 이전에라도 그곳 보육원을 방문한 '귀빈'이 있었을 것이다. 가령 경찰서장이나 국회의원, 군수 같은 사람들. 그들은 으레 아이들을 모아놓고 기념사진을 찍는다. 그 사진을 찾으면 되는 것이 아닌가?

석규는 무르팍을 쳤다. 그 즉시 양 원장에게 연락했다.

양 원장은 지금 그 사진들을 찾고 있었다.

하수연이 다시 말했다.

"하지만 엄마가 그런 짓을 했다고는 처음부터 믿지 않았어요. 사실 엄마는 그럴 필요가 없잖아요. 내내 참아오다가 하필이면 왜 그날 그런 짓을 저질렀겠어요. 아무리 아빠가 미워도 수많은 아이들의 목숨을 담보로 그런 엄청난 짓을 저지를 사람도 못 되고요."

석규는 대꾸할 말이 마땅치 않아서 묵묵히 듣고만 있었다.

하수연이 잠시 말을 끊더니 갑자기 그에게 질문 하나를 던졌다.

"조금 전에 엄마가 집을 나갈 때 쪽지 하나를 남겼다고 했잖아요? 거기에 뭐라고 적혀 있었는지 궁금하지 않으세요?"

사실 그가 궁금할 이유는 전혀 없었다. 하수연이 곧바로 이어서 말했다. 처음부터 그럴 생각이었을 것이다.

"'이 집이 지겨워. 무덤 같아. 사실은 너도 그래. 앞으로 엄마 많이 원망하면서 살아. 그럼 잘살 수 있을 거야. 미안해.' 이게 전부예요. 참 짧지 않아요?"

정말 짧은 내용이었다. 하긴 딸을 버리고 다른 사내에게 가는 사람이 구구절절 길게 글을 남겨놓는 것도 우스운 일이었다. 오히려 그 글을 읽는 딸의 기분만 더욱 구질구질해질 뿐이니까.

그러고 보면 아내 역시 딸에게 편지 한 장 남겨놓지 않았다. 처음부터 남기지 않으려고 했던 것은 아니다. 시간이 날 때면 아내는 딸에게 그리고 그에게 편지를 썼다. 한 글자 한 글자 정성껏 써 내려간 그 편지는 구겨지고 찢겨져 휴지통에서 발견되었다. 한두 번이 아니라 여러 번 그것을 목격했다. 그때마다 그는 조각 퍼즐을 맞추듯 편지지를 맞춰보고 싶은 충동을 느꼈다. 그러나 그는 그렇게 하지 않았다. 아내의 유서라는 것을 모르지 않았기에 그래서 그것을 인정하고 싶지 않았기에 끝끝내 마음을 억눌러 참았다.

"엄마가 집을 나가고 나중에 통장을 확인해봤는데 액수가 엄청나더라고요."

하수연은 졸지에 부유한 고아가 되었다. 주경란은 그 어느 것도 가져가지 않았다. 모든 것을 고스란히 딸에게 넘겼다. 사실은 모든 것을 버리고 떠난 것이었다.

엄마가 떠난 집은 커다란 동굴 같았다. 하수연은 매일 밤 집 안의 불이란 불을 모두 켜놓았다. 언젠가 나타날 배를 기다리는 등댓불처럼 그녀는 엄마를 기다렸다.

올해로 9년째였다. 3년이 지나고는 집이 싫어졌고 이사를 결심했다. 집을 아예 팔아치울 생각은 없었다. 아빠하고의 추억만큼이나 그녀에게는 엄마하고의 추억도 소중했다. 집을 팔면 그 모든 것이 사라질 것 같았다.

"그럼 주경란 씨가 원장님의 사진을 몽땅 태워버린 건가요? 남은 게 한 장도 없는 겁니까?"

석규의 질문에 하수연이 눈을 동그랗게 뜨며 되물었다.

"오 형사님도 똑같은 질문을 하던데. 대체 아빠의 사진을 왜 찾는 거죠?"

"확인할 게 있어서요."

"조금 웃긴 것 같아요. 사실은 엄마도 두 분과 똑같은 질문을 제게 했거든요."

"그런가요?"

"어느 날 엄마가 제게 와서 묻더라고요. 아빠 사진을 갖고 있느냐고요. 엄마가 갖고 있던 아빠의 사진을 다 태우고 난 뒤였어요. 아빠 사진은 한 장도 갖고 있지 않다고 딱 잡아뗐죠. 다음 날 학교에서 돌아왔는데, 엄마는 떠나고 없었어요."

하수연이 거의 마시지도 않은 찻잔 손잡이를 만지작거리며 가볍게 한숨을 밀어냈다.

석규는 하 원장의 사진이 남아 있는지를 조심스럽게 다시 물었다.

"엄마 몰래 빼돌린 사진이 몇 장 있긴 있었어요. 하지만 지금은 그것도 남아 있지 않아요. 제가 다 태웠거든요."

그러면서 하수연은 베란다 쪽으로 넌지시 고개를 돌렸다. 아쉽지만 어쩔 수 없는 일이었다.

"비디오테이프 같은 것도 없습니까?"

"그런 건 처음부터 없었고요. 최 소장님, 아빠에 대해 뭐가 궁금하신 건지 뱅뱅 돌리지 말고 그냥 솔직하게 말씀하세요. 그래야 도움이 돼도 될 것 같은데요."

하수연이 항의하듯 말했다.

"오 형사한테 그 이유에 대해 듣지 못했나 보군요."

"전혀요."

"사실은 원장님의 사진이 아닌 '가브리엘의 집'에 있던 원아들의 사진이 필요해서 그런 겁니다."

"그건 없어요. 보육원과 관련된 것은 아무것도 없다고 생각하시면 돼요."

"하수연 씨 본인 사진에도 없습니까? 아까 언뜻 들으니까 엄마인 주경란 씨와 함께 보육원에 한 번 갔던 것 같은데. 그때 거기 아이들과 사진을 찍었을 것 같기도 하고요."

"찍은 건 사실이에요. 하지만 그뿐이에요. 사진만 찍었지 사진을 저나 엄마가 받은 게 아니니까요."

느닷없이 하수연이 슬그머니 일어나더니 다른 방으로 건너갔다. 그 와중에도 그녀는 계속해서 말했다.

"제가 왜 공무원이 된 줄 아세요? 제 자랑은 아니지만 고등학교 때 공부를 굉장히 잘했어요. 거의 전교 1, 2등을 놓치지 않았으니까요. 그런데 대학에는 안 갔어요. 대신 공무원 시험을 준비했죠. 졸업하고 다음 해에 단번에 합격했고요."

하수연이 사진첩 하나를 들고 방에서 나왔다.

사진첩을 몇 장 넘기더니 한 부분에 이르러 손을 멈추었다.

"혹시 엄마 사진이 필요하면 여기서부터 보면 돼요. 생각해 봤는데 어쩌면 엄마에게는 보육원 아이들의 사진이 있을지도 몰라요."

뜬금없는 소리였다. 사실 그럴 가능성은 거의 없었다. 그 가능성에 대해 이제껏 회의적으로 말한 사람이 바로 하수연 본인이었다. 그런데 왜 갑자기 그런 얼토당토않은 말을 꺼낸 것일까? 이유는 뻔했다. 영악한 하수연의 야트막한 수작이었다. 그 사진이 필요하면 주경란을 찾으라는. 이런 생각을 하자마자 곧이어 다른 생각 하나가 머릿속에서 슬그머니 고개를 쳐들었다. 하수연이 엄마에 대해 주저리주저리 떠벌인 이유가 이것이었던 것일까?

"오 형사에게도 이걸 보여줬습니까?"

"네, 아무 말도 안 하더라고요. 사진도 가져가지 않았고요."

그렇다면 그것은 오 형사의 명백한 거부 표시였다.

석규는 한 장씩 사진첩을 넘겼다. 그때마다 하수연의 시선도 함께 움직였다. 그녀의 입도 마찬가지였다.

"엄마가 집을 나가고 1년쯤 후에 주민등록증을 만들기 위해 동사무소에 갔어요. 직원이 컴퓨터 자판을 두드리는 것을 보면서 문득 이런 생각이 들더라고요. 저 컴퓨터를 두드리면 사람을 찾을 수도 있겠구나 하는. 공무원에게 물어봤죠. 정말로 그러냐고. 공무원이 웃으면서 되묻더라고요."

"어떤 사람? 헤어진 남자친구라도 찾게?"

"당황스러워하면서 그건 아니라고 얼른 대꾸했죠. 공무원이 빙그레 웃으면서 다시 이렇게 말하더라고요."

"행불자만 아니라면 찾을 수도 있겠지."

그녀는 곧바로 행불자가 뭐냐고 물었다. 공무원은 행방불명인 사람이 행불자라고 했다.

"그날 처음으로 알았어요. 엄마가 행불자라는 것을."

사진첩은 이제 더 넘길 것이 없었다. 석규는 표지를 덮기 직전 사진 한 장을 빼냈다. 누군가를 보며 환하게 웃고 있는 사진이었다.

"이 사진 가져가도 되나요?"

석규가 물었고 하수연이 기다렸다는 듯 얼른 고개를 끄덕였다. 자기가 생각해도 의외라고 여겼는지 되묻기까지 했다.

"정말로 가져가실 거예요? 정말로요?"

석규는 대답 대신 사진첩을 덮고는 찻잔을 조금 뒤로 밀쳐놓았다. 이제 그만 가봐야겠다는 제스처였다. 하지만 그전에 묻고 싶은 말이 있었다.

"하수연 씨가 엄마를 다시 만나려는 이유가 뭐죠?"

"사람이 하루에 몇 번 꿈을 꾸는지 아세요?"

하수연이 엉뚱한 소리로 대답을 대신했다. 그녀의 질문에 대한 대답은 이미 알고 있었다.

"하루에 세 번 반쯤."

"보통은 그럴 거예요. 하지만 보통이 아닌 사람들도 있는 거잖아요."

하수연 본인이 그렇다는 것인가? 그녀는 그렇다고 자인했다.

"가령 저처럼 기억하는 꿈이 늘 같다면요? 웃긴 얘기지만, 제 꿈은 늘 똑같아요. 달라도 아주 약간이죠. 그러니까 같은 꿈을 되풀이해서 꾸는 거예요. 하룻밤에 백 번이든 열 번이든 단한 번이든 모두 같은 꿈을 꾸니까 늘 기억하는 꿈이 같은 게 아닐까요? 그 꿈속에서 엄마는 늘 내게 물어요. 아빠 사진 갖고있는 거 있느냐고. 저도 늘 같은 대답을 해요. 없어요, 라고."

그런 다음 엄마가 펑, 하고 연기처럼 사라진다고 했다. 꿈속이지만 사라진 엄마 때문에 그녀는 늘 운다고 했다.

"소장님, 제가 출근하면 맨 먼저 하는 일이 뭔지 아세요?"

당연히 석규는 알 수 없었다.

"컴퓨터에 엄마의 주민등록번호를 쳐보는 거예요. 엄마가 혹시라도 주소지를 변경했을까 하고요. 엄마의 주소지는 여전히 예전에 살던 그 집이에요. 일부러 옮기지 않는 거겠죠. 소장님이 제게 왜 엄마를 만나려고 하는지 물어보셨죠?"

석규가 살짝 고개를 끄덕였다.

"궁금하거든요. 그날 엄마가 질문했을 때 아빠 사진을 갖고 있다고 대답했으면 어땠을까 하는. 엄마는 어떻게 행동했을까요? 엄마는 당연히 그 사진을 달라고 했을 거예요. 태우기 위해서겠죠. 태우고 떠나려고요."

그랬을지도 모른다고 생각했지만 하수연의 마지막 말에는 동의하기가 쉽지 않았다. 사실 의문스러웠다. 마음 편히 떠나기 위해 딸에게 감춰둔 아빠의 사진을 달라고 했을까? 정말로 그랬을까?

"그때 제가 사진을 주지 않고 버텼으면요? 그래도 엄마가 떠났을까요? 그 사진을 찾아 태울 때까지 제 곁에 남아 있지 않았을까요?"

하수연은 대답을 요구하듯 석규의 얼굴에서 시선을 떼지 않았다. 하지만 그는 어떤 대답도 하지 않았다. 하수연이 사실은, 이라고 입을 뗀 뒤 나직한 목소리로 뒷말을 이었다.

"그걸 엄마한테 물어보고 싶은 거예요."

"그렇게 해서 뭘 확인하고 싶은 거죠?"

석규는 진심으로 궁금했다.

"엄마가 떠나고 난 뒤 그때의 일을 자주 생각했거든요. 그러니 꿈도 늘 그때의 꿈을 꿨겠죠. 어느 날부터 내가 내린 결론은 늘 똑같았어요. 그날 밤 엄마가 내게 아빠 사진을 달라고 한 거, 그거 내 곁을 떠나기 위한 것이 아니라 떠나지 않기 위한 어떤 이유를 찾고 있었던 것이 아닐까 하는. 제가 좀 웃기죠?"

하수연이 싱겁게 피식 웃었다.

그러나 석규는 웃지 않았다. 사람마다 다르겠지만 어떤 사람은 떠나기 위해 핑계를 찾지만 또 어떤 사람은 떠나지 않기 위해 핑계를 찾기도 하니까. 석규는 어느 쪽이었을까? 그리고 그의 아내는? 한편으로 이런 생각도 했다. 해미가 그를 미워하는 것이 사실은 아빠를 떠나지 않기 위한 발버둥이 아닐까 하는.

"제가 오늘 쓸데없는 말을 너무 많이 했죠. 오 형사님은 시간 낭비만 했다는 표정이던데, 소장님은 역시 그런가요?"

하수연이 그의 얼굴을 이리저리 살펴보는 제스처를 취했다.

"시간 낭비라고 생각하지 않아요, 전혀."

석규는 손사래까지 치며 그녀의 말을 부인했다. 그러나 그로부터 채 1분이 지나지 않아 그는 자리에서 일어났다. 하수연은 그를 붙잡지 않았다.

아파트의 문을 나가면서 엉뚱하게도 현 순경의 얼굴이 문득 떠올랐다가 사라졌다. 그 이유가 무엇인지 그는 금세 눈치챘다. 주민센터에서 근무한다고 했었나? '햄릿가의 불행 ③'을 예고했다고 했던가? 그리고 하루에 몇 번 꿈을 꾸는지 따위를 궁금해한다고 했던가?

"혹시 미스 마플?"

문을 닫기 전에 그녀에게 물었다.

하수연이 휘둥그레진 눈으로 석규를 쳐다보았다. 그녀의 눈동자는 여러 의문으로 가득했다.

인연이란, 이놈의 인연이란.

석규는 복도를 걸어가면서 허허, 하고 웃었다.

*

석규는 누군가에게 흠씬 두들겨 맞은 것처럼 온몸이 녹다운 상태였다. 두통이었다. 혹시나 도움이 될까 싶어 관자놀이를 지근지근 누르며 창밖으로 고개를 돌렸다. 풍경이 빠르게 휙휙 유리창을 지나쳤다. 도움은커녕 오히려 두통만 더욱 심해졌다.

두통은 버스에 타면서부터 시작되었다. 물론 전조 현상도 있었다. 버스에 타기 전 머리가 무겁고 눈앞이 흐릿한 게 마치 현기증 비슷한 증상을 느꼈다. 피곤하면 으레 그랬고, 그래서 이번에도 그러다 말겠지, 라고 생각했다. 그런데 이번에는 이전과는 많이 달랐다.

차가 출발하자마자 관자놀이께가 펄떡거리기 시작하더니 한시간쯤 지나서는 바늘이 벌레처럼 머릿속을 기어 다니는 것 같은 통증이 엄습했다. 아는 지식을 총동원하고 인터넷까지 뒤져 응급처치 요령을 알아냈지만 결론적으로 아무것도 소용이 없었다. 그는 최후의 방법이라는 듯 눈꺼풀을 내리고 잠을 청했다. 잠은 반죽음의 상태, 고통마저 그동안은 괜찮을 것이라고 여겼다. 그러나 그의 기대와는 달리 잠은 오지 않았다. 누가 강제로 끌어올리기라도 하듯 금세 눈까풀이 위로 올라갔다. 엎친데 덮친 격으로 삐질삐질 식은땀이 흘렀다. 덩달아 몸살기까지 달라붙은 것 같았다.

그는 그 상태로 서평의 시외버스터미널에 도착했다. 그동안 그가 한 일이라고는 현 순경과 통화한 것이 전부였다.

버스 안에서는 죽을 둥 살 둥 기력이 하나도 없더니 버스에서 내리니까 그나마 손발을 움직일 수 있을 정도로 괜찮아졌다.

빵빵—

터미널을 빠져나오자마자 클랙슨 소리가 그를 붙잡았다. 현 순경이었다.

"이거 드세요."

차에 타자마자 현 순경이 약국 봉투 하나를 내밀었다. 석규는 현 순경이 건네는 대로 물과 함께 약을 삼켰다. 약은 조제약이었다.

"이거 뭐냐? 의사한테 다녀왔어?"

"아버지가 아프다고 그랬죠. 의사도 아무 말 안 하고 주던데요. 증상은 말씀하신 그대로고요. 약은 사흘 치 받았어요."

"이러지 않아도 되는데."

"약속 있다면서요? 컨디션이 안 좋으면 안 되잖아요. 아직 약속 시간에는 안 늦었죠?"

그러고 보니 약속 시간이 얼마 남지 않았다. 석규는 현 순경을 재촉했다.

"이러다 늦겠는데."

"에비슨병원으로 간다고 했죠? 걱정 마세요. 이 순찰차에는 〈스타트랙〉의 엔터프라이즈호처럼 워프 기능[3]이 있거든요. 눈 한번 감았다 뜨면 거기에 도착해 있을 겁니다."

농담이었지만 농담이 아니었다. 정말로 눈 한번 감았다 떴는 데 그는 에비슨병원 본관에 도착해 있었다. 워프 기능은 몰라도 약에 수면제 성분이 있었던 것 같다.

현 순경이 차 문을 열고 나가는 그의 등을 향해 소리쳤다.

"기다릴게요!"

"됐어, 그냥 가. 얘기가 길어질 거야."

사실 긴 시간을 필요로 하는 만남은 아니었다. 그래도 석규는 손을 휘휘 내저으며 사양했다. 짧은 시간인데도 약을 먹은 탓인지 확실히 몸이 좋아진 것 같은 느낌이었다.

"그럼 끝나고 나오실 때 전화주세요. 워프 기능 있는 거 진짜 거든요."

"그래, 알았어."

석규는 건성으로 대꾸해놓고 원장실이 있는 본관 건물 안쪽으로 발을 들여놓았다. 그리고 그제야 문득 생각나는 것이 있었다. 미스 마플. 그녀를 만났다고 말해줄 걸 그랬나? 그러나 곧 고개가 옆으로 돌아갔다. 아니, 말하지 않는 게 나을 듯싶었다. 그래야 앞으로도 계속해서 미스 마플을 비난할 수 있을 테

---

3 우주선이 광속보다 빠른 속도로 공간을 이동하는 기능.

니까.

하수연의 집을 나온 뒤 전화로 그녀와 다시 통화했다. 한 가지 질문 때문이었다.

"'햄릿가의 불행 ③'이 어떤 내용인지 여쭤봐도 될까요?"

하수연은 조금 당황한 목소리로 자기가 운영자로 있는 인터넷 카페의 회원인지를 물었다. 석규는 '콜롬보' 현상철을 언급하지 않았다. 어쩌다 보니 알게 되었을 뿐이라며 대답을 얼버무렸다.

하수연은 더는 캐묻지 않았다. 그녀는 대답 대신 비 오는 날의 에피소드 하나를 들려주었다. 얘기가 끝나고 나서도 흠씬 젖은 몸으로 그녀와 마주친 형사가 누구인지는 말해주지 않았다. 하지만 그가 오 형사라는 것쯤은 석규의 눈치로도 짐작할 수 있었다.

황민기는 회의 중이라고 했다.

다행히 회의는 길게 이어지지 않았다. 비서의 보고가 있고 난 뒤 곧바로 흰 가운의 의사들이 우르르 원장실에서 나왔다. 그러고 나서야 석규는 안으로 들어갔다.

예전처럼 테이블에 국화차가 놓였다. 그가 느끼는 국화차의 맛은 예전하고 별다르지 않았다.

"좀 늦었어, 서울에 일이 있는 바람에."

"괜찮아, 보시다시피 나도 바빴으니까. 그래 또 뭘 알아낸 거지?"

또 하나의 가면을 벗을 수 있다는 게 기쁜 것인가? 석규에게는 황민기의 눈빛이 어떤 기대를 품고 있는 것처럼 보였다.

"난 자네를 이해하기 힘들어. 나하고는 많이 다른 인간종이 아닌가 싶기도 하고. 차라리 스스로 가면을 벗어버리는 게 훨씬 낫지 않을까?"

"난 나를 보호하는 거야. 누군가 내가 쓰고 있는 하나의 가면을 벗겼다고 해서 술술술 모든 것을 고백해버리는 건 인생을 아무렇게나 살아가는 아마추어들이나 하는 짓이야. 그리고 자네는 내게 가면 운운하는데 사실 난 가면을 쓰고 있는 게 아냐. 난 단순히 색을 바꾸는 것뿐이라고. 카멜레온이 색을 바꾼다고 해서 그걸 비난할 수 있을까? 나도 그런 거야. 똑같은 거라고."

하지만 그것은 카멜레온의 경우에 한정된 얘기였다. 인간은 카멜레온이 아니니까.

황민기가 팔짱을 끼더니 소파의 등받이에 등을 기댔다. 이제 알아낸 것을 말할 순서라는 의미였다.

석규는 찻잔을 손에서 내려놓고 헛기침을 했다. 담배가 생각났으나 지금은 불뿐만 아니라 담배도 갖고 있지 않았다.

"내가 알아낸 건 점자야."

"점자라니?"

"이동국의 등에 찍힌 다섯 개의 점. 그리고 그것으로 다른 것도 추리가 가능해졌지. 서은희의 등에도 그것이 있었을 거라는 것."

"대단하군! 생각보다 훨씬 대단해."

황민기의 반응으로 보아 그의 짐작이 맞은 모양이었다. 어쨌든 황민기가 진실을 끝까지 감추려는 의도가 없다는 것은 그로서도 다행한 일이었다.

"직접 보겠나?"

황민기가 소파에서 일어나 책상 쪽으로 걸어가며 물었다. 석규의 입장에서는 보고 싶은 것이 당연했다. 석규는 즉시 그러겠다고 대꾸하며 그를 뒤쫓아 갔다.

황민기가 책상 앞에 앉더니 마우스를 몇 번 움직였다. 컴퓨터 모니터 화면에 곧 이미지 하나가 떴다. 그것은 커다란 한 개의 점이었다. 점은 크기가 축소되면서 곧 두 개로, 그리고 네 개로, 마지막에는 여섯 개로 늘어났다.

"서은희의 등이겠지?"

"물론."

"정국이와 자넨 이걸 보고 있었던 거로군. 서은희 장례식 때 내가 이 방에 들어왔을 때 말이야. 정국이가 자네한테 부탁했던 것도 이거였을 테고."

"그래 맞아, 이거였어."

"이것 말고 다른 건 없나? 자네가 감춘 것 말이야."

"옷에는 자국이 없었다는 거."

단순하지만 중요한 의미였다. 서은희는 옷이 흐트러지지 않은 모습으로 발견됐다. 그렇다면 옷을 위로 올린 상태에서 상처를 냈고 다시 옷을 깔끔하게 입혀놓았다는 의미였다. 서은희 담당 형사에게 듣기로는 복원된 블랙박스의 SD카드는 빈 데이터였고, 서은희의 시신에서는 누군가에게 반항한 흔적일랑 전혀 발견되지 않았다고 했다. 전후 사정을 살펴보건대 그녀의 등에 자창 자국을 만든 것은 서은희가 사망한 직후일 가능성이 높았다.

"상처 가장자리의 지름은 2밀리미터, 상처 구멍은……."

더는 듣지 않아도 알 수 있었다. 상처 구멍은 3에서 4밀리미터.

"만약 등 뒤에서 이 상처를 만든 것이라면 상처 각으로 보아 범인은 왼손잡이일 가능성이 높을 테고?"

"자네가 그렇게 말하는 걸 보니 이정국과 서은희는 동일범의 짓인가 보군. 이거 얘기가 점점 심각해지는걸."

그러나 황민기는 조금도 심각한 얼굴이 아니었다. 오히려 흥미롭다는 듯 가운 주머니에서 꺼낸 포인터로 모니터 화면 한 부분에 동그라미를 그렸다.

"여기 봐봐. 상처 가장자리에 딱지도 앉지 않았어. 선홍색이고. 이미 죽은 상태에서 이런 작업을 했다는 거겠지."

"물속에서 죽은 게 아니라 물 밖에서 죽었을 가능성은?"

"그건 모르지. 익사로 죽은 건 맞지만."

"범인이 물속에서 이런 짓을 벌인 건가?"

"그것도 난 알 수 없는 일이고. 물론 가능성은 있겠지."

황민기가 깍지 낀 손으로 턱을 괴더니 이어서 말했다.

"그러자면 수영 실력이 꽤 수준급이겠지."

"왼손잡이에 수영 실력을 갖춘 사람, 그리고……."

180센티미터 안팎의 건장한 사내. 김영옥의 아들이 이 세 가지 조건을 갖추고 있을까?

"황 원장, 왼손잡이도 유전인 건가?"

"꼭 그렇다곤 할 수 없지. 그렇다고 유전이 아니라고도 할 수 없고. 정확한 건 아직 모른다, 가 답이야."

왼손잡이가 유전이라면 김영옥의 아들이 왼손잡이인지 아닌지로 이정국의 핏줄인가 아닌가를 판단할 수 있지 않을까 하는 생각을 잠깐 했다. 그러나 유전을 확신할 수 없다면 아무런 의미도 부여할 수 없었다.

"이 여섯 개의 점이 무슨 뜻인지는 알고 있고?"

혹시나 하고 황민기에게 물었다.

"아니, 난 이것의 의미에는 흥미도 관심도 없어. 이정국이 죽은 지금은 더더욱 그렇고. 자네는 나와 입장이 다르잖아."

"이거 나한테 이메일로 좀 보내주겠나?"

"출처를 밝히지 않는다면 기꺼이."

석규는 가만히 한 번 고개를 끄덕였다.

황민기가 다시 마우스와 자판을 움직이더니 곧이어 그의 휴대폰에서 메시지 도착음이 울렸다.

석규는 이메일을 확인했다. 방금 전 본 이미지가 파일로 첨부되어 있었다.

"잘 도착했지?"

황민기의 질문을 석규는 이제 그만 가봐, 라는 소리로 알아들었다. 하긴 이제 용무가 끝났으니 더는 남아 있을 이유도 없었다.

군이 그럴 필요가 없었지만 석규는 두통을 핑계 삼았다.

간단한 인사를 나누고 석규는 원장실에서 나왔다.

엘리베이터를 타고 내려가면서 이미지 파일을 확인했다. 첨부된 파일은 전부 네 개였고 상태는 모두 깨끗했다.

본관 건물을 빠져나가자마자 곧장 택시 승강장 쪽으로 걸어갔다. 택시 승강장에 도착하려면 아직 백 미터쯤 더 걸어가야 하는데 또다시 뒤쪽에서 클랙슨 소리가 울렸다.

빵빵—

누군지 금세 짐작했다. 빨라도 너무 빨랐다. 어쩌면 정말로 워프 기능이 있는지도 모른다는 생각이 불쑥 들었다.

석규를 집 앞에 내려준 뒤 현 순경은 한 시간 후에 다시 오겠다는 말을 남겨놓고 파출소로 돌아갔다. 그는 여러 번 석규에게 당부했다.

"그동안 서울과 서평을 오가느라 몸이 안 좋아진 겁니다. 아무것도 하지 말고 가만히 쉬고 계세요."

현 순경을 볼 때면 어쩔 수 없이 해미가 생각났다.

그는 휴대폰 화면에 저장된 문자를 불러냈다. 사위하고 주고받은 문자였다.

우편함에 반지 하나 있으니까 가져가. 내가 주는 게 아니라 내 동료가 주는 거야. 현상철이라고 해미도 알아.

네…… 죄송합니다, 아버님.

딸의 아파트에 잠깐 들렀을 때 704호는 환하게 불이 켜져 있었다. 돌잔치를 하루 앞두고 잠이 오지 않았던 것인지도 모른다. 30년 가까이 흘렀지만 딸의 돌잔치 때 그와 아내도 그랬다. 그도 아내도 마음과 몸이 괜히 번잡하고 바빴다. 아내는 음식까지 다 해놓았으면서도 무엇이 그리 불안한지 부엌과 방을 연신 왔다 갔다 했다. 그는 그런 아내의 꽁무니를 졸졸 쫓아다녔다.

겨우 서너 시간쯤 잤나? 새벽같이 눈이 떠졌다. 그때부터 다시 요란을 떨어대기 시작했다. 이미 만들어놓은 음식도 제법 많았다. 그것만으로도 손님을 대접하는 데 부족함은 없을 듯싶었다. 그러나 아내의 마음은 그렇지가 않은 모양이었다. 바지런히 몸을 움직이며 또다시 음식을 만드느라 정신이 없었다. 그 일을 하며 아내는 연신 콧노래를 흥얼거렸다. 뭐 좀 도와줄까? 하고 물으면 아내는 고개를 저었다.

"아니, 나 혼자 다 할래. 그냥 쉬어. 심심하면 해미랑 놀아주고."

아침나절부터 사람이 오고 가고 또 오고 가고를 반복했다. 손님은 친인척과 동네 사람, 친구들, 경찰 동료였다. 하루 종일 들뜨고 기분도 좋았다. 해미도 자기의 생일인 줄 아는지 짜증을 부리거나 울지 않았고 방글방글 환하게 웃기만 했다. 정오 가까이 되어서야 그의 아버지 내외가 도착했고, 비로소 딸 해미에게 돌잡이를 시켰다.

상에는 돈과 쌀, 책과 붓, 그리고 실이 놓였다.

어른들은 호기심 어린 눈으로 해미를 지켜보았다. 해미는 자기가 무엇을 해야 하는지 잘 알고 있다는 표정이었다. 이것저

것 살펴보다가 이윽고 덥석 하나를 골랐는데 다름 아닌 실이었다. 그는 내심 아쉬웠다. 돈이나 쌀, 붓을 잡지 싶었는데 하필이면 실이라니. 하지만 아내는 실을 잡아 천만다행이라는 듯 박수를 치면서 좋아라 했다. 딸을 번쩍 안아 들고 연신 뽀뽀를 해댔다.

아내가 몸져눕고 나서 그와 아내는 오히려 얘기하는 시간이 많아졌다. 아내는 그날 일을 자주 이야기했는데 어느새 눈에 눈물이 그렁그렁해지기 일쑤였다.

"여보, 나 죽으면……."

딸의 돌잔치 때 금팔찌며 금반지며 꽤 많은 금붙이를 선물로 받았다. 그것들은 아내의 병치레를 하는 사이 하나둘씩 없어지더니 결국에는 흔적도 없이 몽땅 사라지고 말았다. 아내는 그 일을 몹시 안타까워했다.

"나 죽으면…… 내 반지하고 당신 반지 녹여서 우리 딸 돌반지 하나 만들어줘. 큼지막하게. 아주 큼지막하게."

아내는 모르고 있었지만 석규의 결혼반지는 이미 그에게 없었다. 딸아이가 받은 금붙이들을 팔아치울 때 그의 결혼반지도 그렇게 했다. 아내의 결혼반지도 팔까 하다가 차마 그러지 못하고 그것만은 남겨두었다. 아내의 손가락에서 반지를 빼내야 하는데 뭐라고 변명해야 할지 도통 마땅한 말이 생각나지 않던 탓이다. 아내가 죽고 그는 아내의 반지를 여러 겹의 실 줄에 매달아 목에 걸고 다녔다. 까맣게 잊고 있다가도 어쩌다 반지를 보게 되면 가끔 혼잣말이 저절로 나왔다.

"큼지막하게. 아주 큼지막하게."

언제고 그럴 수만 있다면 석규는 정말로 그러고 싶었다. 그것이 아내의 소원이었으니까.

목에 걸린 반지를 만지작거리는데 삐걱거리는 철문 소리가 들렸다. 벽에 매달린 시계를 확인해보니 현 순경이 오겠다는 그 시간쯤 돼 있었다.

집 안으로 들어오는 현 순경은 커다란 냄비 하나를 양손에 들고 있었다.

"그건 뭐냐?"

"백숙요."

"그건 왜?"

"몸보신이죠. 소장님 덕분에 저도 먹고요."

곧 닭백숙 두 그릇과 깍두기와 배추김치가 올라간 소반이 그의 앞에 놓였다.

"드세요. 약 드셔야 되니까 술은 참으시고요."

"이거 어디서 난 거야?"

"사 왔죠."

그러나 한눈에 보아도 사 온 것은 아니었다.

"집에서 한 거야?"

"네, 이참에 우리 집 꼰대들도 닭백숙 파티하고요. 이웃집도 준다고 다섯 마리나 삶았어요."

그때부터 두 사람은 아귀처럼 닭백숙을 먹는 데만 신경을 썼다. 배가 터지도록 먹고 더는 먹기 힘들어질 지경이 되어서야 두 사람은 마무리라며 죽 한 그릇씩을 뚝딱 해치웠다. 그런 뒤에야 허리띠를 풀고 벽에 등을 기댔다.

뒷정리는 현 순경의 몫이었다.

꼼꼼하게 설거지를 끝내더니 남은 백숙을 작은 냄비에 담아 랩까지 씌우고 냉장고에 넣었다. 냉장고에 든 것이라고는 김치와 마른 반찬 몇 개와 캔맥주와 소주, 막걸리 그리고 달걀이 전부였다. 현 순경이 드나들며 이런저런 것들을 수시로 집어넣었으나 석규는 먹는 것에는 통 관심이 없었다. 손도 안 대다가 슬그머니 버리고 마는 경우도 드문 일이 아니었다. 혼자 사는 남자, 그것도 나이 든 남자의 한계였다.

행주를 꽉 짜서 한쪽에 널어놓는 것으로 현 순경은 설거지를 끝내더니 잠시 밖에 나갔다가 왔다. 들어올 때 그의 손에는 노트북 가방이 쥐여져 있었다.

"아까 부탁하신 거 그거 알파벳 'ne'더라고요."

현 순경이 노트북을 꺼내 거실 바닥에 내려놓으며 말했다.

석규는 집에 들어오자마자 황민기에게 받은 이미지 중 하나를 현 순경에게 문자로 보냈다. 의미를 알아 오라는 부탁과 함께였다. 물론 점자라고 힌트를 주었다.

"어렵지 않았어?"

"어렵긴요. 점자를 한글로, 또는 그 반대로 변환시켜주는 프로그램이나 사이트가 제법 많더라고요."

현 순경이 노트북의 파워 버튼을 눌렀다. 노트북 화면이 금세 밝아졌다.

오 형사가 알려준 알파벳과 현 순경이 알아낸 알파벳 조합하면 'mene'거나 'neme'였다. 석규는 사건 발생순으로 단어가 조합됐을 것으로 추측했다. 과시욕이 강한 범인이 일부러 알파벳을 뒤죽박죽 섞어놓는 짓은 하지 않았을 것이라는 판단이었다. 어쨌든 범인의 입장에서는 자신의 메시지를 전달하는 것이 나름 중요한 목적이었을 테니까.

"'neme'나 'mene'의 의미 좀 찾아봐."

현 순경이 곧바로 자판을 두드리더니 화면을 들여다보며 말했다.

"온전한 단어가 없는데요. 어떤 단어의 일부인 것 같아요."

그러면서 나열된 여러 단어들을 하나씩 읊었다.

"메네스테우스(menestheus), 이건 그리스신화에 나오는 아테네의 섭정이라네요. 그리고 그리스신화에 나오는 메넬라오스(menelaos)도 있고요, 또……."

"이번에는 neme를 쳐봐."

"그러죠. neme는 많이 나오네요. nemea, nemean, nemertea, nemesia, nemesis."

"잠깐."

석규는 마지막 단어가 마음에 걸렸다.

"그거 네메시스 아냐?"

"맞아요, 잠깐만요……."

현 순경이 재빨리 자판을 두드려 네메시스를 찾더니 내용을 읊어주었다.

"벌, 천벌, 복수하는 사람. 그리스신화에서는 인과응보, 율법의 여신, 또는 복수의 여신."

그 순간 석규의 마음은 이미 '이것이다' 하고 소리치고 있었다.

복수. 복수의 여신.

범인은 서은희와 이정국에게 복수를 하고 있는 것이다. 이정국과 서은희에게 원한을 가질 만한 사람이 대체 누굴까? 아무리 생각해도 석규는 김영옥의 아들밖에 떠오르지 않았다. 하지만 서은희는 김영옥을 핍박하지 않았다. 서은희가 김영옥을 핍박한 것으로 잘못 알고 있는 것일까? 오 형사가 지적한 여러 가지 석연치 않은 의문점은 여전히 그의 마음을 찜찜하게 했다.

"소장님, 네메시스가 찾는 거 맞아요? 근데 이건 왜 찾는 건데요? 죽은 사람들과 어떤 관련이 있는 건가요?"

현 순경이 한꺼번에 여러 개의 질문을 쏟아냈다. 하지만 그가 지금 해줄 수 있는 대답은 별로 없었다. 석규는 일부러 시치미를 뗐다.

"아직은 나도 잘 몰라. 좀더 두고 봐야 해."

"그럼 복수는 아직 안 끝난 거네요?"

현 순경은 제대로 핵심을 짚었다.

"nemesis가 맞는다면 복수는 현재진행형이라고 할 수 있겠지."

그렇다면 'sis'가 누구를 의미하는지가 중요한 문제가 될 것이다.

"이정국이 죽으면서 다잉 메시지로 neme를 남긴 건가요?"

"설마."

다잉 메시지는 추리소설에서나 나올 법한 얘기였다. 석규는
저도 모르게 입가에 미소를 떠올렸다.

"nemesis가 분명하다면 sis가 위험한 거네요. 한데 그 사람
이 누굴까요? 이시우일까요?"

nemesis가 맞는다고 해도 sis가 한 사람인지 두 사람인지도
지금으로서는 불분명한 상태였다. 어쨌든 한 사람이든 두 사람
이든 이시우가 그중 한 사람에 포함될 가능성은 그 누구보다
높았다.

하지만 범인이 이시우를 어떻게 하기란 결코 쉽지 않은 일이
었다. 황산 테러 사건 때문에라도 이시우에게는 24시간 형사들
이 달라붙어 있었다. 아무리 날고 기는 범인일지라도 이번에는
그리 호락호락하지는 않을 것이었다. 그런 점을 현 순경도 잘
알고 있었다.

"테러 사건 때문에라도 이시우는 어려울 테고, 나라면 차라
리……."

말의 뉘앙스가 조금 묘했다.

"차라리 뭐?"

"내가 범인이라면 이시우가 힘들다고 판단되면 다른 사람을
노릴 것 같아서요. 일종의 경고이기도 하고 관심을 다른 곳으
로 돌리는 의미도 되고요."

석규의 머릿속에 이지아의 얼굴이 문득 떠올랐다가 사라졌다.

"잠깐만."

석규는 휴대폰의 숫자 버튼을 눌렀다. 오 형사의 번호였다.

오 형사는 곧바로 전화를 받았다.

"웬일이세요. 이 시간에 전화를 다 주시고."

"이지아 말이야, 형사가 붙어 있는 건가?"

"당연하죠."

"혹시나 해서 말이야."

"그것 때문에 전화하셨어요?"

"걱정되니까."

"왜요? 딸 같아서요?"

오 형사는 별 의미 없이 농담조로 말했을 테지만 듣는 그의 입장에서는 정곡이 찔린 기분이었다. 석규는 대답하지 않았다. 마침 한 가지 확인하고 싶은 질문이 생각났다.

"하……."

하수연의 이름을 말하려다가 석규는 급히 입을 다물었다. 현 순경에게 미스 마플의 이름을 직접 들은 적은 없었다. 그렇다고 현 순경이 미스 마플의 이름을 모르고 있다고 장담할 수도 없었다. 오프 모임 때 만났다고 했으니 오히려 알고 있을 가능성이 더 높았다. 하수연의 이름을 지금 말한다면 현 순경은 석규가 어떻게 그녀를 알고 있는지, 이번 사건과 그녀가 어떻게 연관되어 있는지 꼬치꼬치 캐물을 것이었다. 그녀의 프라이버시 때문에라도 지금은 하수연에 대해 감추는 것이 좋을 것 같았다. 사실 나중에 알려줘도 크게 미안할 것 같지도 않았다.

"자네가 그 여자와 이웃사촌일 줄은 정말 몰랐어."

오 형사는 그 여자가 누구인지 금세 눈치챘다.

"하하, 어쩌다 보니 그렇게 됐더라고요."

"내 생각에는 주경란 씨를 한번 찾아봐야 할 것 같은데. 그여자가 필요한 자료를 갖고 있을지도 모르고 말이야. 자료가없더라도 기억을 더듬어볼 필요는 있을 것 같고. 자네 생각은어떤지 궁금하군."

이번에도 오 형사는 그가 무슨 요구를 하는지 쉽게 이해했다.

"사실 찾기로 마음먹으면 그리 어려울 것 같진 않습니다. 하수연과 조금 전에 통화했는데, 남자가 주경란의 첫사랑이라고하더군요. 주경란의 동창들을 뒤져보면 첫사랑의 남자가 누구인지 금세 찾을 수 있을 것 같기도 하고요. 휴대폰은 번호가 바뀌었다고 하니까 추적해봐야 소용없을 테고요."

"찾게 되면 나한테도 좀 알려주고."

"물론이죠."

그것으로 통화는 끝났다.

"오 형사예요?"

현 순경이 곧바로 물었다.

"응."

"주경란이 누구예요?"

예상했던 대로 현 순경이 캐물었다.

"가브리엘의 부인이야. 그 여자를 찾으면 뭔가 도움이 될 만한 것이 있을까 해서."

현 순경이 또다시 무엇인가를 물으려고 하는데 마침 석규의 휴대폰에서 음악 소리가 흘러나왔다. 화면에 뜬 이름은 '양 원장'이었다. 오랫동안 기다리던 전화였다. 석규는 얼른 휴대폰을 귀로 가져갔다.

"네, 원장님!"

반가움에 목소리가 떨렸다. 양 원장이라는 소리에 현 순경도 관심을 드러내며 눈동자를 반짝였다.

"찾았습니다, 소장님! 사진이 괜찮아요. 아이들의 얼굴도 분명하게 보이고요."

정말 기쁜 소식이었다. 석규는 먼저 양 원장의 그간의 수고를 칭찬해주었다. 그런 다음에야 질문을 던졌다.

"그래, 사진은 어디서 찾았는지요?"

"이곳에서 국회의원을 하던 분이 있는데요. '가브리엘의 집' 후원자였다고 하더라고요. 그분은 이미 돌아가셨지만 사모님을 만나서 겨우 사진을 구할 수 있었습니다. 아이들과 찍은 사진이 여러 장 있는데 그중 시기가 얼추 맞는 걸로 두 장 골라서 휴대폰으로 찍어 왔습니다. 방금 이메일로 보냈으니 확인해보세요."

"정말 고맙습니다, 원장님."

"고맙긴요. 사실은 제가 젊었을 때부터……."

양 원장은 자신의 꿈이 드라마 〈수사반장〉[4]의 최불암 같은

---

4 문화방송에서 제작한 범죄수사 드라마로 1971년 3월 6일부터 1984년 10월 18일까지, 1985년 5월 2일부터 1989년 10월 12일까지 방영됐다.

수사반장이 되는 것이었다고 했다. 그러나 그의 인생은 자신이 아닌 아버지의 바람대로 흘러갔다. 결국 그는 형사가 아닌 일반 공무원이 되었고, 지금은 공무원 시절 관여한 보육원의 원장을 맡고 있었다.

석규는 곧바로 이메일을 확인했다.

두 장의 사진 가운데 한 장에는 김영옥이 있었다. 김영옥은 그곳 보육원의 생활지도원이라도 되는 것처럼 아이들과 어울려 사진을 찍었다. 두 아이의 어깨를 감싸듯 다정하게 손을 얹고 있는 사진이었다. 한 아이는 뚱뚱한 편이었고 다른 아이는 조금 말랐다. 두 아이는 다른 아이들에 비해 훤칠하게 키가 컸다.

석규는 전에 양 원장에게 받아놓은 미완성된 원아 정보를 확인해 두 소년을 확인했다. 아쉽게도 두 소년은 거기에 없었다.

석규는 다시 양 원장에게 전화했다.

"아이들의 인적 사항에 대해 조사가 다 끝났는지 궁금해서요."

"예, 하루나 이틀이면 다 끝날 것 같습니다. 끝나는 대로 보내드리고 연락드리겠습니다."

"혹시 지금 사진을 확인할 수 있는지요?"

그러면서 석규는 김영옥이 어깨를 감싸고 있는 두 소년에 대해 양 원장에게 설명했다. 두 소년의 정보가 필요하다는 의미였다.

양 원장은 당장은 확인이 불가능하다고 했다. 자료를 받아놓기만 했지 아직 일일이 정리하지 않은 상태였다.

결국 두 아이에 대한 신상 기록을 알아낸 것은 이틀이 지나고 나서였다.

현 순경은 양 원장이 보내준 자료를 포토샵과 한글 오피스 프로그램을 이용해 보기 좋게 표로 만들었다. 사진과 이름, 성별, 나이, 주민등록번호 등은 물론 일일이 확인해 알아낸 주소지까지 적어 넣었다.

당연하지만 석규는 궁금하던 두 소년부터 살폈다. 공교롭게도 두 아이는 주소지가 같았다.

*

조그만 나무 문을 열고 들어가자마자 수돗가가 보였다. 그 왼편은 자잘한 꽃나무들이 서로의 키를 뽐내고 있는 꽃밭이었다. 형형색색의 꽃들로 가득한 꽃밭은 빨간 벽돌 담장을 따라 이어져 있었다.

꽃밭의 반대편은 미닫이문이 달린 마루였다. 마루 양쪽은 방이었다.

마루에 앉으면 키 낮은 책꽂이가 보였다. 책꽂이 위에는 작은 화분들이 촘촘히 놓여 있었는데, 그것을 보자마자 느낀 것은 남자 둘이 사는 것이 아니라 어느 한쪽의 여자도 함께 살고 있을지도 모른다는 생각이었다. 그러고 보니 꽃밭도 여자의 손길이 간 듯 꼼꼼하게 관리되고 있는 느낌이었다.

석규는 이곳에 도착하자마자 차임벨을 눌렀다. 곧바로 잠깐만요, 하는 소리가 마당 쪽에서 들려왔다. 키 낮은 나무 대문

너머로 보니 한 청년이 마당 수돗가에서 머리를 감고 있었다. 청년은 급히 머리를 헹구고는 수건으로 물기를 닦으며 대문 쪽으로 걸어 나왔다. 청년을 보고 그는 고개를 갸웃했다. 어디선가 본 것 같은 얼굴이었다. 청년도 마찬가지 반응이었다. 기억을 먼저 떠올린 건 청년 쪽이었다.

"전에 장례식장에서……."

"아!"

그제야 생각났다. 그에게 라이터를 켜준 청년. 뮤지컬 배우라고 했던가?

"저 알아보시겠어요?"

"아, 그럼요. 기억하죠."

석규는 조금 어질어질한 기분이었다. 눈으로 보면서도 선뜻 믿기지가 않았다. 보육원의 두 아이를 만나러 왔는데 그중 한 아이가 바로 그 청년이라니.

"여기에 살아요?"

"네."

청년은 대답을 하고는 소리 없이 웃었다. 너무 뻔한 질문이었고 또 너무나 당연한 대답이었다.

"이름이?"

"김기준입니다."

청년이 수건을 왼쪽 어깨에 걸쳐놓고는 살짝 고개를 숙여 인사했다. 이어서 석규도 간략하게 자기소개를 했다. 서평에서 파출소장을 맡고 있다는 정도였다.

"한데 최 소장님께서 저희 집엔 무슨 일이시죠?"

"김기준 씨 좀 만나려고요."

"저를요?"

석규는 고개를 끄덕이고 난 뒤 다시 덧붙였다.

"채강우 씨도요."

"강우도요?"

김기준이 미간을 조금 좁히고는 눈까풀을 몇 번 씀벅거렸다. 무슨 영문인지 모르겠다는 표정이었다. 어렸을 적과 비교해 얼굴이 많이 달라졌지만 호리호리한 몸과 큰 키는 여전했다.

"일단 안으로 들어가시죠. 참, 강우는 지금 없어요. 참치 횟집을 운영하는데 장사 준비 때문에 시장에 갔거든요."

석규는 마루에 앉았다. 김기준은 그의 무릎 앞에 커피 잔을 내려놓고는 출근 준비가 급해 먼저 옷 좀 챙겨 입고 오겠다면서 오른쪽 방으로 들어갔다. 왼쪽 방은 채강우가 사용하는 모양이었다.

커피를 마시는 둥 마는 둥 석규는 김기준을 기다리며 책꽂이를 눈으로 훑었다. 그리 많지 않은 책들이 일관성 없이 제멋대로 꽂혀 있었다. 무심한 그의 눈에 문득 걸리는 책 하나가 있었다. 『히말라야』라는 책 옆에 꽂힌 『그리스로마 신화』였다.

석규는 그 책을 책꽂이에서 빼냈다. 책을 펴고 목차를 살피며 네메시스를 찾았다. 하지만 목차에서 네메시스는 찾지 못했다. 색인이 따로 정리되어 있는 책도 아니었다. 일일이 한 장씩 본문을 넘겨가며 네메시스를 찾을 엄두는 나지 않았다. 석규는 장난치듯 한 손으로 책등을 잡고 다른 한 손으로 튕기듯이 낱장을 주르륵 넘겼다. 빠르게 넘어가던 낱장이 한 곳에 이르러 멈추었다. 종이가 반으로 접혀 있었다.

"많이 기다리셨죠?"

반으로 접힌 곳을 펴려고 할 때 방문이 열리며 김기준이 나왔다. 석규는 그대로 책을 덮어 도로 책꽂이에 꽂았다.

"시간이 별로 없는 것 같은데 찾아온 용건부터 밝히는 게 좋겠죠?"

석규의 입장에서는 배려였다. 김기준도 그게 좋겠다면서 방긋 웃었다.

"혹시 김영옥이라는 분을 압니까?"

"김영옥 씨요? 아니요, 저는 모르는 분이데요."

얼굴을 보건대 거짓말을 하는 것 같지는 않았다. 하지만 상대방은 배우였다.

"가브리엘의 집, 한때 거기서 지내셨죠?"

김기준의 얼굴근육이 갑자기 딱딱하게 굳었다. 그의 눈동자에 그제야 의심이 들어찼다. 그것은 여실히 경계의 빛이었다.

"이 여자가 김영옥입니다. 한번 봐줄래요?"

석규는 휴대폰의 화면에 띄운 김영옥의 사진을 김기준에게 보여주었다. 사진 속에서 어린 김기준과 채강우는 김영옥의 양 옆에 서 있었다.

"이 아줌마는……."

김기준이 흠칫 놀라는 기색을 드러냈다.

"알아요?"

김기준이 가만히 고개를 끄덕이고 나서 대답했다.

"오르간 자매님이에요."

오르간 자매님?

"아줌마의 오르간 반주에 맞춰 노래를 부르곤 했거든요. 노래도 배웠고요."

아이들에게 김영옥은 인기가 좋았다. 그만큼 그녀에 대한 소문도 무성했다. 여러 억측 중에서 아이들은 학교 음악 선생님이라는 소문을 가장 그럴듯하게 받아들였다. 그리고 언제부터인가 아이들에게 김영옥은 '음악 선생님'으로 통했다. 그러나그 별명은 어느 날 '오르간 자매님'으로 바뀌었다. 원장이 김영옥을 언급하면서 '오르간 자매님'이라고 말한 것이 계기가 되었다.

오르간 자매님은 한 달에 한 번씩 꼬박꼬박 보육원을 찾았다. 큰 선물은 아니어도 자잘한 선물들이 손에 가득했다. 이유는 모르지만 오르간 자매님은 김기준과 채강우를 유독 살갑게 대했다. 당시에 두 아이는 엄마를 만나게 된다면 저런 아줌마였으면 좋겠다는 말을 자주 했다.

김기준의 얘기를 들으면서 석규는 엉뚱한 장면 하나를 머릿속에 떠올리고 있었다. 장례식장 앞에서 그를 처음 만났을 때였다. 김기준은 그때 라이터를 왼손으로 켜 들고 있었다. 그리고커피 잔을 가져와서 내려놓을 때도 오른손이 아닌 왼손이었다.

"왼손잡이네요?"

김기준이 네, 하고 대답하고는 의구심이 가득한 눈빛으로 석규를 바라보았다. 엉뚱한 질문을 던진 의도가 무엇인지 도무지 모르겠다는 표정이었다.

"따로 운동은 하고요? 가령 마라톤이나 수영 같은 거."

김기준의 눈동자에 찍힌 의문이 더욱 짙어졌다.

"마라톤은 안 하지만 수영은 어느 정도 즐깁니다. 그런데 갑자기 왜 그런 질문을……."

석규는 별것 아니라는 듯 손을 내젓고는 커피 잔을 들어 한 모금 마셨다. 커피 잔을 내려놓고는 화젯거리를 바꾸었다.

"가브리엘의 집이 화재로 사라졌다고 하던데, 화재 원인이 뭐였죠?"

김기준의 시선이 비스듬하게 마룻바닥에 꽂혔다. 그 상태로 목소리가 흘러나왔다.

"어떻게 불이 났는지는 저도 몰라요. 그거 알아보려고 오신 겁니까?"

"그런 건 아닙니다. 오르간 자매님, 그러니까 김영옥 씨에 대해 여쭤보려고 온 겁니다."

"오르간 자매님에 대해 궁금한 게 뭐죠?"

"화재가 난 6월 6일에 김영옥 씨가 보육원에 다녀간 걸로 알고 있습니다. 몇 시쯤에 왔고 또 언제 돌아갔는지 알고 싶어서요."

유도신문이었다. 6월 6일에 김영옥이 그곳에 다녀갔다는 것은 그도 짐작만 할 뿐 확실한 증거나 증언을 확보한 것은 아니었다.

"그것만 알면 되는 겁니까?"

김기준의 다짐 같은 질문에 그는 그렇다고 얼른 대답해주었다.

"오르간 자매님이 온 건 점심때였고, 돌아간 건 오후 3시쯤 이었습니다."

"그게 사실인가요?"

"제 기억으론 그럴 겁니다."

그러나 김기준의 말은 진실이 아니었다.

"거짓말을 하는군요."

"네?"

김기준이 화들짝 놀란 눈으로 그를 바라보았다. 당황한 기색 이 역력했다.

김기준의 말은 모텔 여주인의 말과 정면으로 배치되고 있었 다. 모텔 여주인에 따르면 김영옥은 이미 보육원에 화재가 난 사실을 알고 있었다. 김기준의 말처럼 김영옥이 6월 6일에 보 육원을 방문해 오후 3시에 떠났다면 밤 10에서 11시 사이에 발생한 화재를 어떻게 알 수 있었겠는가.

김영옥이 다음 날이나 그다음 날에 보육원으로 올라가서 화 재 사실을 확인했다는 것도 어림없는 얘기였다. 그때는 이미 다리가 파손당해 사람의 왕래가 불가능한 상태였기 때문이다. 그런 이유로 아이들도 화재가 나고 사흘 만에 마을로 내려올 수 있었던 게 아니겠는가.

"왜 거짓말을 했죠?"

석규가 추궁했다.

"거짓말이 아닌데요. 맹세코 저는 거짓말을 하지 않았습니다."

하지만 김기준은 자신의 결백을 완강하게 주장했다. 조금 전의 당황한 기색은 이미 얼굴에서 찾아볼 수 없었다.

석규는 재빨리 머리를 굴려 생각을 정리했다.

모텔 여주인과 양 원장 그리고 김기준의 말을 요약하면, 김영옥은 화재 당일 보육원을 방문했고 그곳에서 떠난 시각은 오후 3시가 된다. 하지만 그녀는 보육원에 화재가 난 사실을 알고 있었다. 그렇다면 이후에 다시 보육원에 돌아왔다는 것이 된다. 그 시각은 새벽에 비가 와서 다리가 파손되기 전일 수밖에 없다. 상식적으로 생각해서 여자 혼자서 밤에 산길을 돌아다닌다는 것은 이해가 되지 않는다. 아마도 김영옥은 해가 떨어지기 전에 보육원으로 돌아왔을 것이다. 보육원이 잿더미로 변할 때까지 그곳에서 머물다가 다리가 파손되기 전에 그곳을 떠났을 것이다.

이미 석규가 추측했듯이 보육원에 불을 지른 사람이 김영옥일 가능성에 대해 배제할 수 없는 노릇이었다. 문제는 이유였다. 그녀가 보육원에 불을 지를 만한 이유가 무엇일까? 아무리 궁리해도 선뜻 떠오르는 이유가 없었다.

그런데 이제 상황이 달라졌다.

두 아이 중 하나는 김영옥의 아이였다. 그리고 그 아이 중 하나는 화재에 대한 썩 그럴듯한 동기를 가지고 있었다.

폭탄 놀이.

그 폭탄 놀이로 원장의 아들인 요셉이 다쳤다. 별로 큰 상처

는 아니라고 했지만 가브리엘 원장이 잠자코 그냥 넘어갔을
까? 더욱이 가브리엘 원장은 아이들한테 자주 폭력을 행사한
다는 소문이 있는 사람이었다. 하수연 역시 아빠에 대해 말하
면서 걸핏하면 엄마에게 욕설과 폭력을 서슴지 않는 끔찍한 남
편이었다고 회상했다. 그런 사람이 조용히 넘어간다는 것은 상
상하기 힘든 일이었다.

모르긴 몰라도 폭력을 행사했을 것이고, 그 폭력의 대상자는
당연히 폭탄 놀이의 주동자였을 것이다. 그 나이 또래의 아이
들에게 우두머리란 대개 덩치가 큰 녀석이다. 석규는 사진 속
김영옥의 모습을 떠올렸다. 그녀의 양옆에 서 있던 덩치 큰 두
아이. 지금 두 아이 중 한 아이가 그의 앞에 있었다. 더욱이 그
는 왼손잡이고 수영에도 능했다.

"폭탄 놀이에 대해 들었어요. 그 일로 요셉이 아주 크게 다쳤
고요."

석규는 일부러 크게 다쳤다는 것을 강조했다. 김기준의 반응
이 자못 궁금했던 것이다.

"크게 다치지 않았습니다. 아주 경미한 상처였어요!"

김기준의 눈동자는 그의 말에 대한 불신으로 가득했다. 그것
으로 충분했다. 석규는 요셉의 상처가 별것 아니었음을 확신할
수 있었다.

그러나 그쯤에서 물러날 이유는 없었다. 이미 칼자루는 석규
가 쥐고 있었다. 그는 계속해서 밀어붙였다.

"원장한테 심하게 맞았겠군. 그래서 불을 지른 거야. 원장에

대한 보복으로."

"그건……."

뭔가 반응이 왔다. 석규는 더욱 세게 몰아붙였다.

"김기준 당신인가? 아니면 채강우? 아니지, 두 사람이 공모해서 불을 지른 건가?"

"그건…… 그건……."

김기준이 부르르 몸을 떨며 진저리를 치더니 갑자기 두 손으로 머리를 감쌌다.

"당신이었군. 불을 지른 건 당신이었어."

그 순간 김기준의 어깨가 격하게 떨리기 시작했다. 곧이어 가늘게 울음소리가 새어 나왔다. 그 소리는 상처 입은 짐승의 나직한 신음 소리처럼 들리다가 조금 후에는 고통으로 몸부림치는 끔찍한 울부짖음으로 바뀌었다.

"김기준 씨……."

얼마나 힘을 주었는지 머리를 감싼 손등의 핏줄이 파랗게 도드라져 보였다. 폭포수처럼 떨어진 눈물방울이 그의 청바지를 적시며 진한 얼룩으로 변했다.

"김기준 씨……."

병 주고 약 주는 것은 아니지만 석규는 그를 달래주고 싶었다. 가만히 손을 뻗어 그의 손등 위에 자신의 손을 포개고는 약하게 힘을 주어 잡았다. 김기준의 흐느낌이 고스란히 그에게 전달되었다.

석규의 위로는 효과가 있었다. 김기준의 흐느낌이 잦아들더니 어깨의 들썩거림도 점차 눈에 띄게 약해졌다.

"김기준 씨, 난 누군가를 괴롭히려고 찾아온 게 아닙니다. 정말이에요."

석규의 말은 진심이었다. 처음부터 보육원에 누가 불을 질렀는가 하는 문제는 그에게 중요하지 않았다. 그것은 그가 원하는 실체에 도달하기 위한 하나의 과정에 불과할 뿐이었다. 석규는 김기준이 그 점을 이해해주기를 바랐다.

"그 불……."

김기준이 크게 숨을 뱉어내고는 끊길 듯 끊어지지 않는 목소리로 한 토막씩 토해냈다.

"제가…… 제가, 그랬어요."

석규는 별로 놀라지 않았다. 충분히 예상했기에 당연히 충격을 받지도 않았다. 다만 김영옥의 일그러진 얼굴이 찰나 머릿속에 떠올랐다가 사라졌을 뿐이다. 그녀의 얼굴은 그의 아내를 많이 닮아 있었다. 고통으로 일그러지던 아내의 얼굴과 쌍둥이처럼 똑같았다.

그리고 그제야 석규는 비로소 이해할 수 있었다. 김영옥이 왜 낙담했는지를. 그녀는 안쓰럽고 안타깝게 여기던 어린 자식이 끔찍한 짓을 저지르는 것을 목격했다. 그것을 보면서 감당하지 못할 충격에 몸부림을 쳤을 것이다.

결과적으로 그 화재로 두 사람이 목숨을 잃었다. 엎친 데 겹친 격으로 서은희의 일이 터졌다. 그런 이유로 그녀는 스스로 삶의 끈을 놓아버렸을 것이다.

"김기준 씨, 다시 말하지만 난 누군가를 괴롭히려고 이곳에 온 게 아닙니다. 오래전의 일에 대해 따지려는 것도 아니고요. 그러니 그만 진정하세요."

그는 김기준의 손등에 얹었던 손을 옮겨 이번에는 어깨를 토닥거려주었다. 그렇게 김기준의 흐느낌이 완전히 사라질 때까지 기다려주었다.

얼마쯤 후 김기준이 손끝으로 눈가를 꾹꾹 찍어내며 말했다.

"힘들었어요. 몸도 마음도. 시간이 지날수록 점점 더하더라고요."

석규는 똑같은 말을 반복해서 해주었다. 이번에는 목소리에 힘이 들어갔다.

"그렇겠죠, 누구나 그러니까. 하지만 난 그 일에 대해 더는 추궁할 생각이 없어요."

그러고 나서 한마디 덧붙였다.

"하나 묻고 싶은 게 있어요. 마지막 질문입니다."

"말씀하세요. 제가 아는 한 대답해드릴게요."

"김기준 씨 친모나 친부에 대해 혹 들어본 적이 있는지요?"

"그 말씀은 제가 부모님을 알고 있느냐고 묻는 건가요?"

"그렇죠."

"아니요, 알았다면 진작 만났을 겁니다."

오 형사의 말처럼 김기준은 김영옥과 이정국에 대해 아무것도 모르고 있는 것인지도 모른다. 모르고 있는 것이 사실이라면 그는 범인이 아닐 가능성이 높다. 설령 김기준이 알고 있다

고 해도 아직까지는 범인이라고 단정 지을 만한 증거는 아무것
도 없었다.

"오늘 여러모로 번거롭게 한 것 같군요. 오늘 일은 그만 잊어
버리세요. 내가 이렇게 찾아왔다는 사실도."

잔에 커피가 남아 있었지만 석규는 마저 마실 생각은 들지
않았다. 그는 자리에서 일어났다. 그를 쫓아 김기준도 몸을 일
으켰다.

180센티미터쯤 될 것 같은 키 그리고 건장한 몸. 문득 궁금
해지는 것이 있었다. 석규는 마루에 엉덩이를 걸치고 앉아 신
발에 발을 꿰면서 물었다.

"책꽂이에 『그리스로마 신화』가 꽂혀 있던데, 그거 김기준
씨 책인가요?"

"그 책은······."

그때 삐걱거리는 소리와 함께 나무 대문이 열렸다. 김기준보
다 약간 덩치가 크지만 키는 엇비슷할 것 같은 사내가 안으로
들어왔다. 손에는 검정 비닐봉지를 잔뜩 들고 있었다. 한눈에
도 채강우임을 눈치챘다.

"어, 손님이 있었네? 근데 넌 왜 아직 안 갔어? 안 늦었어?"

우렁우렁한 목소리였다.

"아직 안 갔다고요? 자기야, 왜 아직 안 갔어?"

이번에는 여자의 목소리였다. 여자는 채강우의 등 뒤에서 불
쑥 튀어나왔다. 그 여자를 보는 순간 석규는 소스라치게 놀랐다.

놀라기는 여자 쪽도 마찬가지였다.

"최 소장님!"

여자가 토끼눈을 뜨고 그를 바라보았다.

"하수연 씨……."

혼란스러웠다. 대체 저 여자가 여기엔 웬일이지? 신기루를 보고 있는 것은 아닐까? 눈앞에 보이는 모든 게 사실은 실재가 아닌 허구인 걸까? 아니, 그보다 저 여자가 지금 김기준을 뭐라고 불렀지? 자기야, 라고 했나?

맙소사! 자기라니!

김기준은 자기 입으로 보육원에 불을 질렀다고 방금 전에 그에게 실토하지 않았던가. 그 화재로 두 사람이 목숨을 잃었다. 하수연의 친부인 가브리엘 원장과 의붓오빠인 요셉. 그렇다면 지금 하수연은 사랑해서는 안 될 사람과 사랑에 빠졌다는 것인가?

베란다 한쪽 구석에 있던 하수연의 '화장터'가 눈앞에서 어른거렸다.

저 여자, 대체 뭘 태운 것일까? 뭘 태워야 했던 것일까? 어머니인 주경란? 아니면 아버지인 가브리엘 원장? 석규는 갑자기 그것이 미치도록 궁금해졌다.

나의 사랑 나의 창녀

비가 그쳤다. 그야말로 억수같이 퍼붓던 비가 거짓말처럼 말끔하게 갠 것이다. 그리고 밤이 왔다.

이지아는 이런 날을 좋아하지 않았다. 시원하지도 덥지도 않은 애매모호함이라니. 하필이면 이런 날에 왜 약속을 한 것일까? 마뜩찮았지만 그렇다고 지금에 와서 약속을 취소할 수도 없는 노릇이었다.

저 앞쪽, 은행의 현금인출기 코너에서 누군가 나왔다. 허미자였다. 그녀가 뒤늦게 이지아를 발견하고는 한 손을 흔들었다.

허미자는 서두르지 않는 걸음걸이로 이지아를 어딘가로 이끌었다. 평소와 달리 오늘 허미자는 유독 화장이 진했다. 그녀는 의미심장한 한마디로 그 이유에 대해 설명했다.

"날이 날이니까."

"오늘이 무슨 날인데요? 혹시 생일? 아니지, 그건 이미 지났는데."

"그런 날이 아니라 내가 디데이로 잡은 날이라는 의미야."

이지아가 뭔가 말하려고 하는데 허미자가 암튼, 이라고 먼저 힘주어 말하고는 계속해서 자기 말을 이었다.

"이 선생, 오늘도 적당할 때 우린 빠질 테니까, 그런 줄 알아."

"언젠 안 그랬나요."

이지아가 농담처럼 대꾸했다.

"자기는 젊고 예쁘지만 난 아무리 생각해도 올해가 끝이야. 근데 연상도 아닌 연하남이 짠, 하고 나타났어. 하늘이 주신 기회라고. 이거 놓치면 하늘한테 벌 받아."

"설마 1차 목표, 아직이에요?"

"무슨 소리야? 임신이 안 돼서 그렇지 이미 수없이 해본 여자야. 나 이미 헤픈 여자라고."

허미자가 정색하며 말하자 이지아는 풋, 하고 웃음을 터뜨렸다. 두 사람은 마주 보며 한바탕 웃고 나서 다시 대화를 이었다.

"허 선생님, 얼마 전에 배란기라고 했잖아요. 그때 못 한 거예요?"

"아, 그날! 말도 마. 그날 모텔 엘리베이터까지는 직행했는데……."

"그런데요?"

"엘리베이터가 4층에서 딱 멈추고 문까지 열렸는데, 이 남자가 내릴 생각을 안 하는 거야. 엘리베이터의 숫자 버튼만 죽어라 노려보는 거 있지. 뭐 어쩌겠어. 아, 피곤해, 하면서 은근슬쩍 팔을 잡아끌었지. 그래도 소용없더라고. 꿈쩍도 안 해. 그때 머릿속으로 오만 가지 생각이 다 들더라고. 마지막엔 내가 엘리베이터 밖으로 다이빙을 해버릴까 하는 생각도 들었다니까. 하여튼 그때 그렇게라도 했어야 했는데 내가 한발 늦었지 뭐야. 잠깐 망설이는 사이 이 남자가 1층 버튼을 꾹 눌러버렸잖아. 고지가 바로 코앞인데 후퇴해야 하는 기막힌 심정, 자긴 모를 거야. 정말이지 눈물이 펑펑 쏟아지려는 걸 억지로 참았잖아. 그것뿐인 줄 알아. 하마터면 나 성질 드러낼 뻔했잖아. 가슴을 쥐어뜯고 싶은 걸 내가 내 엉덩이 꼬집으면서 참았다니까."

이야기를 하면서 허미자는 진짜로 화가 난 것 같았다. 허공에 대고 대여섯 번 마구잡이로 주먹을 휘둘렀다.

"엘리베이터 1층에서 다시 내리면서 이 남자가 내게 뭐랬는 줄 알아? '미자 씨, 우리 다음에 해요. 갑자기 급한 일이 생겨서 그래요'라고 그러는 거야. 참 나, 기가 막혀서! 도대체 그 일 말고 더 급한 일이 뭐라는 거야? 내가 열불이 뻗쳐서 따졌잖아. 이봐요 진호 씨, 내가 그렇게 만만하게 보여요? 쉬운 여자로 보이냐고요?"

"그랬더니요?"

"뭐라긴. 나를 뚱한 눈빛으로 보면서, 미자 씨, 여기 모텔이거든요, 이러는 거야. 아, 그때 쪽팔려서 죽는 줄 알았지 뭐야."

이지아는 참지 못하고 또다시 웃음을 터뜨렸다. 사람들이 지나며 흘낏거렸지만 그녀는 까르륵거리는 웃음을 멈추지 못했다.

허미자는 원래 속내를 감추지 못하는 여자였다. 이지아 앞에서는 어떤 말이든 가리지 않고 시원하게 쏟아내야 직성이 풀리는 여자였다. 그런데 남자 앞에서는 전혀 그렇지가 않았다. 언제 그랬냐는 듯 샐쭉한 내숭 덩어리로 변하기 일쑤였다. 그녀의 내숭은 빤히 보이는 내숭이었다. 가끔은 사람을 황당하게 만들기도 하지만 그래서 옆에서 지켜보는 재미는 훨씬 더 쏠쏠했다. 이지아는 그런 그녀가 부러웠다. 그녀가 갖지 못한 것을 허미자는 갖고 있었다.

"진호 씨, 엄청 섹시하지 않아? 몸도 장난 아냐. 이건 완전 근육질이라니까."

그러면서 허미자는 몸을 배배 꼬았다.

"그 사람이 그렇게 좋아요?"

"두말하면 잔소리지. 난 딱 보면 안다고. 저것이 내 것인가 아닌가. 이번엔 삘이 오더라니까. 그러니까 죽기 살기로 올인하는 거야."

"제가 듣기론 그런 경우가 몇 번쯤 있었던 것 같은데요?"

"난 그런 거 일일이 기억하면서 연애하는 쫀쫀한 여자 아냐. 원래 쿨하잖아."

허미자가 시니컬하게 대꾸하고는 고개를 꼿꼿이 치켜세웠다.

"그런데도 여태 결혼 못 한 거 보면 참 이상타 싶어요. 그쵸?"

"내가 눈이 높아서 그래. 어릴 적부터 남자 보는 눈이 남달랐거든."

"정말요?"

"난 운명적인 사랑을 믿는 여자거든."

"진호 씨는 몇 번째 운명인데요?"

"정확히는 모르지만 대략 열댓 번째쯤?"

두 여자는 서로의 얼굴을 마주 보며 또다시 까르르 웃음을 터뜨렸다.

웃음이 그치고 대로 옆길에서 왼쪽으로 꺾어 골목길로 들어 갔다. 요란하지도 그리 크지도 않은 예쁜 간판들이 즐비하게 보였다. 허미자가 문득 생각났다는 듯이 물었다.

"요즘도 그 이상한 꿈을 꾸고 그래?"

"늘 그렇죠 뭐."

조금 전과 달리 이지아의 표정이 시무룩해졌다.

"이번 주 토요일에 나랑 점쟁이한테 가볼래? 유학파 점쟁이 라는데 꽤 신통방통하대. 혹시 잠잘 때 어깨가 무겁다거나 가 슴이 답답하다거나 그러지 않아? 그거 귀신이 올라앉아서 그 런 거야."

"말도 안 돼요."

"자기 참 신기한 구석이 있어. 어떻게 맨날 같은 꿈을 꿀 수 있지?"

"꿈꾸는 거 아니에요."

"꿈이 아니면 뭔데?"

"글쎄요."

"암튼! 남자들 앞에선 그런 말 하지 마. 남자들 그런 여자 싫 어하잖아."

그렇게 말한 뒤 허미자가 손가락으로 한곳을 가리켰다. 맥줏집 간판이 보였다. 검은색 바탕에 흰 글씨로 술집 이름이 적혀 있는 소담스럽고 예쁜 보름달 모양의 간판이었다. 그리고 그곳에서 두 건물 옆으로 포돌이가 그려진 파출소가 보였다. 이지아는 엉뚱하게도 그곳으로 눈길이 갔다.

"파출소는 왜 봐? 저기라니까."

허미자가 어깨로 그녀의 어깨를 툭 쳤다.

초록 잔디가 깔린 마당에 파라솔이 일정한 간격으로 펼쳐져 있는, 가정집을 개조해 만든 호프집이었다. 흰색의 철제 탁자와 의자가 초록의 잔디와 제법 잘 어울렸다. 남자들의 모습은 아직 보이지 않았다.

"우리가 더 빨랐네. 아, 존심 상해."

자리를 잡고 앉아 허미자는 내내 입구 쪽을 주시했다.

두 남자가 입구에 모습을 보인 것은 그리 오래 지나지 않아서였다. 허미자의 눈이 곡선으로 바뀌는 것을 보고 입구 쪽으로 고개를 돌렸는데 눈에 익숙한 두 남자가 막 안으로 들어서고 있었다. 허미자가 좀 방정맞게 손을 흔들어대며 조진호를 불렀다.

"자기야! 자기야, 여기! 여기!"

그녀를 발견한 조진호가 손을 마주 흔들더니 곧장 테이블 쪽으로 걸어왔다. 오태주는 어슬렁거리며 조진호의 뒤를 따라왔다.

"오늘 속옷 새 옷이야. 아무쪼록 분위기 좀 잘 띄워봐. 나중에 일등공신으로 임명해줄게."

허미자가 빠르게 속삭이고는 한쪽 눈을 찡긋했다.

이지아는 고개를 끄덕해 보이고는 파출소 쪽으로 슬그머니 시선을 던졌다.

*

네 사람이 만난 지 두 시간쯤 지났다.

두 사람은 어색해서 술을 마셨고 다른 두 사람은 작정한 듯 술을 마셨다.

조진호와 허미자는 머리를 붙이다시피 한 채 연신 무슨 말인가를 속닥거렸다. 야릇한 눈빛도 수시로 오갔다. 분위기가 여간 심상치 않았다.

태주는 두 사람이 무슨 얘기를 하는지 궁금했다. 안 듣는 척하면서 은근히 귀를 기울였다.

한 가지 주제를 놓고 얘기하는 것은 아니었다. 이야기는 수시로 얽히고설켰다. 가령, 바다의 고래 이야기를 하다가 뜬금없이 저번 주에 보았다는 멜로 영화 이야기가 불쑥 튀어나왔고, 다시 집 안 청소와 정치판 얘기로 바뀌었다가 최근 출산 후 몸무게가 무려 30킬로그램이 늘었다는 어느 여배우의 뒷담화로, 그리고 지금은 허미자가 키우는 애완견 '미스코리'와 '미스아메리'가 막 화젯거리로 올라온 참이었다.

방금까지 시시덕거리며 웃고 떠들던 허미자가 갑자기 한숨을 폭 내쉬었다. 촉촉해진 눈망울로 하소연하듯이 이렇게 말했다.

"걔네들 지금 어디서 뭘 하면서 지낼까요? 집 생각은 할까요?"

이후의 얘기를 대충 들어본 결과 두 애완견이 사라졌는데, 허미자는 가출을 조진호는 유괴를 주장하고 있었다.

허미자는 자신을 자책하기도 했다.

"괜히 대청소를 한다고 야단법석을 떠는 바람에 그런 일이 발생했잖아요. 너무 깔끔한 척하는 내 성격이 문제라니까요. 성격이 못돼서 더러운 걸 보면 참지를 못해요. 하지만 정말 잠깐 문을 열어뒀을 뿐이라고요. 그 잠깐 사이 감쪽같이 사라질 줄 누가 알았겠어요. 평소에 걔네들이 나한테 불만이 있었던 거예요. 그러니까 가출을 했죠."

"가출 아니라니까요. 미자 씨 같은 엄마가 또 어디 있다고 그래요. 미자 씨는 하나도 잘못한 거 없어요. 형사인 제 직감으로는 유괴가 틀림없다고요."

"정말로 유괴일까요? 만일 그렇다면 옆집 아줌마가 수상쩍긴 한데…… 평소에 그 아줌마가 시끄럽다고 자주 고함을 질렀거든요. 험한 말도 아무렇지 않게 내뱉었고요. 요즘 나만 보면 자꾸 시선을 피하는 것도 이상하긴 해요. 뭔가 켕기는 게 있으니까 그런 거잖아요. 그러고 보니 그 아줌마 사철탕도 먹는 것 같더라고요. 설마! 설마…… 우리 애들을 유괴해서……."

허미자가 눈을 커다랗게 뜨고는 두 손을 가슴에 모았다. 조진호가 그녀의 손을 꼭 잡고 얼른 달랬다.

"어허, 그런 끔찍한 생각 하지 말아요. 그런 상상은 정신 건강에 해롭다는 거 몰라요? 옆집 여자가 의심스러우면 차라리 직접 물어봐요. 남의 일도 아니고 미자 씨한테는 자식들이잖아요."

"물론 물어봤죠. 시치미를 떼니까, 더는 어떻게 해볼 도리가 없으니까 그렇죠. 걱정이 되고 마음도 아프고 그래서 요즘엔 밤에 통 잠도 못 잔다니까요. 하루에 한두 시간 겨우 잘까 말까 그래요."

그 순간 이지아가 고개를 숙이고는 킥, 하고 웃었다. 태주가 왜요, 하고 눈짓으로 물었다. 이지아가 허미자의 눈치를 살피고는 "오늘 지각했어요. 어제 동창들 만나서 새벽까지 마셨대요"라고 빠르게 속삭였다. 그 말을 듣고 태주 역시 킥, 하고 웃고 말았다. 하여튼 꽤 잘 어울리는 커플이었다.

얼마쯤 지나고 이지아가 의자를 뒤로 빼며 자리에서 일어났다.

"잠깐 실례할게요."

화장실이라도 가려는 모양이었다. 테이블을 피해 화장실 쪽으로 걸어가는 그녀의 뒷모습을 태주의 시선이 물끄러미 뒤쫓았다.

"천사예요, 천사. 천사인 건 분명한데 뭔가 사연이 있는 천사죠. 그래서 더 매력적인가?"

허미자가 누구에게랄 것 없이 불쑥 말하고는 고개를 갸웃했다.

"무슨 뜻이에요?"

맥주를 한 모금 마시고 태주는 고개를 그녀 쪽으로 돌렸다.

"가끔 악몽을 꾸는데 늘 같은 꿈이래요."

태주는 다시 맥주잔을 들어 올리려다 슬며시 도로 내려놓았다. 얼마 전 하수연에게서 들은 소리와 똑같았다. 그녀도 자주 같은 꿈을 꾼다고 했다. 여자들은 원래 다 그런 걸까?

"어떤 악몽인데요?"

"어떤 여자가 목매달아 죽는 꿈이래요."

태주와 조진호는 동시에 눈빛을 교환했다. 형사로서의 어쩔 수 없는 본능이었다.

"언제부터 그랬대요?"

이번에는 조진호가 물었다.

"오래됐대요. 초등학교 다닐 때부터 그랬다니까."

"이유는 모르고요?"

"그걸 알아내기 위해 한때 병원에도 다녔는데 고치기가 쉽지 않았나 봐요."

"병원, 아직도 다녀요?"

이번에는 태주의 질문이었다.

"그건 아닌데요, 그건 왜 묻죠?"

약간 가시가 돋은 목소리였다.

"사실은 얼마 전에 지아 씨와 비슷한 여자를 만났거든요. 그 여자도 같은 꿈을 꾼다고 하더라고요. 오래됐고요."

"그래요? 그 여자도 병원에 다녔대요?"

허미자가 맥주잔을 들었다 놓으며 반문했다.

"그건 모르겠어요. 그 여자의 경우에는 과거에 엄마로부터 받은 상처 때문에 같은 꿈을 꾸는 것 같았거든요. 제가 이해하기로는."

"그러니까 이 선생도 그럴 가능성이 높다, 이건가요?"

"글쎄요. 저는 의사가 아니라서……."

태주는 일부러 시선을 다른 곳으로 옮겼다. 처음 들어올 때만 해도 그들이 거의 유일한 손님이었는데 지금은 빈 테이블이 보이지 않을 정도로 손님들로 붐볐다.

"요즘도 그렇대요?"

다시 조진호가 물었다.

"별로 달라진 것 같진 않아요. 좀 됐긴 했는데 양호실에서 낮잠을 자다가 또 그 꿈을 꿨는지 화들짝 놀라서 잠을 깼거든요."

"안됐네요."

조진호의 말에 허미자가 가볍게 고개를 끄덕이고는 그의 어깨에 살짝 머리를 기댔다. 그 상태로 나직한 목소리로 말했다.

"이 선생, 오네요."

화장실에 다녀온 뒤 이지아는 기분이 완전히 달라졌다. 더는 술을 입에 대지 않았고 무슨 말을 해도 잘 웃지 않았다. 안절부절못하는 것이 한눈에도 정신이 다른 데 쏠려 있는 사람처럼 보였다. 화장실에 갔을 때 무슨 일이라도 있었던 걸까? 만일 그렇다면 누군가와의 통화가 문제였을 것이다. 그 사람이 누구인지는 오래 생각할 필요가 없었다. 한 사람의 이름이 태주의 머릿속에서 오롯하게 떠올랐다.

이시우.

서은희와 이정국이 죽고 나서 이지아의 가족은 이제 이시우뿐이었다. 정말이지 말도 안 되는 일이었다. 어떻게 녀석이 유일한 이지아의 가족이 될 수 있지? 태주는 남은 술잔을 단박에 비워냈다. 그런 뒤 곧바로 테이블에 붙어 있는 주문 벨을 눌렀다. 그때 이지아가 백을 챙기더니 주섬주섬 자리에서 일어났다.

"왜? 가려고?"

허미자의 의뭉한 시선이 이지아를 향했다.

"아무래도 그래야 할 것 같아요."

"그럼 나도 가야겠네. 두 사람은 좀더 마시다 오세요."

태주가 자리에서 일어나며 설레발치듯 말했다.

"너도 가려고?"

말은 그렇게 했지만 조진호의 얼굴은 웃고 있었다.

"진호 씨, 우리도 그만 일어나요. 우리끼리 2차 가요."

"그럴까요?"

그사이 암호가 바뀐 것일까? 하긴 미스코리와 미스아메리가 사라졌는데 걔네들이 보고 싶네 어쩌네 하는 암호는 이제 사용할 수 없었을 것이다.

일행이 밖으로 나가고 난 뒤 제일 먼저 떠난 사람은 이지아였다.

"오늘 누구지?"

택시가 멀어지는 것을 보며 태주가 조진호에게 물었다.

"지금 가네."

조진호가 방금 그들 앞으로 지나간 검은색 SUV 차량을 턱짓으로 가리켰다. 뒷모습을 보건대 운전대를 잡고 있는 사람은 염 형사였다. 원래 2인 1조가 원칙이었지만 인원이 허락되지 않는 사정으로 1인이 돌아가면서 이시우와 이지아를 번갈아마크했다. 주거지인 이시우의 호텔과 이지아의 집 주변에는 따로 정복 경찰이 진을 치고 있었다.

SUV 차량의 꽁무니를 지켜보며 허미자가 뜻 모를 소리를 중얼거렸다.

"와가 아이, 와가……."

아이돌그룹의 후크송처럼 허미자는 같은 소리를 두어 번 더 연이어 반복했다. 태주에게 그 소리는 마치 마법사의 주문처럼 들렸다. 이상한 것은 그 소리가 태주에게 그리 낯설지 않게 들린다는 것이었다. 이유가 뭐지?

"일본 말 같은데, 무슨 뜻이에요?"

SUV 차량의 미등이 시야에서 사라지고 나서 조진호가 넌지시 캐물었다.

"글쎄요."

그렇게 말하는 허미자의 입가에 씁쓸한 미소가 매달렸다.

한 번 더 조진호가 캐물었으나 그녀는 아예 들은 척도 하지 않았다.

"이제 두 사람이 떠날 차례군요. 미자 씨, 진호랑 2차 가세요."

기다렸다는 듯 허미자가 조진호에게 팔짱을 끼며 환하게 웃었다. 조진호는 머쓱하게 손으로 목덜미를 쓰다듬었지만 싫은 표정은 아니었다.

"아무래도 난 미스코리하고 미스아메리의 실종 사건에 대해 좀더 조사를 해봐야겠어. 잘 들어가고 내일 보자."

그런 다음 허미자를 향해 사진은 있겠죠, 라고 물었다. 허미자가 모기 소리로 대답했다. 집에요.

부르지 않았는데도 택시가 알아서 두 사람 앞에 섰다.

두 사람을 태운 택시는 출발하자마자 차선을 바꾸더니 곧이어 무섭게 속도를 높였다. 태주는 그제야 깜박 잊고 있던 한 가지 사실이 생각났다. 그는 급히 휴대폰을 꺼내 문자메시지를 작성했다. 얼마 전에 모텔의 젊은 여자로부터 문자가 왔다. 문자를 보면서도 한참을 보고 나서야 무슨 의미인지 비로소 깨달았을 정도로 그동안 그는 그 일을 까맣게 잊고 있었다.

'유클리드'하고 '페르마'라는 모텔을 찾았어. 위치는…….

그는 전송 버튼을 누르고 나서 다시 한 통의 새로운 문자메시지를 보냈다.

아까 미자 씨가 중얼거린 말, 그거 뜻 좀 알아봐.

5분쯤 후에 그는 버스정류장에 서 있었다.

조진호로부터 답장이 온 것은 버스가 그의 앞에 멈춰 섰을 때였다.

와가 아이, 와가 쇼-후.[5] 나의 사랑, 나의 창녀라는 뜻이래. 유클리

---

5 我が愛 我が娼婦.

드하고 페르마는 고마워. 나중에 이용 후기 올릴게.

"와가 아이…… 와가 쇼-후."

태주는 휴대폰의 글자를 보며 허미자가 그랬던 것처럼 똑같
이 중얼거렸다. 와가 아이…… 와가 쇼-후, 와가 아이…… 와
가 아이…… 와가 쇼-후. 입에는 낯설었지만 귀에는 분명 익
숙했다.

그는 다시 문자메시지를 보냈다

그거, 왜 중얼거린 거래?

이번에는 곧바로 답장이 왔다.

갑자기 생각나서. 작년 9월 중순경에 뜬금없이 그 말의 뜻이 뭔지
지아 씨가 우리 미자 씨한테 물어보더래. 됐냐? 혼자 욕봐라. ㅎㅎ.

작년 9월 중순이라면 이시우가 미국에서 귀국한 시기였다.
생각이 여기에 미쳤을 때 그제야 태주는 한 가지 사실을 눈치
챘다. 허미자의 중얼거림이 귀에 익숙했던 이유, 그것은 이시
우 때문이었다. 오래전 이시우와 마지막으로 만난 그날 밤, 녀
석은 그 말을 혼잣말처럼 지껄였다.

"와가 아이, 와가 쇼-후."

당연히 그는 무슨 뜻인지 알지 못했다. 이시우에게 물었으나

녀석은 허미자처럼 의미를 알려주지 않았다. 당시에 왜 뜻을 알려주지 않았는지 이제는 그 이유를 알 것 같았다.

태주는 버스에 타지 않았다. 못마땅한 듯 운전사가 눈치를 줬지만 그는 모르는 척 외면했다. 그리고 다시 문자메시지를 보냈다.

미안한데, 최근에 지아 씨한테 이상한 일 같은 거 있었는지 한번 물어봐줘.

이번에는 문자가 아닌 조진호가 직접 전화를 걸어왔다.

"이 눈치 없는 중생아. 꼭 이래야 되겠냐? 너 지금 질투하냐?"

그의 으르렁거림에도 태주는 별로 아랑곳하지 않았다.

"물어봤어?"

"그런 거 없단다. 일주일에 한 번씩 꽃 배달 오는 거 빼곤. 우리 미자 씨가 그거 네가 보내는 거 아닌지 물어보랜다. 대답해, 너냐?"

"아니."

그 말을 끝으로 태주는 일방적으로 전화를 끊었다. 곧바로 다시 전화벨이 울렸지만 그는 받지 않았다. 전화를 받지 않자 문자메시지가 도착했다.

지아 씨는 자기 부모가 죽은 거 타살이라고 여기는 것 같아. 미자 씨한테 그렇게 말한 적이 있대. 한 번이 아니라 대여섯 번쯤. 술자리였지만 범인을 지목한 적도 있고. 그게 이정국과 서은희였어. 좀 뭔가 묘하지 않냐?

태주는 지그시 어금니를 깨물었다. 광대뼈가 툭 튀어나왔다. 그때 버스가 또다시 그의 앞에 멈추더니 문을 열었다. 그는 번호도 확인하지 않고 무작정 버스에 올랐다. 눈에 보이는 대로 빈자리에 가서 앉았다. 창밖을 보는데 저절로 입술이 천천히 움직였다.

"와가 아이, 와가 쇼ー후……."

일본으로 유학을 떠났어도 1년에 한두 번쯤 그는 이시우를 만났다. 그가 연락한 것이 아니라 이시우가 늘 연락을 했다. 그날은 좀 특별한 날이었다. 그날 밤 이시우는 일본 유학을 마치고 곧 미국으로 떠날 것이라고 했다. 미국으로 떠나면 영영 이 나라에는 돌아오지 않을 것이라고 작정한 듯 말했다. 그러면서 녀석은 그에게 상자 하나를 내밀었다.

"이별의 선물이야."

녀석이 연극의 독백처럼 그 말을 중얼거린 것은 그때였다.

"와가 아이…… 와가 쇼ー후."

녀석은 세 번쯤 그 말을 반복했다. 그는 당연히 무슨 뜻인지를 캐물었다. 그러나 녀석은 아무런 설명도 해주지 않았다. 녀석은 느닷없이 휙 등을 돌리더니 뚜벅뚜벅 어둠을 향해 걸어가기 시작했다. 점점 희미해지는 녀석의 뒷모습을 우두커니 지켜보다가 태주는 어느 한순간 이시우를 불렀다. 아니, 불렀다고 생각했는데 사실은 전혀 엉뚱한 소리였다.

"와가 아이…… 와가 쇼-후……."

지금도 마찬가지였다. 그의 입에서는 다시금 그 소리가 흘러나오고 있었다.

태주는 지그시 아랫입술을 깨물었다. 입술이 터졌는지 비릿한 내음이 입안으로 번졌다. 분노가 일었다. 그 분노가 누구 때문인지 그는 무척이나 잘 알고 있었다.

"이시우…… 이 엿 같은 새끼!"

버스가 길게 브레이크 소리를 내며 멈췄다. 문이 열리자마자 도망치듯 그는 버스에서 뛰어내렸다. 허공에 대고 냅다 주먹을 휘둘렀다. 하지만 허공이 아니었다. 다음 순간 돌출된 주먹 뼈에 극심한 통증이 밀려왔다. 그의 주먹이 부딪친 것은 버스정류장의 강화플라스틱 광고판이었다. 아무 일도 없었다는 듯 광고판은 멀쩡했다. 한껏 멋을 낸 붉은 원피스의 여자가 그를 비웃듯이 내려다보았다. 태주는 여자를 향해 힘껏 주먹을 내질렀다. 한 번, 두 번, 세 번…… 그래 봤자 소용없는 짓이었다. 그것은 분노였다. 아무리 주먹을 휘둘러도 사그라지지 않는 후회였다.

태주는 주먹질을 포기하고 무작정 뛰기 시작했다. 그의 질주에 화들짝 놀란 사람들이 재빨리 옆으로 비켜섰다.

얼마나 달렸을까. 꽤 오래 달린 것은 분명했다. 숨이 턱밑까지 차올랐고 머릿속이 하얗게 비어 있었다. 그제야 그는 뜀박질을 멈추었다. 저만치 한강 다리가 보였다. 수은등 밑으로 팔짱을 끼고 걸어가는 몇몇 남녀의 실루엣이 눈에 들어왔다.

태주는 허리를 숙인 채 가쁜 숨을 진정시켰다. 하필이면 그곳은 택시승강장이었다. 늙수그레한 운전사의 은근한 목소리가 차창을 넘어왔다.

"어디 가세요?"

글쎄, 어디로 가야 하지? 어디로 가야 하는 걸까? 그는 목적지도 모른 채 일단 택시에 몸을 실었다.

악몽은 꿈이 아니다

　현 순경이 파출소 문을 열고 나와 두리번거렸다. 그때 석규는
파출소 근처에 있는 슈퍼마켓 앞 평상에 앉아 있었다. 슈퍼마
켓 주인이 마련해둔 것으로 사시사철 누구라도 이용이 가능했
다. 파출소 식구들도 그 평상을 자주 이용했다. 여름이면 특히
더 그랬는데 바람이 잘 통하고 벚나무가 그늘을 만들어주었기
때문이다. 평상에 둘러앉아 쪽쪽거리며 아이스크림을 빨거나
수박이라도 쪼개 먹노라면 피서라도 온 듯 시원한 기분이 들곤
했다. 몇몇 사람이 모이면 술판이 벌어지는 일도 다반사였다.
　"소장님."
　평상으로 쪼르륵 달려온 현 순경이 그를 불렀다.
　석규는 검지를 세워 입술에 붙였다. 조용히 하라는 제스처였
다. 그의 귀에는 흰색 이어폰이 꽂혀 있었다.

"무슨 일이야?"

잠시 후 이어폰을 뽑아내며 석규가 물었다.

"방금 뉴스 들으신 거예요? M건설 전무라는 사람이 죽었다는 거?"

"응, 이름이 마창기라던데."

"저도 그거 보고 나온 거예요. 지금 인터넷 실시간 검색어 1위예요."

M그룹은 우리나라 10대 그룹에 포함되는 거대 집단이었다. M쇼핑센터는 M건설이 짓는 것으로 바로 옆의 M월드파크와 연결되어 용산의 명물이 될 것으로 자부하고 있었다.

그런데 느닷없이 그곳 공사장에서 시신이 발견됐다. 시신 발견자는 경비원이었다. 목에 올가미가 걸려 있어서 자살처럼 보였다고 했다. 그러나 경찰은 타살로 보고 수사를 진행 중이었다. 뭔가 타살을 확신할 만한 증거물이나 상황증거가 발견된 것이 틀림없었다. 석규는 그것이 무엇인지 궁금했다. 이정국처럼 등에서 자창이라도 발견된 것일까?

"검색어 1위라는 건 무슨 소리야? 사람들이 왜 관심을 갖는 건데?"

"뉴스를 처음부터 듣지 못했나 보군요. 그건요, 죽은 마창기가 M그룹 회장의 셋째 아들이라서 그래요."

그제야 석규는 생각나는 것이 있었다. 이정국이 죽은 날 그가 머물던 호텔에서 파티가 있었다. 그 파티의 주최자가 바로 M건설이었다. 문득 한 가지 의문이 떠올랐다. 마창기와 이시우, 혹은 마창기와 이정국 사이에 어떤 연관이 있는 것이 아닐까?

"날 부른 게 이것 때문이었어?"

"네, 아무래도 소장님이 아셔야 할 것 같아서요."

그 이유는 두 가지였다. 사건이 용산에서 발생했고, 마창기의 주검 형태가 이정국과 비슷하다는 점. 하지만 그뿐이었다. 이정국과의 연결성은 아직 아무것도 드러나지 않았다.

"소장님을 찾은 건 마창기 말고 다른 이유도 있어요."

갑자기 현 순경이 목소리를 낮게 깔았다. 그러고는 그거 떴어요, 라고 속삭였다.

현 순경이 말한 '그거'는 하수연이 올리는 '햄릿가의 불행 ③'이었다. 하지만 석규는 이미 그 내용을 알고 있었다.

"제가 이메일로 보냈어요."

"알았어, 읽어볼게."

석규는 왼쪽 구레나룻을 손끝으로 긁어대며 시큰둥하게 대답했다.

"왜요? 뭔가 마뜩잖은 게 있는 거예요?"

"아니, 상철이 네 느낌이 맞지 않기를 바라는 것뿐이야. 마창기가 이번 이정국의 죽음과 연관이 있다면, 그럼 사건이 너무 복잡해질 것 같아서."

"이번 사건을 어느 팀에서 맡는지 그것만 알아봐도 될 것 같은데요. 같은 팀에서 맡는다면 아무래도 연관이 있을 가능성이 높은 거잖아요."

그것도 그렇겠다 싶었다. 현 순경이 당장 전화해보라며 그를 채근했다. 못 이기는 척 석규는 휴대폰을 꺼내 오 형사의 번호를 눌렀다. 잠시 후 귓속에서 벨소리가 울렸다. 하지만 오 형사는 전화를 받지 않았다. 잇따라 두 번 더 통화 버튼을 눌렀지만 결과는 같았다.

"벌써 배신 때린 거 아니에요? 제가 보기엔 일부러 받지 않는 것 같은데."

현 순경이 그의 기분을 헤아려 지레 쌍심지를 돋웠다.

"네 말대로 이번 사건을 그 팀이 맡았다면 한참 경황이 없겠지."

석규는 그동안 오 형사와 꾸준하게 연락을 주고받았다. 휴대폰 통화였다. 황민기를 만나고 나온 다음 날에는 서은희의 등에 여섯 개의 자창 자국이 있었다는 사실도 넌지시 알려주었다. 물론 그 사실을 어떻게 알게 되었는지에 대해서는 일절 언급하지 않았다. 그렇다고 오 형사가 황민기의 존재를 눈치채지 못하는 것은 아니었다.

"그 사람, 뭔가 조치를 취해야 하는 거 아닙니까?"

버럭 화를 내는 그를 석규는 살살 달랬다.

"그 사람도 사정이 있었어. 이정국한테 협박을 받아서 그런 거야. 서은희의 등에 자창 자국이 있었다는 건 그 사람의 자백 아니고는 아무것도 증명하지 못해. 오래전에 시신은 화장됐고 여섯 개의 점도 그가 내게 그림으로 그려준 거야. 그 종이마저 그는 내게 주지 않았고."

석규의 말은 진실과 거짓이 섞였지만 확실히 효과는 있었다. 오 형사는 이 문제를 더는 확대시키지 않겠다는 듯 이렇게 말했다.

"이건 당분간 저만 알고 있어야겠군요. 누군가 또 죽은 뒤라면 어쩔 수 없이 공개해야겠지만."

오 형사로부터 전화가 온 것은 30분쯤 후였다. 그는 그때 소장실에 혼자 앉아 있었다.

석규는 대뜸 질문부터 던졌다.

"마창기가 이번 이정국 사건과 연관이 있는 건가?"

"일단은 그렇게 보고 있습니다."

"이유는? 등에 자창 자국이라도 있었어?"

"다섯 개요. 알파벳 'si'가 맞습니다."

그럼 이제 하나만 남은 것이었다.

"마창기는 누구와 연관이 있는 거야? 이시우야, 이정국이야?"

"그건 아직 모릅니다."

그 대답을 하고 나서 오 형사는 현재의 자기 상황을 변명했다. 지금 정신이 없어서 길게 통화할 형편이 못 된다고 하소연했다. 석규는 충분히 이해할 수 있었다. 나중에 다시 통화하기로 하고 일단 통화를 끝냈다.

"서울, 가실 거죠?"

마침 소장실로 들어온 현 순경이 은근한 목소리로 물었다.

"아무래도 그래야 할 것 같아."

그가 사건 현장에 당도할 때까지 오 형사가 그곳에 남아 있을지는 의문이었다. 만일 없다면 직접 경찰서에 찾아가야 할 것이다. 어쨌든 오 형사의 덕분에 한 가지는 분명해졌다. 네메시스(nemesis)가 범인의 메시지라는 것.

"나오세요. 밖에서 기다릴게요."

현 순경이 차 키가 달린 열쇠고리를 손가락에 끼워 빙빙 돌리면서 말했다.

*

시외버스에 오르고 나서 인터넷으로 마창기 사건을 검색했다. 현 순경의 말처럼 인터넷은 마창기의 죽음으로 떠들썩했다. 석규는 기사를 꼼꼼하게 읽었다. 네티즌들이 올린 댓글도 참고 삼아 읽었다. 마창기는 트러블 메이커였다. 여러 가지 사건이 석규의 관심을 끌었다. 그중 유독 관심을 끄는 것이 몇 해 전 발생한 테러 사건이었다. 그 사건과 연관시켜 이번 사건의 범인을 추측한 몇 개의 글은 설득력은 약했지만 그럭저럭 읽는 재미가 쏠쏠했다.

지금 석규가 관심을 갖는 것은 마창기 개인이었다. 인터넷을 통해 검색해보니 M건설은 〈뮤지컬 햄릿〉의 후원사이자 공동 투자자였다. M건설의 마창기가 어떤 식으로든 이정국이나 이시우와 연관이 있다는 증거였다.

검색하다가 우연찮게 알게 됐는데 더욱이 마창기와 이시우는 나이가 같았다. 이 한 가지 사실만으로도 별의별 생각이 석규의 머릿속을 가득 채웠다. 그중 한두 가지 생각은 머릿속에서 좀처럼 사라지지 않았다. 그것은 의심이었다. 근거가 없는 의심이었지만 왠지 모르게 자꾸 생각이 그쪽으로 쏠렸다. 직감이랄까, 아니면 의심이 들어맞기를 바라는 마음이 너무 강했거나. 어쨌든 둘 중 하나였다.

그의 의심은 단순했다.

마창기와 이시우가 오래전부터 알고 지낸 사이가 아닐까? 그 단순한 의심은 쭉쭉 곁가지를 뻗어나갔다. 어쩌면 집안끼리 왕래가 있었는지도 모르지. 결국에는 좀 뜬금없는 상황으로까지 의심이 번지고 말았다. 오 형사도 마창기를 알고 있는 것이 아닐까?

뜬금없는 상황이라고 했지만 나름 미심쩍은 느낌은 있었다. 통화를 하면서 무심코 넘겼지만 오 형사의 목소리는 평소와 달리 착 가라앉아 있었다. 어쩐지 음울했다고 할까? 그것이 못내 께름칙하니 마음에 걸렸다. 사건이 접수되면 형사들은 한결같은 반응을 보인다. 겉으로는 짜증을 내지만 속으로는 은근히 반겨하는 것. 이중적인 감정이지만 그것이 보편적인 형사들의 심리였다. 그런데 오 형사의 목소리는 전혀 그런 느낌이 아니었다. 이유가 뭘까, 하고 생각하다가 퍼뜩 떠오른 생각이 마창기와의 연관성이었다.

석규는 수첩을 펼쳤다.

아무것도 적혀 있지 않은 새로운 페이지였다. 손을 움직이자 미끄러지듯이 볼펜심이 굴러갔다.

　—성명: 마창기.
　—나이: 31세.

—소속: M건설 전무. M그룹 회장의 삼남.

—시신 발견 장소: M쇼핑센터 공사장. M건설 시공.

—시신 발견자: M쇼핑센터 공사장 경비원.

—시신 발견 시각: 오전 7시쯤.

—시신 발견 형태: 밧줄에 목을 맸음. 이정국과 비슷.

—시신의 특징: ① 서은희, 이정국과 동일한 자창 자국. 알파벳 si.

거기까지 써놓고 석규는 가만히 수첩을 들여다보았다. 아직 마르지 않은 검은색 잉크가 지하철 유리를 투과한 햇빛에 반사되어 번들거렸다. 잉크가 마르기를 기다리듯 뜸을 들이다가 다시 맨 아랫줄에 글씨를 적어 넣었다.

※ 'nemesi'까지 완성. 아직 's'가 남았음.

마지막 한 사람이 누구지? 석규는 볼펜을 검지와 중지 사이에 끼우고 가볍게 흔들었다. 그러다가 시신의 특징에 대해 한 가지 사실을 보탰다. '입에서 술 냄새가 진동했음'. 기사에서 읽은 내용으로, 마창기가 음주 상태였거나 몸 어딘가에 술이 뿌려졌다는 의미였다. 이것이 무엇을 증명할 수 있는지, 혹은 어떤 의미를 갖는지 석규는 생각에 골몰했다.

조금 시간이 지나고 머릿속에서 몇 가지 생각이 정리되었다. 석규는 그것을 수첩에 적었다.

② 피살자가 음주 도중 누군가에게 납치되었을 가능성: 마창기의 키와 체구 확인 → 범인은 '상당히' 힘이 세다.

석규는 '힘이 세다'라는 글씨에 줄을 긋고는 '건장하다'로 바꿔 썼다. 왠지 그래야 할 것 같았다.

③ 범인과 피살자가 만나 술을 마셨을 가능성: 범인과 피살자는 안면이 있는 사이일 가능성이 높다.
　※과거 발생한 마창기 테러 사건과의 연관성: 오 형사 문의.
　※CCTV, 차량용 블랙박스 확인: 오 형사 문의.

부지런을 떨었지만 석규는 오후 늦게야 사건 현장에 도착했다. 공사장 출입문은 굳게 닫혀 있었다. 높다란 회색 펜스로 둘러쳐진 공사장에는 기자들이 다닥다닥 붙어 있었다. 그들은 틈새나 구멍을 통해 안쪽을 살펴보거나 카메라 렌즈를 들이밀며 셔터를 눌러댔다.

석규도 기자들처럼 틈새로 안쪽을 살폈다. 오 형사는 보이지 않았다. 사건 현장이 어디인지 감으로도 알 수 없었다. 공사 현장은 그가 생각했던 것보다 훨씬 엄청난 규모였다. 얼추 생각해도 웬만한 학교 운동장보다도 큰 것 같았다. 어떻게 해야 할지 고민하다가 결국 오 형사에게 문자메시지를 보냈다. 의외로 금세 답장이 왔다. 자기가 나올 테니 기다리라는 내용이었다.

출입구가 다른 곳에도 있는 모양이었다. 오 형사는 공사장 출입구가 아닌 그의 뒤쪽에서 나타났다. 그의 어깨를 툭 건드리고는 모르는 사람처럼 이내 돌아서서 걸어갔다. 기자들을 의식한 행동이었다.

두 사람은 건설 현장 입구에서 30미터쯤 걸어간 다음 모퉁이를 끼고 오른쪽으로 돌았다. 그제야 기자들의 눈으로부터 자유로웠다. 땅에 코를 박고 어슬렁거리던 검정개 한 마리가 움직임을 멈추고는 두 사람을 향해 경계의 눈빛을 보냈다. 그러나 자신의 경쟁자나 적이 아니라고 판단했는지 이내 자기가 하던 행동으로 되돌아갔다. 그들을 제외하면 주위에는 사람의 그림자도 보이지 않았다.

오 형사는 개를 슬쩍 보다가 공사장 펜스 위쪽으로 고개를 쳐들었다. 금방이라도 빗물이 쏟아질 것처럼 하늘은 온통 먹빛이었다. 서울에 도착하고부터 계속 이런 날씨였다. 하지만 비는 아직까지 내리지 않았다.

"어쩐 일이세요? 연락도 없이."

"안색이 안 좋네?"

오 형사가 돌멩이를 발끝으로 툭 찼다. 검정개가 움직임을 멈추더니 다시 이쪽을 경계했다. 석규의 눈에는 오 형사의 얼굴에도 먹구름이 드리워져 있는 것처럼 보였다.

"이제 마지막 s만 남았군."

범인을 잡는 것도 중요하지만 또 다른 사건이 벌어지지 않도록 막는 것도 형사들의 책무였다. 만일 s마저 범인에게 당한다면 나중에 범인을 잡더라도 사실상 형사들의 완패나 다름없게 되는 것이다. 그러나 현실의 계산법은 또 달랐다. 한 사람과 두 사람, 그리고 세 사람과 네 사람의 피살자는 사회적 관심도도 그렇지만 경찰관 개인의 승진 문제에 있어서도 확연하게 다른 의미였다.

"수사팀에서는 s를 누구로 생각하고 있지? 이시우인가?"

"아마도요. 분위기로는 그렇습니다."

석규는 이지아가 아니라서 다행이라고 생각하면서도 그 말은 입 밖으로 꺼내놓지 않았다.

"사망 시각은 나왔고? 참, 마창기는 납치 쪽으로 보는 건가?"

"사망 시각은 자정과 새벽 1시 사이. 납치는 아직 모르겠는데 안면이 있는 인물이 범인일 가능성이 높아요."

"피살자가 음주 상태라고 하던데?"

"냄새가 나긴 하더군요. 혈액검사 중이니까 곧 뭔가 나오겠죠."

"혹시 현장에서 술병 같은 게 발견된 건가?"

"그렇지는 않습니다."

"사건 현장은?"

그러면서 석규는 높다랗게 올라간 쇼핑센터의 골격을 올려다보았다. 건설 쪽으로는 문외한이었지만 저 정도 공정이면 두 달 안으로 완공될 것 같다는 생각이 들었다.

"9층이에요."

"어떻게 9층까지 올라갔지? 혹 공사용 엘리베이터를 이용한 건가?"

"아니요, 만일의 사고를 예방하기 위해서 밤에는 전력을 끊어놓는다고 하더라고요."

이런 고층 빌딩 공사장에는 임시로 만들어놓은 엘리베이터가 여러 대 있었다. 사람의 이동이나 자재를 옮기기 위한 용도였다.

"M건설 전무씩이나 되는 사람이 이런 곳에 와서, 더욱이 9층까지 걸어 올라가서 술을 마셨을 리는 없고……."

인터넷에서 마창기에 대해 검색했을 때 주로 검색되는 것이 테러 사건과 술집 종업원을 상대로 한 야구방망이 폭행 사건이었다. 야구방망이 폭행 사건은 단지 컨디션이 안 좋다는 게 이유였다. 그런 인간이 범인과 사이좋게 9층까지 계단을 걸어서 올라갔다? 컨디션이 아무리 좋아도 왠지 그럴 것 같지는 않았다.

석규는 살해 현장이 여기가 맞는지를 물었다. 오 형사의 고개가 옆으로 돌아갔다.

"어딘지 모르지만 여기가 아닌 건 분명해요."

그렇다면 살해되고 나서 시신이 이곳으로 옮겨졌다는 의미였다.

"마창기가 과거에 당했다는 테러 사건과 연관이 있는 건가? 마창기는 SS라 불리는 경호원들에게 항상 보호를 받고 있었다던데. 어떻게 뚫렸는지 그것도 궁금하군."

"테러 사건과의 연관성은 조사 전이라 아직 모르고요. SS는 어떻게 아셨어요?"

"인터넷에 다 떴어. 기자들도 다 썼고. 어느 네티즌은 SS 중어느 한 사람이 범인일 거라고 장담하던걸."

물론 웃자고 던진 농담이었다. 이런 농담을 해야 할 정도로 오 형사는 안색이 좋지 못했다.

"지금 범인과 마창기가 어떻게 접촉했는지 그걸 집중적으로 조사하고 있는데 어제는 SS가 따라붙지 않았던 것 같아요."

"CCTV나 블랙박스 이런 거는?"

"지금 공사장 근처 돌아다니며 확인하고 있는 중이에요. 별로 기대는 안 하고 있고요."

"현장 안에는 없고?"

"네, 없더라고요."

"마창기의 차에서는 아무것도 나온 게 없는 건가?"

범인이 자기 차량 혹은 마창기의 차를 이용해 이동했을 거라는 추측에서 나온 질문이었다.

"차가 안 보여요. 지금 찾고 있는 중이고요."

"내가 너무 일찍 왔나? 별로 알아낸 게 없네."

석규는 또다시 농담을 던졌다. 그러나 이번에도 오 형사는 웃지 않았다.

"자네 좀 이상한데? 컨디션이 많이 안 좋은 건가? 얼굴이 꼭 악몽이라도 꾼 사람 같아."

괜찮으면 어디 가서 술이라도 한잔할까, 라고 말하고 싶었지만 차마 그 말은 입 밖으로 꺼내지 못했다.

"악몽요?"

"왜? 진짜로 악몽이라도 꾼 건가?"

"그건 아니고요. 제가 아는 여자가 있는데 자주 악몽을 꾼다고 하더라고요. 어떤 여자가 목매달아 죽는 꿈인데, 초등학교 때부터 줄곧 그 꿈을 꾼답니다."

"이 선생 얘기인 건가?"

오 형사는 침묵했다. 하지만 이 경우 침묵은 긍정이었다.

"사람들 중에는 멀쩡히 두 눈 다 뜨고도 악몽을 꾸는 사람도 있어."

"그런가요? 그게 누구죠?"

석규는 방금 전 오 형사가 그랬듯이 침묵으로 대답을 대신했다.

오 형사는 석규의 침묵을 그만 헤어지자는 의미로 받아들였다. 아니, 오 형사가 그것을 원하고 있었다.

"저는 이만 가봐야겠어요."

"오늘 고마웠네."

검정개는 어디론가 사라지고 없었다. 오 형사가 열 걸음 정도 멀어졌을 때 석규는 다시 그를 불러 세웠다.

"혹시 말인데, 이시우와 마창기가 아는 사이인가?"

"그건 어떻게 아셨어요?"

"그냥, 왠지 그럴 것 같아서."

"전에 말씀드렸죠. 연극을 한 적이 있다고."

"마창기도 그거 함께한 건가?"

"네."

그렇다면 오 형사도 마창기를 알고 있다는 의미였다.

석규는 그만 가보라는 듯 한 손을 들어 내저었다. 이제 질문보다는 생각할 시간이 그에게는 필요했다.

오 형사가 살짝 고개를 숙여 보이고는 다시 발걸음을 뗐다. 하지만 세 걸음을 채 옮기지 못하고 걸음을 멈추었다. 그러고는 되돌아서서 석규를 향해 소리치듯 말했다.

"악몽 말인데요. 같은 꿈을 계속 꾼다는 게 가능한 일일까요?"

석규는 침을 꿀걱 삼켰다. 그 질문에 대한 대답은 이미 알고 있었다.

"아니, 불가능해."

"정말로 그런가요?"

"계속해서 같은 꿈을 꾼다는 건 그건 꿈이 아니라는 거야."

"꿈이 아니면 뭐죠?"

"그건……."

석규는 돌연 입을 다물고는 슬그머니 고개를 들어 하늘을 보았다. 낮과 밤이 뒤바뀐 것 같았다. 금방이라도 뚝뚝 빗물이 떨어질 것 같았다.

"그건 허상이 아니라 실재인 거야. 가짜가 아니라 진짜고, 거짓이 아니라 진실인 거야."

석규는 조그맣게 한마디 덧붙였다.

"사실은 나도 그러니까."

눈을 감지 않았는데도, 멀쩡히 두 눈을 뜨고 있는데도 늘 같은 꿈을 꾼다는 소리는 차마 하지 못했다.

"최 소장님!"

오 형사가 다시 목소리에 힘을 주어 그를 불렀다. 석규는 그를 향해 지그시 시선을 던졌다. 그가 다시 말했다.

"서은희, 이정국, 마창기를 이어주는 끈은 이시우예요. 어떻게 이어졌는지 아세요?"

그로서는 알 리가 없는 일이었다.

"그거, 알아보세요."

수수께끼 같은 말을 남겨두고 오 형사는 다시 발걸음을 뗐다. 이번에는 그를 부르지 않았고, 오 형사 역시 걸음을 멈추지 않았다.

"이시우가 끈이라……."

오 형사는 퀴즈를 남겼다. 퀴즈는 곧 힌트였다.

석규는 꼼짝하지 않은 채 생각에 골몰했다. 그리고 얼마 지나지 않아 퀴즈의 답을 알아냈다.

석규는 쓸쓸하게 웃었다. 이제껏 왜 그것을 생각하지 못했는지 자기 자신이 한심스럽기까지 했다.

석규는 서평을 떠나 서울로 오는 동안, 그리고 지하철로 갈아타고서도 줄곧 한 가지 생각에 집중했다. 그것의 증거이듯 수첩에는 세 개의 동그라미가 그려져 있었다.

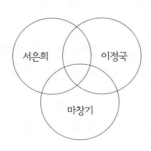

이런 관계는 한 가지 공통점으로 가능했다. 등에 찍힌 자창 자국. 그러나 그것만으로는 아무것도 설명되지가 않았다. 석규는 세 사람의 공통분모로 새롭게 '이시우'를 적어 넣었다. 그러자 아무리 애써도 소용없던 퍼즐이 순식간에 해결되었다.

연극.

오래전 어린 학생들이 연극 공연을 했다. 그 자리에는 서은희와 이정국 그리고 마창기도 있었다.

*

석규는 버스정류장을 향해 바삐 걸음을 옮겼다. 빗방울이 한두 방울 머리에 부딪쳤을 때 그는 편의점을 발견하고 냅다 그리로 뛰었다. 안으로 들어가자마자 후드득 아스팔트 바닥에 빗방울이 튕겼다.

석규는 편의점에서 우산 하나를 샀지만 밖으로 나갈 엄두는 내지 못했다. 우산을 써봤자 아무 소용이 없을 정도로 빗줄기가 굵직했다. 급하게 가야 할 곳이 딱히 정해진 것도 아닌데 굳이 편의점을 나설 이유도 없었다.

편의점 한쪽에 마련된 취식 코너에서 폭포수처럼 바닥에 꽂히는 빗줄기를 물끄러미 바라보았다. 짧은 장마가 지나간 뒤에 가뭄이 계속 이어지고 있었다. 웬만하면 끄떡없이 버티는 가로수 잎들마저 쪼글쪼글하게 말라가는 형국이었다. 그런 점에서 이번 비는 몹시도 반가웠다.

그러나 도로 위는 사정이 또 달랐다.

　차들은 헤드라이트와 비상등을 켜고서도 굼벵이처럼 느리게 움직이고 있었다. 그 와중에 택시 한 대가 편의점 앞에 이르러 멈추었다. 택시의 뒷문이 열리더니 여자가 우산을 받쳐 들고 내렸다. 가만히 보니 여자는 혼자가 아니었다. 가슴에 매단 포대기 안에는 아기가 있었다. 여자는 한 손으로 우산을, 다른 손으로는 접힌 유모차를 끌었다. 석규는 부리나케 밖으로 나갔다. 유모차를 빼앗듯이 잡아채서는 편의점 안으로 들고 왔다. 그 짧은 사이 온몸이 빗물에 젖었다. 아기 엄마가 뒤따라 들어와서는 고맙다며 인사했다.

　"아기가 참 귀엽고 예쁘네요. 딸인가 봐요."

　단발머리에 앳된 얼굴의 아기 엄마였다. 해미보다 서너 살은 어릴 것 같았고 아기 역시 손녀딸보다 너덧 달쯤 어려 보였다.

　"네, 이제 오 개월째예요."

　끝이 없이 계속될 것 같던 폭우는 언제 그랬냐는 듯 채 5분이 지나지 않아 빗줄기가 가늘게 변했다. 또 얼마쯤 지나서는 아예 뚝 그쳤다. 그래도 하늘은 여전히 먹빛으로 우중충했다.

　석규는 아기 엄마가 편의점 계단을 내려가 유모차를 펼치는 것을 도와주었다. 그리고 버스정류장으로 가려던 생각을 바꿔 M쇼핑센터 건설 현장 쪽으로 발길을 되돌렸다. 한 가지 의문이 그의 머릿속에서 집요하게 메아리치고 있었다.

　하필이면 왜 여기였을까? 범인은 왜 이곳으로, 그것도 9층까지 시신을 옮겨야 했던 것일까? 1층이나 2층, 혹은 3층이나

4층이면 안 되는 이유가 무엇일까? 하필이면 왜 9층이었던 것일까?

한바탕 쏟아진 폭우 탓에 기자들은 모두 사라지고 없었다. 공사장 정문은 여전히 쇠사슬과 열쇠로 굳건히 잠겨 있었다. 펜스 틈 사이로 보니 왔다 갔다 하는 몇 명의 정복 경찰관이 눈에 띄었다.

석규는 비가 그친 후에 산책이라도 나온 사람처럼 어슬렁거리며 펜스를 따라 걸었다. 오 형사가 간 길을 그대로 쫓아가볼 생각이었다.

5분쯤 걸었을까. 석규는 수상쩍은 문 하나를 발견했다. 가까이 가서 보니 펜스처럼 색깔은 회색이었지만 철판이 아닌 나무널빤지였고 문에는 손잡이까지 달려 있었다. 석규는 그 문을 열고 안으로 들어갔다. 들어가자마자 바로 옆으로 문 크기의 철판 하나가 비스듬히 세워져 있었다. 그제야 확연하게 이해가 되었다. 누군가 필요에 의해 산소절단기로 펜스를 잘라낸 것이었다. 나중에 문이 필요 없게 되면 다시 용접해 붙여놓을 생각이었는지도 모른다.

공사장으로 들어가기는 했지만 어디로 가야 할지 막막했다. 공사장은 밖에서 보는 것보다 훨씬 규모가 컸다. 석규는 일단 제복 경찰관들이 보인 곳으로 가보기로 하고 정문을 향해 발걸음을 옮겼다.

얼마쯤 걸어갔을까? 누군가의 목소리가 그의 뒷덜미를 잡아챘다.

"거기, 누구요?"

늙수그레한 제복 경찰관이었다. 금테 안경 너머로 석규를 노려보고 있었다. 어깨에 달린 계급장은 그와 같은 경감, 그것을 보자 어쩐지 안심이 되었다. 어쩐지 얘기가 잘 통할 것만 같았다.

"고생 많으십니다."

석규의 인사에도 경감은 경계의 눈빛을 풀지 않았다. 오히려 여차하면 삼단봉을 꺼낼 기세였다.

"저는 서평에서 파출소장을 하는……."

거기까지 말했을 때 돌연 경감의 입에서 엉뚱한 소리가 튀어나왔다.

"야, 최석규!"

석규는 경감의 얼굴을 뚫어져라 바라보았다. 알 것도 같은데 이름은 얼른 떠오르지 않았다. 눈앞에 안개가 낀 것처럼 기억이 가물가물했다. 자연스럽게 가슴에 붙은 명찰로 시선이 미끄러졌다. 그의 성은 권씨였다. 그 순간 뿌옇던 안개가 순식간에 걷혔다.

"너, 영감탱이 아냐?"

'영감탱이'는 금테 안경의 별명이었다. 권 경감은 석규하고 경찰학교 동기였다. 더욱이 같은 방을 사용한 룸메이트였다. 나이에 비해 워낙 삭은 얼굴이라 교관이나 동기생들 모두 '영감탱이'라고 불렀다. 그는 자신의 별명을 아무렇지 않게 받아들였는데 원래 별명이 그렇다는 것은 나중에야 알게 되었다.

"너, 지방으로 내려간 거 아니었어?"

"내려갔지."

"한데 서울엔 웬일이야? 그리고 여긴 또 무슨 일이고?"

"그게 말이야……."

그는 오 형사를 핑계거리로 삼았다.

"오태주 형사라고 알아? 젊은 친구인데."

"알지, 그 친구 아까 갔는데."

"그래? 내가 좀 많이 늦긴 했지만 가버릴 줄은 몰랐는걸. 그 친구가 사건 현장 좀 같이 보자고 해서 일부러 온 건데 말이야."

"너 지방에 내려가서도 형사 하는 거야? 아까 얼핏 듣기로는 서평파출소장 어쩌고저쩌고하는 것 같았는데."

"맞아, 파출소장 하고 있어."

근데? 하는 표정으로 권 경감이 그를 보며 미간을 좁혔다.

"이번 사건에 내가 직간접적으로 참여하고 있거든. 물론 비공식적으로."

"뭔 소리야?"

대답하기 곤란하다는 듯 이번에는 석규가 미간을 좁혔다. 그렇다고 모든 걸 솔직하게 말해줄 수도, 아예 입을 닫을 수도 없는 노릇이었다. 어디까지 말해줘도 괜찮은 것인지 잠시 고민한 뒤에 다시 입술을 뗐다.

"얼마 전에 죽은 이정국 사건 알지?"

권 경감이 응, 하고 대꾸했다.

"내 친구야. 이번에 죽은 마창기의 죽음이 그 친구의 죽음하고 연관이 있는 것 같다고 해서 여기까지 온 거고."

"그래? 하긴 자네 말을 듣고 보니 죽은 모습이 이정국과 비슷한 것 같긴 해."

"자넨 봤나 보군. 나도 현장 좀 봤으면 하는데 괜찮을까? 곤란하면 오 형사에게 연락하고."

"그게 뭐 어렵겠어, 자네가 민간인도 아니고. 내가 안내해줄게."

석규가 은근히 바라던 바였다.

"그래 주면 고맙지."

"따라와."

석규는 권 경감과 나란히 걸었다. 권 경감과 그를 제복 경찰관들이 의뭉한 시선으로 쳐다보았다. 권 경감은 손사래까지 치며 그를 변명해주었다.

"괜찮아, 괜찮아. 내 동기야, 경찰이라고."

밤이 아닌데도 엘리베이터 시설은 사용할 수 없었다. 두 사람은 계단을 이용해야만 했다. 4층에 이르렀을 때 잠깐 계단에 앉아 숨을 골랐다.

권 경감이 이마의 땀을 수건으로 훔쳐내며 입을 열었다.

"지금 가봐야 시신은 볼 수도 없는데, 현장에는 왜 가려는 거야?"

"한 가지 확인할 게 있어서."

"그게 뭔데?"

"하필이면 왜 9층일까 하는 거."

석규는 솔직하게 대답했다.

"피살자는 살해되고 나서 이곳으로 옮겨졌다고 하더라고."

"응, 알고 있어."

"그러니까 자네 말은 어느 층에 옮겨놔도 되는데 하필이면 왜 9층까지 올라갔느냐 이거로군."

경찰학교 시절에도 그리고 같은 관할구역에서 근무할 때도 느꼈지만 눈치만큼은 정말 빠른 친구였다.

"척 알아듣네. 역시 자네야."

"평생 파출소에서 근무했지만 그래도 올해가 정년퇴직인데 이 정도 눈치쯤은 있어야지. 참 자네는 언제 퇴직하지? 내년인가?"

"아니, 이번 12월이야."

"입사와 퇴직 동기로군. 그러고 보면 우린 꽤 인연이 깊어."

권 경감이 실실거리며 웃었다.

9층까지 올라가면서 두 사람은 7층에서 다시 쉬었다. 7층에서 바라본 풍경은 별것이 없었다. 주위 건물은 고만고만한 높이거나 그보다 약간 높았다.

9층에 올라간 뒤 권 경감은 한곳을 손으로 가리켰다.

"저기 저 자리야."

계단에서 5미터쯤 떨어진 곳이었다. 발아래 쪽은 허공이었다. 권 경감이 설명을 보탰다.

"저거 보이지?"

권 경감이 콘크리트 천장 쪽을 턱짓으로 가리켰다.

바닥부터 천장까지는 오륙 미터 높이였다. 권 경감이 보고 있는 것은 정확히 천장과 직각으로 되어 있는 벽이었다. 천장에서 30센티미터쯤 아래쪽 직각 벽에는 두 뼘 정도의 철근 하나가 뾰족 튀어나와 있었다.

"저 철근에 줄이 걸려 있었어. 마창기는 여기 벽에 기대듯 축 늘어져 있었고."

"마창기의 덩치는 어때? 키는?"

"키는 165센티미터 정도, 몸무게는 75에서 80킬로그램쯤. 형사들 말로는 위장의사(僞裝縊死)[6]는 분명하다고 그러더라고."

"이유는?"

"여기 현장에 자살했을 때의 흔적이 아무것도 없었으니까. 오줌이나 토사물 그런 거. 목에는 삭흔조차 없었고."

권 경감이 계단 쪽으로 몸을 돌리며 말했다.

"자, 이제 그만 내려가자고. 날씨도 구질구질하고 또 오랜만에 만났으니 어디 가서 소주나 한잔해."

어쨌거나 사람이 죽은 곳에서 머무르는 것은 경찰이라고 해도 그리 기분 좋은 일은 아니었다.

그러나 석규에게는 아직 할 일이 남아 있었다. 꼭 9층이어야하는 이유가 무엇인지를 아직 찾지 못했다.

석규는 사건 현장 주위를 다시금 빙 둘러보았다. 특별한 것을 느끼지는 못했다. 아니 느끼려야 느낄 수가 없었다. 그가 계단을 올라오면서 본 바로는 4층부터 9층까지는 구조가 똑같았다. 그러니까 내부의 문제는 아니라는 의미였다.

---

6 거짓 목맴. 다른 방법으로 살해한 후 거짓으로 목맨 것처럼 위장함.

석규는 외부 쪽으로 시선을 돌렸다. 그리고 단번에 그것을 보았다. 8층에서도 보이지 않던 것이 9층에서는 훤히 보였다. 그가 보고 있는 것은 한강변에 위치한 로열프린스 호텔이었다. 이로써 적어도 한 가지는 명확해졌다.

"그만 내려가자니까."

권 경감이 그를 채근했다.

권 경감이 앞장서고 석규는 뒤를 쫓아 계단을 내려갔다.

1층에 이르러 권 경감은 정문이 아닌 그 반대쪽으로 그를 이끌었다. 그가 들어온 방향이었다.

"그래 뭐 좀 발견했어?"

권 경감이 어깨를 나란히 하고 걷다가 슬그머니 물어왔다.

"응, 호텔 하나를 발견했어."

"로열프린스 말인가? 그게 왜?"

"그거야 나도 아직은 모르지."

그러나 정말로 모르는 것은 아니었다. 그 호텔에는 이시우가 머물고 있었다. 오 형사는 이시우가 끈이라고 했다. 왜 그런 말을 했는지 아직은 알 수 없지만 언젠가는 알게 될 것이었다.

"어디로 가는 거야?"

석규가 들어온 샛문은 왼쪽이었다. 권 경감은 아무렇지 않게 오른쪽으로 걸어가고 있었다. 다른 샛문이 또 있는 모양이었다.

얼마쯤 걸어가자 그가 들어온 문과 거의 비슷한 널빤지 문 하나가 눈앞에 나타났다.

"이런 문이 많아?"

"열 개쯤 된다던데. 수사팀 말로는 범인도 이 문 중에 하나를 이용해서 들어왔을 거래."

미처 거기까지는 생각하지 못했다. 만일 수사팀의 짐작이 맞는다면 범인은 현장을 잘 알고 있는 자였다. 그러면서도 서은희와 마창기의 등에 자창 자국을 남길 수 있는 사람, 그리고 이시우와 엮여 있는 사람. 얼핏 생각해도 김영옥의 아들로 추정되는 김기준은 아닐 것 같았다. 김기준의 알리바이에 대해 적어도 오 형사는 이미 확인해봤을 것 같았다.

"여기 경비원이 있을 거 아냐?"

"있지, 낮에 한 명 밤에 한 명."

"겨우 한 명뿐이라고?"

"공사 현장이 아무리 커도 경비가 하는 일이란 게 그리 많지 않으니까."

"근데, 아직 멀었나?"

펜스를 오른쪽으로 두고 석규와 권 경감은 계속해서 걸었다. 펜스 다른 쪽은 나무와 수풀이 무성했다. 거기에 맺혀 있던 물기가 떨어져 두 사람의 옷이 축축하게 젖었다.

"이제 거의 다 왔어."

그의 말대로 펜스가 끝나고 나무 저편으로 제법 너른 공터가 나왔다.

"공사장 인부들이 사용하는 임시 주차장이야."

주차장에는 차들이 한 대도 보이지 않았다. 사건의 여파였다.

"저기 보라고. 저긴 별세계야, 별세계."

권 경감이 마뜩찮다는 듯 혀를 끌끌 찼다.

20여 미터쯤 앞에 다리 하나가 있고 그것을 건너면 도로는 왼쪽과 오른쪽으로 갈라졌다. 왼쪽으로는 아치 모양의 재래시장 입구였고, 오른쪽으로는 아직 불이 켜지지 않은 룸살롱 간판들이 즐비했다.

"어느 쪽으로 갈까?"

권 경감이 장난스레 물었다. 석규도 농담으로 받아쳤다.

"오른쪽."

"좋은 생각인데, 아직 그쪽은 영업을 안 해서 곤란해."

권 경감이 흐흐 웃고는 이어서 말했다.

"저기 꽤 유명해. 소문으로는 유명 연예인도 온대. 대부분 회원제로 운영되고. 우리 같은 사람은 얼굴도 못 내밀어. 마창기 정도 되는 사람이나 가는 거라고."

"마창기?"

"응, 형사들이 하는 말을 들었는데 저기 어디쯤에 있다가 돌연 종적이 묘연해진 것 같아."

오 형사에게 듣지 못한 소리였다. 하긴 그가 묻지도 않았던 것 같다. 아무리 동맹을 맺었다고 해도 질문하지 않은 것을 일부러 얘기해줄 이유는 없었다. 오 형사도 그도 어쨌든 감추고 싶은 것은 있는 법이니까.

두 사람은 다리를 건너 재래시장으로 들어갔다. 낮인데도 시장 안은 사람들로 바글바글했다. 쇼핑객이라기보다는 대부분 술손님이었다.

"여기가 유명한 먹거리촌이거든. 알 만한 사람은 다 알아."

"지금 술 마셔도 괜찮겠어? 자넨 근무복이잖아."

"나 말년이잖아. 누가 뭐라고 그러면 예비군복이라고 하지 뭐."

권 경감의 농담에 석규는 껄껄거리며 웃었다. 예전이나 지금이나 농담은 여전했다. 하긴 사람은 쉽게 변하지 않는다. 아무리 세월이 흘러도 털끝만큼도 변하지 않는 사람들이 세상에는 수두룩하니까.

권 경감의 걸음이 멈춘 곳은 '아가씨 순댓국'이었다. 우습게도 주인은 칠순에 가까운 할머니였다.

"50년 전에는 아가씨였어."

그러니까 50년 전통이라는 소리였다.

권 경감은 메뉴판도 보지 않고 주문을 외쳤다.

"아가씨! 소주하고 머리 고기 그리고 순댓국 둘!"

술과 머리 고기가 먼저 테이블에 올라왔다.

"자네 아내, 죽었지?"

그의 술잔에 술을 채워주고 나서 권 경감이 물었다.

"응, 오래됐어."

"그럴 거라고 생각했어."

"자넨 어때?"

"내 마누라도 반년쯤 전에 갔어."

"저런."

"횡단보도를 건너던 아내를 트럭이 덮쳤어. 트럭 운전수가 음주 운전이었고. 아내가 죽었다는 연락을 받고도 한동안 믿기지가 않더라고. 땅에 묻고 나서도 똑같았고. 아내가 죽고 한두 달이 지났을 때까지도 아침에 눈을 뜨면 손으로 툭툭 옆자리를 쳤다니까. 일어나서 물 좀 가져오라고. 그런데 옆에 있을 리가 없잖아. 그때 기분 참 묘하대. 찔끔 눈물이 나오기도 하고. 항상 옆에 있을 줄 알았는데, 그게 안 그렇더라고. 자넨 어때? 오래됐으니까 이젠 멀쩡하지?"

"글쎄."

석규는 씁쓸하게 웃으며 술잔을 입으로 가져갔다.

"어지간히 부부 금슬이 좋았나 봐."

"아내가 많이 아팠으니까."

"마음이 더 안 좋았겠군."

"그렇지 뭐."

"예전에 여기서 경찰을 그만둔 선배를 만난 적이 있어. 저기 저 자리에 혼자 앉아 있더라고."

권 경감이 술잔을 든 손으로 대각선 저편을 가리켰다. 공사장 인부로 보이는 세 사람이 술잔을 부딪치고 있었다. 꽤 일찍 술자리를 시작했는지 빈 막걸리 병 여섯 개가 발치께에서 뒹굴고 있었다.

"마침 나도 혼자였고 잘됐다 싶어서 합석했지. 주거니 받거니 어지간히 취했을 때 선배가 갑자기 뜬금없는 소리를 하더라고."

술잔을 든 채 빤히 권 경감을 바라보았다. 권 경감이 입으로 쩝, 소리를 한 번 내고 난 뒤 말을 이었다.

"마누라가 죽어버렸으면 좋겠대. 난 농담인 줄 알았어. 그래서 맞장구쳐준답시고 나도요, 하고 말했지. 근데 갑자기 선배가 버럭 화를 내는 거야. 마누라가 아무리 미워도 그렇게 말하면 안 되는 거라고, 그렇게 말하는 건 인간이 아니라고. 내가 그 선배한테 싹싹 빌었잖아. 제가 잘못했습니다, 농담 한번 한 겁니다, 하고. 그런 다음 또 열심히 소주잔을 부딪쳤어. 왕창 취한 상태로 여기서 나갔는데 헤어지기 직전에 선배가 또 한마디 하더라고. 자기 마누라 죽었다는 소리 들리면 그거 자기가 그런 줄 알라고, 그러니 수갑 들고 찾아오라고."

권 경감이 단숨에 잔을 비우더니 새우젓에 찍은 머리 고기를 입에 넣고 오물오물 씹었다. 입안을 헹구듯 다시 한 잔을 더 비우고 나서야 다음 말이 이어졌다.

"헤어지고 한 보름쯤 지났나? 그 선배 아들한테서 연락이 왔어. 죽었다고."

술잔을 입으로 가져가다 말고 석규는 손을 멈추었다. 정지 화면처럼 그는 숨도 쉬지 않고 권 경감 쪽을 멍한 눈으로 주시했다. 그러다 바람이 빠져나가듯 입술 사이로 질문이 새어 나갔다.

"…… 부인이?"

"아니, 그 선배."

갑자기 아주 짧게 현기증을 느낀 것 같았다. 초점이 맞지 않는 시선처럼 눈앞이 흐릿했다.

"자살했어. 공교롭게도 그날이 그 선배의 두번째 서른이 된 날이었고."

"두번째 서른?"

"육십."

권 경감이 단숨에 술잔을 들이켰다. 이번에는 안주에 손도 대지 않았다. 석규는 그의 술잔에 냉큼 술을 채워주었다.

"소나무 가지에 목을 매달았다. 길에서 30미터쯤 떨어진 곳이었는데, 울긋불긋한 등산복에 선글라스를 쓴 사람들이 지나면서 한마디씩 하더래. 죽으려면 멀리 들어가서 죽을 것이지 왜 빤히 보이는 데서 죽느냐고. 찜찜하다 그거지."

"자살은 왜 한 거야?"

"힘드니까."

그렇게 말해놓고 권 경감은 비밀 얘기라도 하려는 사람처럼 은근하게 목소리를 낮췄다.

"빈소에 아들딸 해서 전부 넷이 앉아 있더라고. 부인은 아예 보이지도 않고. 충격을 받아서 쓰러진 건가 했지. 사위에게 물어보니까 한데 그게 아냐. 부인이 치매였대. 그 말을 듣고 나니까 예전에 선배가 왜 그렇게 역정을 냈는지 이해가 되더라고."

석규는 털어 넣듯이 술잔을 비우고 나서 물었다.

"유서는 남겼고?"

"응, 자식들에게. 죽을 때 입었던 셔츠 주머니에 담뱃갑과 함께 들어 있었대."

그때 순댓국이 나왔다. 할머니가 서비스라며 소주 한 병을 탁자에 올려놓았다. 권 경감이 아가씨 최고, 라고 말하며 엄지를 치켜세웠다.

다시 이야기가 이어졌다.

"그 유서라는 게 겨우 한 줄이었대."

"한 줄?"

석규는 순간 김영옥이 생각났다.

"'네 엄마, 죽을 때까지 잘 모셔라. 공주처럼.' 이게 전부야. 그 말을 듣는 순간 왠지 마음이 짠하더라고. 나한테는 수갑 들고 찾아오라고 했던 양반이 사실은 보통 애처가가 아니었나 봐. 그러고 보면 그 선배 나하곤 근본부터가 다른 사람이었어."

석규는 빈 술잔에 쪼르륵 술을 따랐다. 권 경감이 느릿한 목소리로 뭐라고 말을 한 것 같은데 귀에 들어오지 않았다.

아내가 죽기 전날 밤, 석규는 아내의 곁에 앉아 도란도란 옛 추억을 더듬었다. 연애를 하며 다투었던 기억, 결혼하여 단칸방에서 살던 기억들, 특히 딸을 낳아 키우며 겪었던 숱한 추억들이 두 사람의 입을 통해 고스란히 흘러나왔다.

그날 밤 두 사람은 끊임없이 얘기를 주고받았다. 그러나 한 가지 얘기는 일부러 입에조차 올리지 않았다. 아내가 어떻게 병마와 싸웠는지, 어떻게 버텼는지, 또 그가 얼마나 힘들어했는지.

다음 날 아내가 마지막으로 한 말을 그는 아직도 생생하게 기억하고 있었다.

"해미한테 잘해줘. 앞으론 지금보다 두 배로."

그때 그는 아무 말 없이 그저 고개만 끄덕였다.

아내는 그에게도 한마디 남겼다.

"석규 씨…… 당신, 고마웠어. 알지?"

정말로 고마웠을까? 고맙기는커녕 밉지 않았을까?

아내는 마지막으로 한마디를 더 했다. 바로 그 말, 언젠가 했던 그 말을 아내는 유언으로 남겼다.

"우리 딸 돌반지…… 큼지막하게, 아주 큼지막하게. 알지?"

암, 알지. 알고말고.

석규는 연거푸 두 잔의 술을 입안으로 털어 넣었다. 입맛이 써야 하는데 오늘은 도통 그렇지가 않았다.

"나이 먹을수록 잘 먹고, 잘 자고, 잘 걷고, 말도 많이 하고, 그러면서 살아야 해. 이왕이면 여자친구도 만들어서 데이트도 즐기고. 우리 나이 육십이야. 두번째 서른이라고. 첫번째보다는 그래도 두번째가 훨씬 멋져야 하잖아. 안 그래?"

그러면서 권 경감이 술잔을 부딪쳐왔다.

"한 가지 물어볼 게 있는데."

술잔을 부딪치고 나서 석규가 말했다.

"그래, 기분이다. 오늘은 내가 바람피운 얘기까지 다 해줄 테니까, 뭐든 물어봐."

"자네가 아직 기억할지 모르겠는데……."

그는 18년 전 김영옥의 자살 사건에 대해 이야기를 꺼냈다. 그때 권 경감은 용산서 소속이 아닌 종로서 관할 파출소에서 근무했다. 얼마 전부터 순환근무제가 운용되고 있었기에 권 경감은 종로서가 아닌 용산서 관할로 근무지가 바뀌었을 것이다.

다행히 권 경감은 그때의 일을 잊지 않고 있었다.

"그래, 그 여자가 김영옥이었어. 근데 그 여자 얘긴 갑자기 왜?"

"자네를 만나니까 갑자기 궁금한 게 떠올라서."

그때 권 경감은 김영옥이 죽은 현장에 처음으로 출동한 경찰관이었다.

"뭔데?"

"내가 그때 듣기론 파출소에 누가 직접 와서 신고를 했다고 한 것 같은데, 내 기억이 맞는 건가?"

"그래 맞아. 그 신고자 내가 처음 만났으니까."

"그 신고자 말인데……."

석규는 내심 이정국을 염두에 두고 있었다.

이정국이 나가자마자 김영옥은 옷을 입었다. 발가벗은 채로 죽을 수는 없었을 테니까. 그런 다음 붉은색 립스틱으로 거울에 유서를 남겼다. 그녀의 침대 아래쪽에는 침대 시트를 찢어 만들어놓은 끈이 있었다. 미리 끈을 만들어놓았다는 추정은 아주 간단하게 설명이 가능했다. 시트를 찢고 엮어서 끈을 만들려면 족히 한 시간은 필요하다. 그런데 김영옥은 이정국이 모텔을 나가자마자 끈의 한쪽을 침대 다리에 묶고 반대편 올가미를 목에 걸고는 창밖으로 몸을 던졌다.

이 부분에서 석규는 꽤 오랫동안 고심했다.

김영옥은 왜 올가미를 미리 만들어놓았던 것일까?

이런저런 생각 끝에 힘들게 한 가지 결론에 이르렀다. 김영옥의 자살은 진짜가 아닌 쇼였다. 사실은 죽고 싶지 않았던 것이다. 창밖으로 뛰어내려 자살 쇼를 벌이는 자신을 이정국이 보아주기를 바랐던 것이다. 그래서 미리 올가미를 만들어놓았고, 이정국이 모텔 입구를 나갈 시간에 맞춰 창밖으로 뛰어내렸던 것이다.

김영옥, 그녀의 목적은 한 가지였다. 받은 것이라고는 꼴랑 정액뿐인 남자와 헤어지는 것. 그녀가 그렇게 결심할 수 있었던 것은 살인을, 아니 방화를 서슴지 않는 어린 아들을 더는 방치해둘 수 없었기 때문이다. 낙담에 빠져 있던 그녀를 일깨운 사람은 서은희였다. 그녀는 머리채를 잡아채는 대신 새로 시작하라며 다감한 목소리로 설득했다.

그런데 무엇인가 문제가 생겼다. 타이밍이 맞지 않았던 것일까? 이정국은 그녀의 생각보다 훨씬 빨리 모텔을 빠져나갔다. 아니 그녀가 약간 늦게 창밖으로 뛰어내린 것인지도 모른다. 어쨌든 그 결과로 그녀는 안타깝게 목숨을 잃었다.

석규의 생각은 여기까지 정리되어 있었다. 이제 그 생각을 확인해야 할 순서였다.

"그 신고자, 남자였지? 아주 뚱뚱한 거구의 남자."

그러나 권 경감의 대답은 그의 예상과는 전혀 달랐다.

"아니, 여자였는데."

석규는 실망과 동시에 의아함을 느꼈다. 어찌된 일인지 이해가 되지 않아 두 눈만 껌벅거렸다.

오 형사의 목소리가 뇌리를 스친 것은 바로 그때였다.

"제가 아는 여자가 있는데 자주 악몽을 꾼대요."

어떤 여자가 목매달아 죽는 꿈을 초등학교 때부터 줄곧 꿨다고 했던가? 오 형사에게 말했듯이 누군가 계속해서 같은 꿈을 꾼다는 것은 그 꿈이 결코 꿈이 아니라는 것이었다. 악몽은 꿈이 아니라 현실의 불완전한 기억이었다.

석규는 천천히 생각을 정리했다.

김영옥이 죽을 때 이지아가 그 근처에 있었던 게 아닐까? 목매달아 죽은 '어떤 여자'가 김영옥이 아니었을까? 그렇다면 신고자는 이지아였는지도 모른다.

침을 꿀꺽 삼키고 나서 석규는 다시 권 경감을 보았다.

"그 여자, 어른이 아니라 어린아이 아니었어? 초등학교 4학년짜리 여자아이?"

권 경감이 슬며시 미소 짓고는 냉큼 술잔을 비웠다. 석규는 대답을 기다리며 힘주어 술병을 움켜쥐었다. 대답하지 않으면 더는 술병을 건네주지 않겠다는 듯.

"초등학교 4학년짜리 여자아이가 아니라 삼십대 중반쯤의 성숙한 여자였어. 그것도 상당한 미모였고."

성숙한 삼십대 여자라고?

"나중에 알았는데 그 여자가 서은희였더라고. 왜 있잖아, 아시안게임에서……."

서은희? 모텔의 여주인 말로는 서은희는 그날 모텔에서 돌아갔다고 했다. 그런 뒤 이정국이 왔고 김영옥은 목을 매달았다. 그녀가 모텔 근처를 맴돌고 있었던 것일까? 만일 그렇더라도 무슨 이유로?

한순간 불길한 생각 하나가 그의 머릿속을 가로질렀다.

설마 서은희가 김영옥의 자살을 충동질한 것일까? 그래 놓고 만일의 경우 자기가 구해주겠다고 장담했던 것이 아닐까?

권 경감이 손끝으로 안경테를 추켜올리면서 말했다. 표정이 짐짓 무거웠다.

"서은희 그 여자, 얼마 전에 죽은 이정국과 부부 아냐?"

석규는 가만히 고개를 끄덕였다. 권 경감 역시 그제야 사건의 맥락을 파악한 듯 고개를 주억거렸다.

"한잔 받아."

석규는 잔을 받자마자 숨도 쉬지 않고 들이켰다. 권 경감이 곧바로 다시 잔을 채워주었다. 그 잔마저도 단숨에 비워냈다. 그렇게 연거푸 넉 잔의 술을 마셨다.

"권 경감, 그날 일에 대해 자세히 좀 얘기해봐."

"얘기하라면 하겠는데 사실 더 할 얘기도 없어."

그래도 석규는 권 경감을 다그쳤다. 결국 권 경감이 그날의 얘기를 시작했다.

"예뻤어. 첫눈에도 어디서 본 것 같은 얼굴이었고. 여자가 숨을 헐떡거리면서 뛰어오더니 '사람이, 사람이 죽었어요!' 이렇게 말하는 거야. 그 여자는 그 말을 세 번이나 반복했어. 뭔가 심상찮구나, 하고 느꼈지. 여자한테 사람이 어디에서 죽었냐고 물었어. 여자가 손으로 자기의 뒤쪽을 가리키더라고. 난 여자를 파출소에 데리고 들어가서 상황 보고를 하고 동료와 함께 현장으로 출동했어. 현장에서 돌아왔을 때 그 여자는 이미 가고 없었고. 동료 경찰이 여자의 이름과 주소 나이 연락처 등을 적어놨는데 서은희 그 여자더라고. 여자의 간곡한 부탁으로 그녀에 대한 내용은 일절 언론사에 언급되지 않았고. 이게 다야."

듣기만 했는데도 입안이 버석거리는 느낌이었다. 석규는 다시 술잔을 입으로 가져갔다. 단숨에 술을 털어 넣고는 한 가지 생각에 골몰했다. 권 경감의 말 한마디가 머릿속에서 시끄럽게 굴러다니고 있었다.

"이봐 권 경감, 서은희가 했다는 말이 '사람이 죽었어요' 이게 맞아?"

"응, 맞아. 그걸 세 번이나 반복했다니까."

"사람이 죽어가고 있어요, 가 아니라 아예 죽었다고 했다고?"

권 경감이 술잔을 입으로 가져가다 말고 기억을 확인하듯이 시선을 머리 위로 들어올렸다.

"내 기억이 맞아. 사람이 죽었어요, 분명히 그렇게 말했어."

분명해, 라고 권 경감이 강조하듯 한 번 더 말했다.

석규는 방금 전 권 경감이 한 말, 아니 서은희가 한 말을 여러 번 입안에서 굴렸다.

사람이 죽었어요. 사람이…… 죽었어요.

그러나 사람의 목숨은 그리 쉽게 끊어지지 않는다.

교수형의 경우 14분에서 15분쯤 걸린다는 것이 일반적인 견해다. 물론 사람마다 차이는 있다. 기록에 의하면 어떤 사람은 4분 35초, 또 어떤 사람은 완전히 숨이 끊어지기까지 무려 37분이나 걸렸다. 사용되는 밧줄의 두께에 따라서도 차이가 발생한다. 밧줄이 두꺼우면 그만큼 목숨이 끊어지는 시간이 오래 걸릴 수밖에 없다. 우리나라의 경우 교수형에 사용되는 밧줄은 어린아이의 팔목보다 두껍다. 교수형에 참여한 교도관에게서 직접 들은 얘기니까 엉터리는 아닐 것이다. 김영옥이 목에 건 끈은 어느 정도 두께였을까?

사실 석규가 모르고 있는 것은 아니었다. 그 역시 끈의 두께를 확인했다. 단지 권 경감을 통해 다시금 확인하고 싶었을 뿐이다.

"김영옥이 목을 맨 끈, 두께가 어땠지?"

"내 기억으론 우리 팔목보다 약간 가늘었던 것 같은데."

석규도 그 정도쯤으로 기억하고 있었다. 끈은 새끼줄처럼 엮여 있었고 한눈에 보기에도 꽤 두껍게 보였다. 끈의 두께가 얇지 않고 두꺼웠다는 것, 역시 김영옥은 죽고 싶지 않았던 것이 아닐까?

짐작하건대 김영옥은 사망에 이르기까지 빠르면 10분, 늦으면 15분 내지 20분의 시간이 소요되었을 것이다. 그가 만난 교도관은 40초에서 1분 정도 몸이 핑그르르 돌면서 요동을 친다고 했다. 숨이 넘어가는 소리가 쉿쉿, 하고 들리는데 그 소리는 몇 달이 지나도 이명처럼 귓가에 맴돈다고 했다.

그런데 서은희는 사람이 죽었어요, 라고 했다. 그녀는 도대체 어디에 있다가 다시 나타난 것일까? 김영옥이 죽어가는 모습을 어디선가 몰래 지켜보고 있었던 것일까? 김영옥이 죽고 나서야 일부러 파출소로 뛰어갔던 것일까? 아니면 허공에 매달려 바동거리는 김영옥의 모습이 서은희의 눈에는 이미 죽은 사람처럼 보였던 것일까?

"근데 말이야."

권 경감이 콧등으로 흘러내린 안경을 다시금 추켜올리며 입술을 달싹였다. 콧등이 기름기로 번지르르했다.

"서은희가 뭔가를 가슴에 껴안고 있더라고. 그게 책은 아니고, 겉이 가죽처럼 보였는데, 그러니까……."

"다이어리?"

권 경감이 손뼉을 치며 소리쳤다.

"응, 그거!"

"그게 왜?"

"이상하지 않아? 보통의 여자라면 시장바구니나 핸드백, 가방 같은 걸 들고 다닐 텐데 아무것도 들지 않고 다이어리만 달랑 가슴에 안고 있다는 게."

그제야 모텔 여주인이 말한 서은희의 옷차림이 생각났다. 노랑과 분홍이 섞인 원피스에 비싸 보이는 토트백 그리고 선글라스를 쓰고 있었다고 했다. 얼마 전 자신이 간직하고 있던 형사 수첩에서 그 내용을 다시금 확인하기도 했다.

"그날 서은희의 차림새는 어땠지? 기억해?"

"평범했어. 운동화에 청바지 그리고 티셔츠 차림. 향수 냄새가 진했고."

그렇다면 서은희는 모텔에서 나간 뒤 일단 집으로 돌아간 것

이다. 그리고 황급히 집에서 나와 모텔로 갔다. 그가 '황급히'
라고 생각하는 것은 그녀의 차림새 때문이었다. 그녀는 첫번째
외출 때는 꽤 신경 써서 차려입었다. 그러나 두번째 모습은 청
바지에 운동화 차림이었다. 그 이유를 차분히 생각했다. 그리
고 어느 한순간 그의 관자놀이가 톡, 하고 뛰었다.

어쩌면…… 어쩌면…….

어쩌면 자살을 권유한 사람이, 아니 자살 쇼를 기획한 사람
이 서은희가 아니었을까? 실제로 그렇지 않았더라도 김영옥이
자살 쇼를 할 것이라는 것을 서은희는 알고 있었던 것이 아닐
까? 그런데 방금 전 '황급히' 하고는 뭔가 앞뒤가 맞지 않았다.
그는 생각을 약간 수정했다. 서은희는 어쨌거나 김영옥을 말리
고 싶었던 것이다, 라고. 아무리 생각해도 너무 위험한 쇼였으
니까.

한 가지 이상한 점은 또 있었다.

다이어리.

서은희는 왜 다이어리를 갖고 있었던 것일까? 그 다이어리
가 자신의 것이었을까? 아니, 그럴 것 같지는 않았다. 서둘러
집에서 나오면서 다이어리를 챙겨갖고 나왔다는 것은 어쩐지
이해가 되지 않았다. 뭔가 어설펐다. 다이어리는 서은희의 것
이 아닌 김영옥의 것일 가능성이 높았다. 다만 이런 추측에는
풀어야 할 매듭이 하나 있었다. 서은희는 어떻게 김영옥의 다
이어리를 습득하게 되었는가 하는 것.

모텔 방에서 김영옥을 만났을 때 그녀로부터 받았거나 훔쳤

을 것이라는 생각은 너무 조악했다. 김영옥이 서은희에게 그것을 줄 이유도, 서은희가 그것을 훔칠 이유도 마뜩하지가 않았다. 이런저런 생각 끝에 한 가지 가설이 떠올랐다.

김영옥이 다이어리를 가슴에 품고 자살을 시도했던 것이 아닐까?

자살하는 사람들 중에는 자기 몸에 유서를 지닌 채 자살하는 사람도 꽤 많았다. 누군가 유서를 훼손하거나 없애버리거나 불가항력적인 이유로 유서가 사라질 수 있다는 염려 때문이라고 했다.

김영옥 역시 그런 심정이 아니었을까? 만에 하나 일이 잘못되어 죽을 수도 있다는 것을 가정해 다이어리를 가슴에 품고 목을 맨 것이 아닐까? 그렇다면 다이어리는 김영옥의 진짜 유서일 수도 있다. 유서가 아니라면 김영옥의 일기장이거나.

"그 다이어리에 대해 더 아는 건 없고?"

석규는 그렇게 묻기는 했지만 사실 어떤 기대를 가지고 있지는 않았다. 권 경감의 행동 역시 그의 예상과 별로 다르지 않았다. 살짝 고개를 젓고는 술잔만 만지작거렸을 뿐이다.

권 경감과의 사건 얘기는 사실상 그것으로 끝이었다. 이후로도 이런저런 잡다한 신변 얘기들이 오고 갔을 뿐이다. 대부분의 얘기는 퇴직 후의 삶과 관련된 내용이었다.

술집에서 나와 버스정류장으로 걸어가면서도 같은 얘기가 계속되었다. 권 경감이 주로 말했고 그는 거의 듣기만 했다.

권 경감은 침을 튀겨가며 자랑을 늘어놓았다. 지방에 밭을 좀 사났고, 거기에 있는 농가 주택을 구입해 이미 수리까지 끝마쳤다는 것이다. 마당에는 그네도 만들어놓았는데 손자 손녀를 위한 특별 서비스라고 했다.

"형님네가 거기에 살고 있어서 도움을 받았지. 자네는 계획이 뭐야?"

계획이 없는 것은 아니었다. 단지 다른 사람에게 말하기가 좀 껄끄러운 계획이었을 뿐. 석규는 별거 아냐, 하는 말로 어물쩍 넘겼다.

권 경감의 배웅을 받으며 석규는 불쾌해진 얼굴로 버스에 올랐다.

의자에 앉아서는 내내 창밖만 응시했다. 하늘은 여전히 먹빛이었고 비는 오다가 말다가를 반복했다. 버스 운전사가 켜놓은 라디오에서는 칠팔십 년대 노래들만 흘러나왔다. 하차할 즈음에는 그가 18번이라고 우기는 노래도 나왔다. 아내 앞에서 짐짓 목소리를 가다듬고 부르던 노래였다.

계절은 다시 돌아오지만 떠나간 내 사랑은 어디에
내가 떠나보낸 것도 아닌데 내가 떠나온 것도 아닌데……[7]

그때는 왜 그리 술을 좋아했는지…… 술이라고는 입에도 못 대는 아내는 그의 기분을 이해하기 힘들었을 것이다. 그래

---

7 1994년에 발표된 김광석의 네번째 앨범에 수록된 〈서른 즈음에〉의 일부.

도 그녀는 그가 술에 취해 큰 소리로 노래 부르는 것을 좋아했다. 그의 노래는 가사가 맞는 것이 하나도 없었다. 제멋대로 가사를 만들어서 부르는 노래였다. 그럴 때면 아내는 깔깔거리며 배꼽을 잡고 웃었다. 그때마다 그는 헷갈렸다. 정말로 웃겨서 웃는 것인지 늘 웃었으니까 그냥 웃는 것인지. 그래도 그는 노래를 멈추지 않았다. 흥에 겨운 듯 항상 끝까지 목청껏 불렀다. 그때 그의 노래는 멈출 수가 없는 멈춰서는 안 되는 그런 노래였다.

그러나 아내가 죽고는 모든 것이 시들해졌다.

시간은 더디게 흘렀고 무료하고 지루한 날들의 연속이었다. 그는 혼자였다. 두번째 서른이 됐지만 그의 곁에는 아내도 딸도 없었다. 첫번째 서른 때는 이렇지 않았다. 그는 첫번째 서른 때가 그리웠다. 그때는 아내가 있었고 아내의 배 속에는 딸도 있었다.

요절한 가수는 떠나보낸 것이 아니라고, 떠난 것이 아니라고 했지만 그는 그렇지가 않았다. 아내가 그를 떠난 것이 아니라 아내에게서 떠난 사람은 오히려 그였다. 그러니까 아내를 떠나보낸 사람은 바로 그였다. 아니, 그의 무정한 두 손이었다.

어느 날 그는 일찌감치 퇴근했다.

평소와 다름없이 침대에 누워 있을 줄 알았던 아내는 그날따라 침대에 앉아서 그를 맞아주었다. 아내는 투명한 액체가 든 유리컵 하나를 두 손으로 꼭 움켜쥐고 있었다. 그가 보기에 그것은 분명히 물처럼 보이는데 아내는 결코 물이 아니라고 우겼다.

"나, 이거 마실래."

"대체 그게 뭔데?"

"마시면 죽어."

"뭐냐니까!"

"제초제."

"무슨 소리야? 대체 왜 그래? 내가 뭐 잘못한 거 있어?"

조금 짜증이 났다. 아내가 투정을 부린다고 생각했다.

"이제 그만 끝내고 싶어서."

갑자기 가슴이 철렁 내려앉았다.

"여보, 그거 이리 내놔."

"사실은 나, 이런 거 먹고 죽는 거 싫어. 솔직히 자신도 없어. 나 겁 많은 거 알잖아."

"알지, 그러니까 안 먹으면 되잖아."

"나, 너무 힘들어. 너무 힘들어서 그래. 그러니까……."

그러니까 그만 보내달라는 거였다.

"안 돼. 해미는 어떡하고? 안 된다는 거 알잖아."

"해미는…… 당신이 있잖아."

"그럼 나는? 나는 어떡하고?"

"당신에겐 해미가 있고."

"아냐, 난 당신이 있어야 돼."

"당신 없을 때 나 혼자 이거 마실까?"

"정미야, 그러지 마. 제발……."

"도와줘……."

그렇게 말하고 아내는 유리컵을 침대 옆 쟁반에 내려놓았다. 잠을 청하듯이 침대에 반듯하게 누워 깊이 숨을 들이마셨다가 다시 천천히 내뱉었다. 그러고 나서 가만히 그에게 손을 뻗었다. 그는 마법에 걸린 사람마냥 아내에게 손을 건네주었다. 아내의 손이 움직이는 대로 그의 손이 움직였다. 그의 손은 아내의 배를, 가슴을 지나 목에 이르렀다. 그 순간 그는 자기도 모르게 진저리를 쳤다.

"난…… 싫어. 안 돼! 도저히 못 하겠어!"

그는 아내의 손을 뿌리치고 도망쳤다. 하지만 멀리 가지는 못했다. 고작 도망친 곳이란 게 거실이었다. 거기에 서서 자꾸 안방 쪽을 힐끔거렸다. 아내 곁에는 제초제가 있었다. 아내가 그것을 마실 것 같아 가슴이 조마조마했다. 그런데도 그는 선뜻 결정을 내리지 못했다. 들어가야 하는지 좀더 거실에 머물러야 하는지.

그날 아내는 죽지 않았다.

그렇다고 이후로 아주 오랫동안 버틴 것도 아니었다. 아내는 그를 볼 때마다 마지막 부탁이라며 하소연했다. 해미가 친구 집에 간다며 나간 그날, 결국 그는 아내의 부탁을 들어주었다.

아, 얼마나 고통스러웠을까.

그때를 생각하면 가슴이 쥐어뜯기는 것 같은 아픔을 느꼈다. 엄습한 고통에 숨이 다 막힐 지경이었다. 하지만 이 세상에서 단 한 사람, 그의 딸 해미만큼은 아니었다.

아빠가 무슨 짓을 저질렀는지 해미는 알고 있었다. 그런 사실을 그가 알게 된 것은 세월이 좀더 지나서였다. 딸의 일기장을 보았고, 그제야 그는 해미가 왜 그렇게 못되게 굴었는지 온전히 이해할 수 있었다.

은퇴 후 계획이 있느냐고 물었던가? 오래전부터 계획한 것이 있었다. 해미에게 용서를 비는 것. 그런 날이 오기를 기다리는 것.

노래가 끝났다.

그는 버스에서 내리기 위해 하차 벨을 눌렀다. 노래가 끝나기를 기다리느라 내려야 할 곳에서 내리지 못하고 한 정거장을 지나쳤다. 그래도 상관없었다. 이까짓 것쯤 아무것도 아니었다. 정말 아무것도 아닌 것이다.

시간을 훔치거나 살아 숨 쉬거나

오늘은 삼 개월 동안 이어진 공연의 마지막 날이었다. 기분이 뒤숭숭했다. 기준은 밥 대신 술 한 잔을 선택했다. 강우의 가게였다.

공연은 대성공이었다. 사실은 예견된 성공이었다. 공연 때마다 객석은 빈자리 하나 없이 관객들로 가득 찼다. 누가 뭐래도 이시우의 공이었다.

곁에서 지켜본 이시우는 단지 이름만 높은 배우는 아니었다. 특출한 재능과 실력을 갖추기도 했지만 매회 온몸의 기운을 아낌없이 쏟아부을 만큼 열정적으로 공연에 임하는 배우였다. 그것을 증명하듯 그는 공연 전과 공연 중 그리고 공연 후의 눈빛이 다 달랐다.

공연 전에는 긴장으로 눈빛이 출렁거렸고, 공연 도중에는 자신의 상황에 따라 수시로 눈빛이 달라졌다. 가창을 하면서, 춤을 추면서, 그 밖의 액션을 취하면서 그의 눈빛을 보는 것만으로도 저절로 호흡이 척척 맞아떨어졌다. 그의 눈빛은 다른 배우의 호흡마저 자기의 호흡으로 끌어당기는 묘한 마력을 발휘했다.

그러나 공연이 끝나고 백스테이지로 돌아온 이시우의 모습은 무대에서와는 딴판이었다. 그는 기진맥진해 손가락 하나 까딱하지 못했다. 숨소리조차 들리지 않을 정도로 녹초가 되어 한동안 소파에 뻗어 있어야 했다.

언젠가 인터넷에서 읽은 기사에서 이정국은 이런 말을 했다.

"이시우라는 훌륭한 예술품을 조각한 건 바로 접니다."

이정국의 장담은 전적으로 옳았다. 이시우를 실제로 겪으면서 기준은 이정국과 어느 부분에서는 생각이 엇비슷해졌다. 이정국이 이시우를 조각했는지 어쨌는지는 모르지만 이미 그 자체로 하나의 훌륭한 예술품인 것은 부인할 수 없는 사실이었다.

"아쉽겠네."

강우가 참치살을 담은 접시를 바 테이블에 올려놓으며 히죽 웃었다.

"응, 좀 많이 그렇네."

기준은 술잔을 입술에 댔다가 생각이 바뀐 듯 도로 내려놓았다.

"그 정도는 먹어도 끄떡없잖아."

"그렇긴 한데……."

강우의 권유에도 기준은 술잔을 다시 들지 않았다. 술 대신 참치살 한 점을 간장에 찍어 오물거리며 씹었다.

　"그거 대뱃살이다, 비싼 거야."

　강우가 팔짱을 끼고는 또다시 히죽 웃었다. 수연의 말마따나 강우의 미소에는 사람을 홀리는 묘한 매력 같은 것이 있었다. 소리 없이 입꼬리만 살짝 당기면 그걸 본 사람은 묘하게 따라서 웃게 되는 것이다. 방금 전 기준도 그랬다.

　"공짜 손님한테 너무 비싼 거 내놓지 말라니까."

　"네가 무슨 손님이야, 가족이지."

　가족. 강우만 그렇게 생각하는 것은 아니었다. 기준도 똑같이 강우를 가족이라고 생각했다. 하지만 어느 한쪽이 일방적으로 희생하는 관계는 가족이라고 해도 부담일 수밖에 없었다.

　강우는 그를 위해서라면 아무것도 아끼지 않았다. 지금까지 강우는 기준의 온갖 뒤치다꺼리를 불평 한마디 없이 해주었다. 강우가 없었다면 그는 뮤지컬 배우가 되지도 못했을 것이다. 반면에 기준이 돈이랍시며 강우에게 내놓기 시작한 것은 채 이삼 년도 되지 않았다. 이번 뮤지컬 출연으로 받은 계약금 역시 기준은 통째로 강우에게 갖다주었다. 다음 날 강우는 그에게 통장 하나를 건넸다. 통장에 찍힌 액수를 보고 기준은 깜짝 놀랐다. 그가 준 돈의 수십 배쯤 되는 큰 액수였다. 어찌된 일인지를 강우에게 물었다. 강우의 대답은 늘 그렇듯이 짧고 단순했다.

　"이 통장은 네 거야. 물론 내 이름으로 된 것도 있고."

강우는 누가 벌든 또 얼마나 벌든 통장에 입금하는 액수는 늘 똑같이 반반씩이라고 했다. 언제까지 이렇게 할 거냐는 그의 질문에 너 결혼할 때까지, 라며 웃으면서 대답했다.

사실 통장뿐만이 아니었다. 지금 살고 있는 전셋집의 계약서에도 채강우와 김기준이 나란히 적혀 있었다. 강우는 먹을 것, 입을 것을 사도 늘 두 개씩 구입했다.

이유는 단 한 가지, 가족이니까.

"강우야."

"응."

"나…… 가끔 그분이 생각났어."

"누구?"

"오르간 자매님."

"왜?"

"궁금해. 어디서 어떻게 살고 있을까 하고."

"나도 한잔 마실까?"

강우가 잔 하나를 꺼내더니 앞으로 손을 쭉 뻗었다. 술을 따라달라는 것이었다.

술잔이 차고 강우가 호기롭게 외쳤다.

"건배!"

구호는 항상 같았다. 가족을 위해.

마실까 말까 망설이던 술잔이었지만 건배를 하고 난 후 거리낌 없이 단숨에 들이켰다. 안주를 입에 넣었지만 혀끝이 조금 얼얼했다.

"야, 우리 건배 구호 바꾸자. 꼭 마피아 같잖아."

"마피아면 어때. 난 반대."

"할리우드에선 뮤지컬 공연 전에 꼭 하는 말이 있대."

"뭔데?"

"다리나 부러져라. 이시우가 말해줬어."

"정말로 다리나 부러졌으면 좋겠다."

"무슨 소리야? 그럼 공연을 완전 망치는 건데."

화들짝 놀란 듯 말했지만 사실 기준의 속내는 조금 달랐다. 정말로 그렇다면, 그렇게 된다면 기분이 어떨까?

이번 공연에서 기준은 이시우의 언더스터디였다. 이시우가 불의의 사고로 역할을 맡지 못하게 되면 그가 역할을 대신하게 되는 것이다. 그래서 언더스터디를 제2의 주인공이라고 한다. 하지만 현실에서는 거의 쓸모없는 존재였다.

"이시우 집에 폭탄이라도 설치할까? 그런 거 내 전문이잖아."

세월이 그만큼 흐른 것일까. 강우는 이제 아무렇지 않게 옛 이야기를 언급하고 있었다.

"그래 줄래?"

"알았어, 일단 착수금을 입금시켜."

두 사람은 마주 보며 웃었다. 하지만 왠지 모르게 공허한 느낌이 두 사람 사이에 흘렀다.

"잠깐만."

갑자기 강우가 정색한 얼굴을 하더니 귀를 쫑긋 세웠다. 어디선가 웅얼거리는 소리가 들려왔다. 소리는 점점 커졌다.

라디오였다. 라디오를 듣는 것은 강우의 오랜 습관이었다.

"속보래. 이시우에 관한 거야."

강우가 미간 사이를 좁히며 라디오의 볼륨을 높였다.

공연 중인 뮤지컬 극장에서 이시우 씨의 시신을 발견한 사람
은 공연장 관리인 허씨입니다. 허씨에 의하면 이시우 씨는 오
전 11시쯤 출연자 대기실로 들어갔고 이후에 모습이 묘연해졌
다고 합니다. 경찰은 자살 가능성이 높은 것으로 보고…….

"한 잔, 더 마실래?"

강우가 술병을 든 왼손을 앞으로 죽 내밀었다.

*

폭탄이 터졌다. 하필이면 요셉이 다쳤다.

상처는 별것 아니었다. 산속을 뛰어다니며 놀다 보면 깨지고
째지고 찔리는 상처는 그보다 훨씬 심각할 때가 많았다. 정작
문제가 된 것은 요셉의 자존심이었다.

"오줌 쌌어?"

무심코 이렇게 말한 아이는 강우였다. 그 순간 아이들의 입
에서 일제히 까르륵 웃음이 터졌다. 지린내가 지독한 바지를
보며 코를 막거나 손가락질을 하는 아이도 있었다.

"아아아악!"

느닷없이 요셉의 입에서 비명이 터진 것은 그때였다. 요셉은 불에 덴 듯 데굴데굴 바닥을 굴렀다. 빤히 보이는 야트막한 수작질이었다. 엄살이라는 것을 알고 있었다. 하지만 효과는 있었다.

"크게 다친 거 아냐?"

아이들은 겁먹은 얼굴로 서로의 눈치를 살폈다. 그러더니 슬금슬금 하나둘씩 자리를 떴다. 끝까지 그 자리에 남아 있던 사람은 강우하고 기준 두 아이뿐이었다.

예상한 일이지만 가브리엘 원장의 혹독한 보복이 뒤따랐다. 그 대상자는 단 한 사람, 폭탄 제조자인 강우였다.

원장은 아이들에게 아까시나무 몽둥이 열 개를 만들어 올 것을 지시했다. 지천에 깔린 것이 아까시나무였다. 앞다퉈 우르르 달려간 아이들은 손에 몽둥이 하나씩을 들고 돌아왔다. 몽둥이는 열 개가 아닌 서른 개도 훨씬 넘었다.

수두룩하게 쌓인 몽둥이 중에서 원장은 나름 정성껏 하나를 골랐다. 어린아이 팔뚝만 한 굵기였다. 원장은 질질 시간을 끌지 않았다. 심호흡을 하더니 이내 한 손을 번쩍 치켜들었다. 그리고 몽둥이가 허공을 갈랐다. 다음 순간 끔찍한 비명 소리가 강우의 입에서 터졌다. 비명 소리는 연달아 다섯 번 더 들려왔다.

잠시 매타작이 멈춘 사이 강우의 입에서는 비명이 아닌 울음소리가 흘러나왔다. 그것이 듣기 싫다는 듯 원장이 다시 씩씩거리며 몽둥이를 휘둘렀다. 강우는 손으로 머리를 감싼 채 갑충처럼 몸을 동그랗게 말았다. 물론 그렇다고 고통의 무게가 달라지는 것은 아니었다. 강우는 엉엉 소리 내어 울다가 급기야 얼굴도 모르는 엄마를 목 놓아 부르기 시작했다. 그 순간 기준은 불끈 주먹을 움켜쥐었다. 그리고 속으로 숫자를 헤아렸다. 숫자를 다 세고 나면 코뿔소처럼 뛰어나가 몸으로라도 냅다 원장을 들이받을 생각이었다.

그런데 갑자기 희한한 일이 눈앞에서 벌어졌다.

원장이 돌연 매타작을 멈추더니 손에 쥐고 있던 아까시나무를 바닥에 내동댕이쳤다. 속셈이 무엇인지 몰라 어리둥절한 가운데 원장이 강우 앞에 쪼그리고 앉더니 느닷없이 실실거리며 웃었다. 곧 원장의 입에서 질문 하나가 흘러나갔다.

"너, 배고프지?"

대체 무슨 수작인가 싶었다.

"일어나서 따라와."

원장은 강우를 사택으로 데리고 들어갔다. 아이들이 보지 못하는 곳에서 매질을 하려는 것인가 싶었는데 그것은 아니었다. 뜻밖에도 원장은 무릎 꿇고 앉은 강우 앞에 세숫대야 크기의 양은 냄비를 내려놓았다. 그 안에는 밥이 한가득 담겨 있었다.

"이거 먹어."

반찬은 따로 없었다. 물도 없었다. 강우는 꾸역꾸역 밥을 목 안으로 넘겼다. 그 옆에서 원장은 김치를 안주로 삼아 소주를 병나발로 불었다.

아무리 먹성이 좋은 강우라고 해도 서른 명이 넘는 아이들의 밥을 혼자서 다 먹는다는 것은 애초부터 말도 안 되는 일이었다. 반의반, 아니 그것도 훨씬 못 먹고서 강우는 결국 눈물을 터뜨렸다. 밥이 목구멍을 막아 울음소리는 나오지 않았지만 뺨을 타고 흐르는 눈물이 그의 손과 무릎과 바닥을 적셨다.

원장은 그까짓 것 아랑곳하지 않는다는 태도였다. 원장은 강우에게 계속해서 밥을 먹을 것을 강요했다. 먹지 않거나 머뭇거리면 주먹질과 발길질이 강우의 몸을 난타했다.

두 시간 남짓 강우는 양은 냄비에 있는 밥의 반을 먹어치웠다. 그의 배는 이미 터지기 일보 직전이었다. 더는 밥을 집어넣으려야 넣을 수도 없는 지경이었다. 심지어 삼키지 못한 밥이 입안에 가득했다.

원장이 이마의 핏줄기를 뻗대며 악악 소리를 내질렀다.

"이 돼지 새끼 봐라? 이제 배가 불렀으니 더는 밥을 안 처먹겠다? 누가 그만 처먹으래? 주면 주는 대로 먹어야지 안 먹으면 그게 돼지 새끼냐? 돼지 새끼가 밥을 안 먹는다는 건 죽여달라는 건데, 그래, 내가 네 소원대로 오늘 죽여주마. 콱 죽여줄게!"

원장은 이미 만취한 상태였다. 빈 술병이 바닥에 세 개나 나뒹굴고 있었다. 원장은 몸을 가누지 못하고 비틀거리면서도 강우의 배를 정확히 걷어찼다. 입이 막힌 강우는 비명을 지르지도 못하고 그대로 바닥에 고꾸라졌다.

"이 돼지 새끼가 감히! 내 아들을 감히……."

원장의 발이 강우의 몸뚱이를 다시 사정없이 밟아대기 시작했다.

강우는 전기에 닿은 듯 움찔움찔 몸을 떨어댔을 뿐 여전히 비명은 지르지 못했다. 그리고 그로부터 10분쯤 지나고 난 뒤에는 그런 반응조차 사라졌다.

창밖에서 발을 동동 구르며 지켜보던 기준은 뭔가 이상하다는 낌새를 느꼈다. 가만히 보니 강우의 얼굴은 새하얗게 질려 있었다. 그 순간 무서운 생각 하나가 빠르게 머릿속을 질러갔다. 기준은 어금니를 깨물고는 질끈 눈을 감았다. 무작정 사택 안으로 뛰어든 것은 그다음이었다.

"너, 뭐야?"

원장이 반사적으로 그를 향해 손을 뻗었지만 그따위 주먹에 맞아줄 기준이 아니었다. 뛰어가는 속도 그대로 기준은 원장을 향해 몸을 날렸다. 그의 몸에 부딪친 원장은 우당탕 요란한 소리를 내며 벽에 튕겼다가 그대로 바닥에 주저앉았다. 갖은 소동에도 꿈쩍 않고 누워 있던 요셉이 침대에서 일어나 게슴츠레 눈을 뜬 것은 바로 그때였다. 하지만 요셉은 별로 놀라거나 당황한 표정이 아니었다. 잠에서 덜 깬 사람처럼 눈빛이 흐리멍덩했다. 요셉은 무슨 일이 일어나든 말든 신경 쓰고 싶지 않다는 듯 쓰러지듯 도로 침대에 누웠다. 그러고는 정말로 미동조차 하지 않고 죽은 듯이 잠을 잤다.

원장은 끄응, 하는 신음 소리만 계속해서 흘렸다. 벽에 몸이 부딪치면서 어딘가 다치기라도 했는지, 아니면 술기운 탓인지 도무지 몸을 일으키지 못했다. 일어나기 위해 손으로 바닥을 짚고, 벽에 몸을 기대는 요령을 부렸으나 소용없는 짓이었다. 엉거주춤 반쯤 일어났다가도 곧 중심을 잃고 고꾸라지듯 이내 바닥에 쓰러졌다.

"강우야! 강우야……."

기준은 강우의 상체를 일으켜 세워 아무렇게나 몸을 흔들어댔다. 반응이 없었다. 기준은 당황스러웠다. 자신의 손가락을 강우의 입에 넣고 마구잡이로 후벼 팠다. 그래 봤자 효과는 없었다. 침과 눈물로 범벅이 된 밥 알갱이들은 돌멩이처럼 단단했다. 그때 그의 눈에 들어온 것이 원장이 김치를 찍어먹던 포크였다.

기준은 포크로 강우의 입안을 쑤셔댔다. 그제야 비로소 밥알이 입 밖으로 나왔다. 강우는 더욱 바지런히 손을 움직였다. 입안에 있던 밥알이 어느 정도 빠져나왔을 때 갑자기 강우가 컥, 하고 기침했다. 그 상태로 컥컥거리며 토악질을 시작했다. 얼굴에 밥알이 튀었지만 더럽다는 생각은 들지 않았다. 오히려 눈물이 나왔다. 죽지 않았구나, 살았구나, 하는 생각에 안도의 한숨이 새어 나왔다.

"이런 후레자식 같은 놈들…… 나쁜 놈들!"

원장이 바닥에 드러누워 횡설수설 고함을 질러댔다.

"너희 놈들! 반드시…… 깜빵에 깜빵에 처넣을 테다! 내가 반드시 깜빵에 처넣을 거야!"

겨우 정신이 돌아온 강우가 그 소리를 듣고는 부르르 몸을 떨었다. 그러나 기준은 으득 어금니를 깨물었다.

어쩌면 그 말 때문이었는지도 모른다.

강우를 숙사에 눕혀놓고 기준은 사택에 딸린 창고로 숨어들었다. 자물쇠가 붙어 있었지만 그까짓 것쯤 아무런 방해물도 되지 않았다. 창고에는 보육원에서 사용하는 여러 물품들이 보관되어 있었다. 석유도 그중 하나였다.

기준은 석유통 두 개를 끙끙거리며 들고 나왔다. 하나는 거의 가득 찼고 다른 하나는 반쯤만 차 있었다. 기준은 석유통을 고양이처럼 살금살금 사택 안으로 옮겨놓았다. 조심스럽게 발걸음을 옮기며 사택 곳곳에 석유를 뿌렸다. 원장과 요셉은 코를 찌르는 석유 냄새에도 아무런 기척조차 없었다.

사택 밖으로 나와서도 기준은 입구와 창문 쪽에 석유를 뿌렸다. 하나의 창문을 제외하고 다른 문은 끈으로 단단히 잠갔다. 모든 준비가 끝났을 때 원장의 머리맡에서 갖고 온 지포라이터를 주머니에서 꺼냈다. 가슴이 널뛰듯이 콩닥거렸다. 심호흡을 했지만 오히려 상태는 더 나빠졌다. 손이 떨리고 다리까지 제멋대로 후들거렸다. 하지만 이미 시작한 일이었다. 여기서 멈추거나 되돌리고 싶지 않았다. 기준은 아랫입술을 힘주어 깨물고는 천천히 라이터돌을 당겼다.

불꽃이 튀었다. 하지만 불은 붙지 않았다. 기준은 좀더 세게 라이터돌을 당겼다. 요란하게 불꽃이 튀었지만 이번에도 심지에 불이 붙은 것은 아니었다. 기준은 깊게 숨을 삼켰다가 천천히 도로 내뱉었다. 그렇게 두 번을 더 하고 난 뒤에 신중하게 라이터돌을 당겼다. 다음 순간 심지 위로 파랗고 빨간 불꽃이 너울너울 춤을 추며 올라왔다. 그 순간 기준은 몹시 당황스러웠다. 불꽃이 집채만큼 커져서 그의 손을, 아니 그의 몸을 순식간에 삼켜버릴 것만 같은 착각이 일었다.

기준은 덜컥 겁이 났다. 저도 모르게 뒷걸음질을 쳤다. 그러다 그만 라이터를 바닥에 떨어뜨렸다. 차라리 그때 꺼졌더라면, 그랬으면 다시 라이터를 켤 용기를 내지 못했을지도 모른다. 그러나 라이터불은 꺼지지 않았다. 오히려 더욱 세게 불길을 뿜어냈다.

기준은 심호흡을 했다.

"잠깐이면 돼…… 눈을 감고 아주 잠깐이면…….."

기준은 눈을 감고 원장을 모습을 상상했다. 몽둥이를 높이 치켜들었을 때, 강우를 돼지 새끼라고 부르며 마구잡이로 발길질했을 때, 그때를 머릿속에 떠올렸다.

효과는 있었다. 기준은 원장처럼 높이 한 손을 쳐들었다. 바로 앞은 창문이 열린 창이었다. 팔을 움직여 이제 라이터만 던지면 모든 것이 끝나는 일이었다. 기준은 다시 숫자를 거꾸로 헤아렸다. 다섯이 시작이었다.

"다섯, 넷…….."

하나, 를 헤아린 순간 자석처럼 철석 달라붙어 있던 라이터가 그의 손을 떠났다. 그러나 그것은 그의 의지가 아니었다. 누군가 타인의 의지가 개입된 것이 분명했다.

어깨 너머로 누군가의 목소리가 들려온 것은 바로 그때였다.

뒷목이 뻐근하고 머리칼이 쭈뼛 곤두섰다. 기준은 흠칫 놀라 눈을 떴다.

"기준아…….."

여자였다. 그 순간 공포에 질린 세포들이 아우성을 쳤다.

"기준아……."

다시 목소리가 들려왔을 때 기준은 직감적으로 목소리의 정체를 알아챘다.

"오…… 오르간……."

뒤쪽에서 갑자기 흑, 하고 울음이 터졌다. 이유는 몰라도 그 순간 기준의 눈에서도 왈칵 눈물이 쏟아졌다.

"기준아, 이거……."

라이터를 들고 있는 사람은 오르간 자매님이었다.

"이거…… 해야겠어?"

기준은 침을 꼴깍 삼켰다. 은근하게 힘을 주어 아랫입술을 지그시 깨물었다. 찢어진 입술에서 새어 나온 핏물이 입안으로 스며들었다. 비릿한 내음이 곧 입안 가득 번졌다.

"아…… 아줌마."

정신이 번쩍 들었다. 하지만 그만두고 싶다는 말은 입에서 나오지 않았다.

"꼭 해야겠어?"

오르간 자매님이 재차 물었고 기준은 푹 고개를 숙인 채 어깨를 들썩거리며 울었다. 울음소리인지 신음 소리인지 모를 소리가 뚝뚝 끊기듯이 입 밖으로 새어 나온 것은 그다음이었다.

"네…… 그러고…… 싶어요……."

그 순간 바람이 분 것도 아닌데 라이터 불꽃이 휘청거리며 흔들렸다.

*

집 안의 불이란 불은 모두 켜놓은 것 같았다. 저 큰 집에 사람이라고는 달랑 여자 셋뿐이니 저렇게라도 해야 안심이 되는 것인지도 모른다. 여자 셋 가운데 이지아를 제외한 두 여자는 집에서 기거하며 이런저런 집안일을 사실상 도맡아하는 입주 가사도우미였다. 이정국이 죽고 난 이후 일어난 변화 중 하나였다.

태주는 차고가 보이는 집 근처 참나무 뒤에 몸을 감추고 있었다. 제법 키가 큰 활엽수와 관목 그리고 수풀이 빽빽해 웬만큼 관심을 기울여 살펴보지 않는 한 그의 모습이 노출될 염려는 없었다.

태주는 숨은 채 줄곧 한곳만을 응시했다. 이곳에 올 때면 늘 바라보는 곳, 2층 이지아의 방 창가였다. 오늘은 창문이 조금 열린 채 커튼이 조금씩 흔들리고 있었다.

그렇게 얼마나 지났을까. 느닷없이 태주의 휴대폰에 메시지 하나가 떴다.

거기에서 그러고 있지 말고 안으로 들어와요.

태주는 흠칫 놀랐다. 발신자는 놀랍게도 이지아였다. 설마 숨어 있는 그를 보았다는 것인가? 짧은 순간이었지만 별의별 생각이 뇌리를 스쳤다. 쑥스럽기도 했고 내심 반갑기도 했다.

그의 복잡한 마음은 잠시 후 울린 휴대폰의 진동음으로 사라졌다. 발신자는 이번에도 이지아였다.

"왜, 여깄어요? 오늘은 출근 안 해요?"

"출근한 거예요."

"네?"

"지아 씨를 보호하는 것도 제 일이에요."

거짓말이 아니었다. 원래는 천 형사의 차례였다. 그는 천 형사에게 전화해서 순서를 바꿨다.

"그럼 어젯밤부터 오늘 새벽까지 제 곁에 있었던 것도 저를 보호했던 거네요?"

"그건……."

어젯밤 10시쯤 그녀로부터 느닷없이 전화가 왔다. 맥주를 마시고 있다고 했다. 그는 서둘러 나갔다. 나가다 보니 지갑을 깜박했다. 다시 돌아와 지갑을 챙겼다. 이왕 집으로 돌아온 김에 옷도 깔끔하게 갈아입었다. 조금 어이없었지만 그는 정장에 넥타이 차림으로 그녀 앞에 앉았다. 그녀의 첫마디는 그런 모습 두번째네요, 였다.

이지아는 이미 어느 정도 술에 취한 상태였다. 그런데도 그가 따라주는 대로 넙죽넙죽 마다하지 않고 술을 받아 마셨다. 한 시간쯤 지나고 태주도 취기를 느꼈다. 그리고 그때쯤 어딘가에서 이지아를 지켜보고 있을 염 형사에게 전화해 그만 집으로 돌아가라고 말했다.

새벽 1시쯤 되었을 때 이지아는 완전히 정신을 놓았다. 술값을 계산하고 돌아와 테이블에 얼굴을 박고 있는 이지아를 둘러 업고 밖으로 나갔다.

도로 옆에 서자마자 마침 택시가 와서 멈췄다.

태주는 이지아와 나란히 뒷자리에 앉았다. 그의 어깨에 얼굴을 기댄 채 이지아는 정신을 차리지 못했다. 택시 기사는 출발하고 나서야 목적지를 물었다.

"어디로 모실까요?"

그 소리가 들렸던 것일까? 이지아가 돌연 고개를 쳐들더니 웅얼웅얼 무슨 말인가를 중얼거렸다. 무슨 소리인지 불명확했지만 마지막 한마디는 알아들었다.

호텔.

택시 기사도 그와 별반 차이가 없었다. 그럴 줄 알았다는 듯 히죽 웃고는 큰 소리로 대꾸했다.

"네, 네. 호텔요!"

이지아가 그의 어깨에 다시 고개를 묻고 난 뒤 택시 기사가 룸미러를 힐끔거렸다.

"어느 호텔로 모실까요?"

태주는 룸미러에서 시선을 떼어내며 아무 데나 좋으니 가달라고 했다. 보지 않아도 택시 기사가 어떤 표정을 지을지 뻔히 상상이 됐다.

서울 시내 곳곳에 널브러진 게 호텔이었다. 그리 멀리 갈 필요가 없는데도 택시 기사는 무려 30분이나 한갓진 도로를 내달렸다. 이윽고 택시가 멈춘 곳은 홍대 근처의 한 호텔 앞. 그러나 그는 내리지 않았다. 택시 기사가 룸미러를 힐끔거리며 다른 곳으로 모실까요, 라고 물었고, 그는 호텔의 네온사인에서 시선을 떼지 않은 채 네, 라고 짧게 대답했다. 택시 기사는 강변을 따라 달리다가 이번에는 강남에 있는 한 호텔 앞에 차를 세웠다.

"또 다른 곳이라고요?"

"네, 다른 곳으로 가죠."

택시 기사는 두 번 묻지도 않고 힘껏 액셀을 밟았다.

택시는 왔던 길을 거슬러 이번에는 일산 쪽으로 내달렸다. 조금 열린 차창 틈새로 쉿쉿거리며 바람이 들이쳤다.

택시가 일산에 도착했지만 태주는 역시 내리지 않았다. 그렇게 그는 새벽이 올 때까지 어딘지도 모를 거리를 헤매고 다녔다.

5시가 조금 못 되었을 즈음 택시 기사가 넌지시 자기 사정을 고백했다.

"이제 더는 안 됩니다. 교대라서요."

다행히 그때쯤 이지아가 눈을 떴다. 사실은 진작부터 깨어 있었는지도 모른다.

택시가 마지막으로 멈춘 곳은 이지아의 집 앞이었다. 택시는 떠났지만, 그녀도 집 안으로 들어갔지만, 그는 그곳에서 꼼짝할 수 없었다.

휴대폰에서 흘러나온 이지아의 목소리가 다시 그의 귓속으로 파고들었다.

"태주 씨, 안으로 들어오세요."

태주는 더는 머뭇거리지 않았다. 나무 뒤에서 나와 대문 쪽으로 걸어갔다. 대문 앞에 앉아 농담을 주고받던 의경 둘이 벌떡 일어나 경례를 올려붙였다. 그와 동시에 띠, 하는 소리가 울리더니 대문이 열렸다. 의경 둘이 태주를 의아한 눈빛으로 쳐다보았지만 그는 서슴없이 문 안으로 발을 들여놓았다.

태주가 들어가자마자 문은 자동으로 닫혔다.

초록의 잔디 사이로 징검다리처럼 편편한 돌이 바닥에 박혀 있었다. 태주는 그것을 밟고 지나며 주위를 두리번거렸다. 밖에서는 몰랐는데 건물은 한 채가 아닌 두 채였다. 두 건물은 외양도 크기도 엇비슷했다. 다만, 오른쪽 건물 앞쪽에 수영장이 있는 것이 왼쪽 건물과는 달랐다.

바깥에서 보였던 건물은 왼쪽 건물이었다. 태주는 그쪽으로 발걸음을 옮겼다. 징검다리를 건너자마자 대리석 계단이 나왔고, 이지아는 그 위쪽 현관문 앞에 서 있었다.

그녀는 분홍빛 원피스 차림이었다. 머리는 뒤에서 모아 밴드로 꽁지를 묶었다. 하얗게 드러난 그녀의 목덜미를 보는 순간 태주는 자기도 모르게 얼굴이 붉어졌다.

"들어오세요."

이지아가 그를 집 안으로 안내하며 별채에 대해 설명했다.

"게스트하우스처럼 사용된 건물이에요. 지금은 도우미 아줌마 둘이 저 집에서 지내지만."

이지아는 게스트하우스에 대해 좀더 설명해주었다.

"지하에는 와인 보관고와 영화 감상실이 있어요. 1층에는 와인 바와 오디오시스템과 대형 모니터가 갖춰진 홀, 그리고 그 옆쪽으로 돌아가면 주방과 다이닝룸이 있고요. 옥상은 야외 바처럼 꾸며져 있고요. 손님을 위한 침실은 2층이고요. 그리고……."

이지아가 카펫이 깔린 거실을 가로질러 가며 말했다.

"지금 눈에 보이는 모든 것. 카펫과 가구와 소파와 여기저기 아무렇게나 널브러져 있는 것처럼 보이는 소품들도 하나같이 세계적으로 알아주는 명인들의 작품이에요. 벽에 걸린 그림들도 별거 아닌 것 같지만 적게는 수천만 원, 많게는 수억이 나가고요."

"대단한 집이네요."

갑자기 이지아가 까르르 웃었다. 태주는 이유를 몰라 멀뚱멀뚱 두 눈만 껌벅였다. 뭔가 실수라도 한 것일까?

"사람들은 보통 대단한 집이 아니라 대단한 집안이라고들 말하죠."

무슨 차이인지 태주는 언뜻 이해하지 못했다.

"맞아요, 이 집은 그냥 집이에요. 돈 많은 집. 돈으로 살 수 있는 것은 돈으로 만든 것뿐이죠. 돈으로 만들지 않은 것, 돈으로 만들지 못하는 것은 돈으로는 살 수 없어요. 예를 들면……."

"사랑?"

이지아가 씁쓸하게 웃고는 이어서 말했다.

"돈으로 살 수 없는 것을 돈으로 사겠다고 우기는 사람들이 부자라는 사람들이죠. 돈으로 사랑 따위 어쩌지 못한다는 걸 그들 입장에서는 용납하기가 싫은 거죠. 자기가 믿고 있는 가

치관에 대한 도전이랄까, 뭐 그런 거예요. 어찌 보면 불쌍하지만 꼭 그렇게 볼 이유가 없는 게, 그게 그들이 살아가는 방식이니까요."

"지아 씨도 부자잖아요."

그러게요. 나도 부자죠, 라고 혼잣말하듯이 중얼거리고는 이지아는 2층으로 이어진 나선형의 나무 계단을 오르기 시작했다. 계단은 그의 집 거실만큼이나 폭이 넓었다.

"돈이 모든 것을 좌지우지할 수 있다면 가난뱅이 남자는 사랑을 위해 목숨을 걸어야 할 거예요. 부잣집 여자는 사랑이 쇼핑이 되겠죠. 부잣집 여자와 남자가 만나면 돈 싸움이 벌어지겠네요. 그 반대라면 짝사랑이 되거나 범죄가 발생하거나 둘 중 하나겠죠."

이지아가 계단 중간에 멈춰 서더니 보세요, 라고 말하며 1층 거실을 주르륵 훑었다.

"이 집은, 허상이에요. 눈에 보이는 거 사실 다 가짜예요. 정말로 내가 원하는 건 여기에 없거든요."

이지아가 정말로 원하는 것이 무엇인지 궁금했지만 태주는 묻지 않았다.

"여기가 2층이에요. 제 방이 있죠."

2층은 1층과는 전혀 분위기가 달랐다. 마치 호텔 복도에 서 있는 것 같은 기분이랄까. 카펫이 깔린 복도 양쪽으로 방문이 두 개 있었다. 정말로 호텔 분위기를 내려고 그랬는지 몰라도 문도 호텔의 그것과 거의 흡사했다. 문손잡이 옆에는 전자식

잠금장치도 설치되어 있었다. 문에는 객실 번호 대신 알파벳이 붙어 있었는데, 오른쪽은 R 왼쪽은 J였다. 이지아는 J가 붙은 방으로 들어갔다.

"여기가 제 방이에요."

문을 열자 꽃향기가 콧속으로 스며들었다. 사실은 향수 냄새였다.

"이 방도 그렇고 맞은편 방도 그렇고 할리우드에 있는 호텔의 한 객실을 카피한 거예요."

어젯밤 이지아가 호텔요, 라고 외쳤던 소리가 생각났다. 그녀가 말한 호텔이 이곳이었던 것일까? 아니면 이시우가 머물고 있는 호텔?

"여기 호텔 이름은 뭐죠?"

농담을 하고 싶었던 것은 아닌데 질문을 해놓고 보니 농담처럼 들릴 것 같아 조금 염려스러웠다.

"R&J 호텔. 어때요?"

브라운과 파스텔 톤의 차분하고 고급스러운 인테리어가 로맨틱한 정취를 물씬 풍기는 응접실이었다. 소파에 앉으며 이지아가 그에게도 소파에 앉을 것을 권했다.

"정말 호텔 같아요."

"저기가 다이닝룸과 부엌이고 서재와 옷방은 저쪽이에요. 침실은 옷방 옆이고요."

"객실이 R과 J밖에 없는 곳이라 R&J 호텔인가요?"

"아뇨."

이지아가 대답하고 난 뒤 이어서 시를 읊듯이 덧붙였다.

"사랑한다는 건 시간을 훔치는 것. 사랑한다는 건……."

R&J가 무슨 뜻인지 그제야 생각났다.

"로미오와 줄리엣인가요?"

"그래요. 오래됐는데 아직 기억하네요."

그렇다면 J는 이지아이고 R은……. 태주는 지그시 아랫입술을 깨물었다. 〈로미오와 줄리엣〉. 그 연극을 했을 때의 한 장면이 자연스럽게 머릿속에 떠올랐다. 연습할 때도 그랬지만 대본에도 없던 장면이 실제 연극 공연에서 느닷없이 연출되었다. 줄리엣이 죽은 줄 아는 로미오가 슬픔이 가득한 눈빛으로 줄리엣의 입술에 키스하는 장면이었다. 그때 모두 깜짝 놀랐다. 태주, 마창기 그리고 이정국과 서은희. 하필이면 왜 지금 그때의 그 장면이 떠오르는 것일까?

"시우가 가끔 들르나요?"

"아뇨, 통 오지 않아요. 그래도 오늘 아침에는 웬일로 전화를 했더라고요. 오늘이 마지막 공연이래요."

"오늘이…… 그렇군요."

"오빠는 여기가 싫대요. 다시 미국으로 돌아가겠대요."

이지아의 표정이 금세 시무룩하게 변했다.

"이유가 있겠죠."

"난 이해가 안 돼요. 대체 왜 그러는 걸까요? 왜 함께 못 있겠다는 걸까요? 굉장히 화가 나요."

이지아의 목소리가 조금 높아졌다. 그녀는 정말로 화를 내고 있는 것처럼 보였다. 태주는 무슨 말이든 한마디쯤 거들어줘야 할 것 같은 기분을 느꼈다.

그러나 그렇게 하지 못했다. 그가 무슨 말인가를 하려고 입을 떼려는 순간 그의 바지 주머니에서 짧게 진동이 느껴졌다.

문자메시지였다. 태주는 습관적으로 메시지부터 확인했다. 발신자는 조진호였다.

오후 1시, 이시우 시신 발견. 시신 발견 장소는 〈뮤지컬 햄릿〉 공연장. 넌…… 이지아 곁에서 대기하란다. 팀장님 지시야. 이상.

되도록 차분해지려고 노력했다. 이럴 때 가면이라도 쓰고 있으면 좋겠구나 하는 엉뚱한 생각도 문득 했다. 결국 그는 당황스러운 표정을 완전히 숨기지는 못했다. 이지아가 무슨 일이냐며 조심스럽게 물어왔다.

"그게……."

"바쁜 일이 생긴 거예요? 그래서 급히 가봐야 하는 거예요?"

"아뇨, 그런 게 아니라……."

그는 두 가지를 두고 고민했다. 이시우의 죽음을 알려줘야 하는가, 아니면 나중에 다른 사람을 통해 알게 하는 것이 좋은가. 어느 쪽도 마뜩하지 못했다. 그는 사실대로 알려주기로 마음을 정하고 일단 헛기침부터 했다.

"방금 진호한테 문자가 왔습니다."

"왜요? 무슨 일인데요?"

조금 불안해진 눈빛으로 이지아가 그를 보았다. 마침 텔레비전이 그의 눈에 띄었다. 태주는 리모컨을 찾아 전원 버튼을 눌렀다. 어디로 채널을 맞춰야 할지는 너무나 뻔했다. 뉴스 전문 채널에 이르러 화면이 고정되었다. 예상대로 이시우의 죽음과 관련된 뉴스가 나왔다. 그는 볼륨을 좀더 올리면서 나직한 목소리로 말했다.

"시우가…… 죽었답니다."

그러나 이지아는 이미 그의 말을 듣고 있지 않았다. 그녀는 텔레비전 화면에 온 정신이 쏠려 있었다.

방금 전 경찰이 발표한 내용에 따르면 뮤지컬 배우 이시우 씨의 죽음은 자살로 추정된다고 합니다…….

거기까지 들었을 때 이지아는 그만 정신을 잃고 쓰러졌다.

태주는 이지아를 안아서 침대로 옮겼다. 호흡은 안정적이었다. 충격으로 잠깐 기절한 것뿐이었다.

이지아가 깨어난 것은 그에게 또 다른 문자메시지가 막 도착했을 때였다. 이번 메시지는 조진호가 아닌 최 소장이 발신자였다. 대충 무슨 용건일지 예상이 되었다. 내용을 확인하려는데 이지아가 먼저 질문을 해왔다.

"자살이…… 맞는 건가요?"

태주는 그대로 휴대폰을 주머니에 넣고는 고개를 돌려 이지아와 시선을 맞추었다.

"네, 자살이 확실하답니다."

이지아가 기절했을 때 태주는 방에서 나가 조진호와 통화했다. 그는 이번 이시우의 죽음이 자살이라고 단정하듯 말했다.

"공연장 출입구에 성능 좋은 CCTV가 여러 대 있는데 이시우를 제외하고는 아무도 찍힌 사람이 없어. 올가미를 만들어 목을 맸다는 것을 제외하면 이정국의 죽음과는 사실상 아무런 공통점도 없고."

목을 맨 끈마저도 달랐다. 이번에는 나일론 재질의 끈이었다. 올가미를 만든 매듭도 이정국의 그것과는 사뭇 다른 방식이었다. 이시우의 몸 구석구석을 살펴봤으나 그 어떤 자창 자국도 발견되지 않았다. 결정적인 자살 이유는 현장에서 이시우의 자필 유서가 발견된 것이었다.

유서 내용은 짧았다.

사랑한다는 건 시간을 훔치는 것.
사랑한다는 건 살아 숨 쉬는 것……

그 글귀를 태주는 이지아의 침실에서 발견했다. 한쪽 벽면에 걸려 있는 액자였다. 그림 하나 없이 글씨만 적혀 있는 옆으로 긴 액자였다.

"괜찮아요?"

말해놓고 보니 멍청한 질문이라는 생각이 들었다. 이지아는 침대에 앉아서 양쪽 무릎을 세우고 있었다.

"안 괜찮아요. 정말로 괜찮지가 않아요."

이지아가 양손으로 천천히 이불을 끌어당기더니 거기에 얼굴을 묻었다. 곧이어 그녀의 흐느낌 소리가 방 안 곳곳으로 번졌다. 울음소리는 커지지도 작아지지도 않다가 어느 순간 거짓말처럼 뚝 그쳤다. 그녀가 문득 고개를 들더니 조금 생뚱맞은 질문을 던졌다.

"유서는요?"

그녀는 정말로 궁금하다는 표정이었다.

"있는데요……."

태주는 액자 쪽으로 고개를 돌렸다.

"저거……였어요?"

태주는 가만히 고개를 끄덕였다.

"저거라면…… 자살이 맞네요."

이지아가 나이 든 형사처럼 말했다.

"왜 그렇게 생각하죠?"

태주는 조심스럽게 질문을 던졌다.

"몇 주 동안 계속해서 꽃바구니가 왔어요. 일주일 간격으로."

허미자한테 들었다. 허미자는 태주를 의심했지만 그는 다른 사람을 의심했다.

"한번은 엽서가 있더라고요. 그래서 오빠가 보냈다는 걸 알게 됐죠."

"무슨 내용이었죠?"

"저거였어요."

그가 그랬던 것처럼 이번에는 이지아가 액자 쪽으로 시선을 옮겼다.

두 가지 궁금증이 생겼다. 하필이면 왜 저 글귀였을까? 이시우는 왜 죽어야 했을까?

"태주 씨."

이지아가 부드러운 목소리로 그를 불렀다. 액자에 묶여 있던 시선이 다시 그녀에게 옮겨갔다.

"이리 와요. 이리 와서, 나 좀 안아줘요."

뜻밖의 말이었지만 태주는 놀라지 않았다. 오히려 그는 갈증을 느꼈다. 마른침을 꿀꺽 삼켰으나 소용없었다. 당장 어떻게 하지 않으면 온몸이 바짝 쪼그라들어 죽을 것만 같았다.

태주는 오아시스를 발견한 사람처럼, 아니 신기루라도 본 사람처럼 이지아의 곁으로 다가갔다. 그녀의 체취가 깊게 코끝으로 흡입되었다. 향수 냄새일지도 모르지만 그 순간 그는 정신이 몽롱해지고 말았다.

아주 오래전, 그때도 이런 적이 있었다. 그때는 꽃향기였다. 무슨 꽃인지는 모르는데 꽃향기에 취해 머리가 어질어질했다.

아마도 그날부터 그랬을 것이다. 그날부터 그는 꽃향기를 맡으려야 맡을 수가 없었다. 계절이 바뀔 때면 으레 코가 막혔고 해가 지날수록 그 증상은 더욱 심해졌다.

왠지 모르지만 지금의 기분이 꼭 그때와 비슷했다. 그때처럼 그는 자기가 지금 무엇을 하고 있는지 인지하지 못했다. 사실은 알고 싶지 않았던 것인지도 모른다.

한순간 그의 손이 그녀의 허리를 감쌌다. 아주 조금 힘을 주었을 뿐인데 솜뭉치처럼 가볍게 그녀가 끌려왔다. 그가 무엇을 어떻게 할 필요는 없었다. 그때부터는 오히려 그녀의 손길이 그를 이끌었다.

　"사랑해요."

　그녀의 속삭임에도 그는 아무런 말도 하지 않았다.

　"사랑해요……."

　그녀의 숨결이 더욱 뜨겁게 느껴졌지만 이번에도 그는 침묵으로 버텼다. 그러나 몸 어딘가에서 꿈틀거리는 뜨거운 욕망을 참아낼 수 있는 것은 아니었다.

　"사랑해요…… 사랑해요……."

　그녀가 다시 그렇게 속삭였을 때 그는 액자 속의 글귀를 눈으로 읽었다.

　　사랑한다는 건 시간을 훔치는 것.

　　사랑한다는 건 살아 숨 쉬는 것, 화산처럼 불타오르는 것.

　　사랑한다는 것…… 그보다 더 위대한 건 없어.

　열에 들떴던 몸뚱이가 차갑게 식고 나서야 태주는 후회했다. 꼭 그랬어야 했을까? 이지아는 제정신이 아니었다. 그런데 왜 그랬던 것일까? 그녀에게 무슨 짓을 한 것일까? 허탈했다. 아주 짧은 몸살을 앓고 난 것 같은 기분이었다.

　이지아는 이불로 몸을 감싼 채 모로 누워 있었다. 더는 흐느낌 소리는 들리지 않았다. 하지만 그녀가 울고 있지 않은 것은 아니었다. 그녀의 어깨는 지금도 쉼 없이 떨리고 있었다.

그녀의 눈물이 그를 위한 것이 아니라는 것쯤 모르는 게 아니었다. 이지아는 그를 사랑하지 않으니까. 그녀가 원하는 사람은 그가 아닌 다른 사람이니까. 태주는 자신이 싫었다. 세월이 흘렀지만 여전히 그는 로미오가 아닌 머큐시오일 뿐이었다.

태주는 침대 옆 의자에 앉아 휴대폰을 확인했다. 이지아를 안고 있을 때 한 차례 더 진동음이 있었다.

두번째 메시지의 발신자 역시 최 소장이었다.

그는 첫번째 메시지부터 내용을 확인했다.

김영옥의 아들이 누군지 알아냈네. 연락 주게.

"최 소장님이 뭔가를 알아낸 것 같아요. 소장님은 지아 씨 큰아버지를 죽인 범인으로 한 사람을 지목하고 있었거든요."

범인의 이름은 두번째 메시지에 적혀 있었다.

"그 범인은……."

거기까지였다. 더는 말을 이을 수가 없었다. 이시우가 죽었다는 연락을 받았을 때만큼이나 태주는 몹시 놀랍고 혼란스러웠다. 태주는 문자 내용을 다시 한 번 확인했다. 착각이거나 잘못 읽은 것은 아니었다.

김영옥의 아들은…… 둘 중 한 사람이네. 김기준 아니면 채강우.

시간을 훔치거나 살아 숨 쉬거나 281

채강우는 김기준의 친구이자 동거인이고. 내 생각에는 김기준 같아.

그 옆에는 또 이렇게 적혀 있었다.

자네도 알겠지만…… 김기준은 하수연의 애인이야.

도대체 뭐가 어떻게 돌아가는 것이란 말인가? 아무래도 최 소장을 만나봐야 할 것 같았다.

"저도…… "

그때 이지아가 무슨 말인가를 하려는 듯 입술을 뗐다. 그녀 의 어깨는 더는 떨리지 않았다.

"저도, 범인을 알아냈어요."

범인? 무슨 범인이라는 거지? 이정국을 죽인 범인? 아니면 서은희? 도대체 어떤 범인을 알아냈다는 거지?

"오래전에 나를 엉망으로 만든 사람, 나를 엉망으로 망가뜨 린 사람…… 그 사람이 누군지 알아냈어요. 방금 전에."

태주는 꿀꺽 마른침을 삼키면서 천천히 의자에서 일어났다.

"그 사람의 가슴과 가슴 사이에는 콩알만 한 점이 있었어요."

맙소사!

태주는 쓰러지듯 바닥에 무릎을 꺾었다. 무릎에 극심한 통증 이 느껴졌다. 그러나 그런 하찮은 것쯤 아무것도 아니었다. 태 주는 겁에 질린 고슴도치처럼 동그랗게 등을 구부려 말았다. 그 상태로 오한이라도 생긴 사람처럼 오들오들 몸을 떨어댔다.

　이시우가 죽었다.

　한 가지 생각이 제일 먼저 떠올랐다. 자살일까, 타살일까? 기사는 자살처럼 보도했다. 가능성이 높다고 했다. 그렇다면 등에 자창 자국이 없었다는 것이다. 그렇다면…… s는 아직인 건가? 대체 s는 누구란 말인가? 설마 이지아?

　석규는 답답했다. 오 형사에게 이미 서른 번도 넘게 전화했다. 그런데 여직 감감무소식이었다. 대체 무슨 급한 일이 있기에 연락이 안 되는 걸까? 이제 와서 한편이 아니라고 잡아떼겠다는 건가?

　이번에도 석규는 서울로 올라왔다.

　버스 안에서 휴대폰을 받았다. 당연히 오 형사일 줄 알았는데 엉뚱한 사람의 목소리가 저편에서 흘러나왔다.

"만나 뵙고 싶어요."

하수연이었다. 그녀가 잠시 말을 끊었다가 다시 이었다.

"이번 일들, 매듭을 풀 수 있을 거예요."

매듭을 푼다? 의미심장한 말이었지만 그녀의 도움이 아니어도 이미 매듭은 거의 풀어진 상태였다. 그는 처음부터 지금까지 줄곧 김영옥의 아들을 용의자로 지목했었다. 그가 누구인지도 어림잡아 짐작할 수 있었다. 둘 중 한 사람이었지만 그는 김기준을 김영옥의 아들로 내심 정해놓고 있었다. 이제 남은 문제는 알리바이에 대한 미스터리를 해결하는 것뿐이었다.

그러나 그것은 생각보다 쉽지 않은 문제였다.

김기준은 자연스럽게 알리바이가 확인되었다. 이정국의 사망 추정 시간에 그는 파티장에 있었다. 용의자가 호텔 CCTV에 찍힌 시각에도 그는 파티장에 있었다. 당연히 공범을 의심해봐야 하는 상황이었다. 금세 한 사람의 이름이 떠올랐다.

채강우.

석규는 아직 채강우의 알리바이를 확인하지 못했다. 아무래도 오 형사의 도움이 필요한 부분이었다. 그 와중에 걸려온 하수연의 전화가 그에게는 마뜩할 리 없는 노릇이었다. 당연히 부정적인 대답이 튀어나갔다.

"무슨 매듭인지 몰라도 지금 바쁜 일이 생겨서 약속을 잡기가 좀 어려워요."

"소장님은 어디까지 알고 계시죠? 어디까지 알고 있다고 생각하세요?"

호기심을 자극하는 묘한 질문이었다. 그러나 곧바로 이어진 그녀의 다음 질문에 비하면 아무것도 아니었다. 그 말을 듣고 나서 석규는 깜짝 놀랐다.

"이정국을 죽인 사람이 김영옥의 아들이라고 생각하세요? 자식이 아버지를 그럴 수 있다고 생각하세요?"

이 여자…… 하수연, 대체 뭘까? 어떻게 그의 속내를 훤히 꿰고 있는 걸까? 아니, 지금은 그따위가 문제가 아니었다. 여러 가지 궁금증이 한꺼번에 떠올라 그의 머릿속을 가득 채웠다.

하수연이 어떻게 김영옥의 아들을 운운하는 거지? 설마 알고 있다는 건가? 하지만 어떻게? 그뿐만이 아니었다. 하수연이 김영옥을 언급한다는 자체가 미스터리였다. 그녀가 어떻게 김영옥의 존재에 대해 알 수 있단 말인가? 자식이 아버지를 죽였다고 생각하느냐는 묘한 질문도 마찬가지였다. 그녀의 말을 곧이곧대로 해석하자면 김기준이나 채강우 중 누가 김영옥의 아들인지 알고 있다는 것이었다. 한발 더 나아가 김영옥과 이정국 사이에 아들이 있다는 사실도 알고 있다는 것이었다.

석규는 오히려 하수연에게 되묻고 싶었다. 대체 어디까지 알고 있는 거요?

"기준 씨는 살인자가 아니에요. 기준 씨에게 공범자가 있다고 생각할지도 모르겠지만 어쨌거나 그건 진실이 아니에요."

정말로 속내를 훤히 꿰뚫어보고 있는 걸까?

"진범에 대한 힌트도 드릴 수 있어요. 분명히 말씀드리는데 진범은 따로 있어요. 칼자루를 쥐고 있는 사람은 따로 있다고요. 전 그걸 증명할 수 있어요."

"어떻게 증명하겠다는 겁니까?"

결국 참지 못하고 되물었다.

"김영옥 그분의 물건을 제가 갖고 있어요."

김영옥의 물건? 직감적으로 그게 뭔지 알 것 같았다. 서은희가 가슴에 꼭 안고 있었다는, 권 경감이 언급했던 바로 그것. 일단 확인이 먼저였다.

"그거 혹시 다이어리입니까?"

"네, 맞아요. 사실은 일기장이지만."

더는 만남을 거부할 이유가 없었다.

"좋습니다, 만나죠."

약속 시간에 늦지 않기 위해 석규는 택시를 탔다.

약속 장소는 일식집이었다.

입구로 들어가 종업원에게 하수연의 이름을 밝히자 곧장 예약된 방으로 안내해주었다. 언젠가 황민기와 함께 갔던 일식집처럼 이곳 역시 복도와 내실에 우키요에가 걸려 있었다.

하수연은 자리에 다소곳하게 앉아 있었다. 그가 자리에 앉자마자 기다렸다는 듯 생선회와 술이 나왔다. 미닫이문이 닫히고 나서야 대화가 시작되었다.

석규가 궁금한 것은 김영옥의 물건이었다. 그것이 대화의 조건이기도 했다. 하수연은 눈치가 빨랐다. 무릎 옆에 있던 숄더백을 열더니 그 안에서 검은색 인조가죽 표지의 다이어리를 꺼냈다.

"그거 좀 볼 수 있을까요?"

하수연은 고개를 내젓는 것으로 그의 말을 거부했다.

"좋아요, 처음부터 얘기해봅시다. 그 다이어리는 원래……."

거기까지 말하고 석규는 은근슬쩍 입을 다물었다. 그 다이어
리를 원래 갖고 있던 사람이 서은희라는 것을 굳이 하수연에게
말해줄 이유는 없을 것 같았다. 그는 말을 바꾸었다.

"그 다이어리를 어떻게 하수연 씨가 갖고 있는 겁니까?"

"우편함에 꽂혀 있었어요."

"하수연 씨의 집 우편함에요?"

"아니요, 기준 씨와 강우 씨가 사는 집. 우편물에는 기준 씨
이름이 적혀 있었고요."

그렇다면 서은희가 김기준에게 보낸 것일까? 만일 그렇다면
이정국은 몰라도 김영옥과 김기준의 관계에 대한 언급이 다이
어리에 적혀 있다는 의미였다. 결국 김기준이 김영옥의 아들인
걸가?

"이걸 꼼꼼하게 다 읽었어요. 읽고 나서 또 읽고 다시 읽고,
여러 번 반복해서 읽어야 했어요. 제 기분이 어땠는지 아세요?
처참했어요. 쓰레기통에 버릴까 하는 생각도 했었죠. 차라리
그랬으면 더 좋았을지도 모르죠."

하수연이 나직하게 한숨을 뱉어내고는 숄더백 안에서 또다
시 무엇인가를 꺼냈다. 또 다른 다이어리였다. 이번에는 검은
색이 아닌 갈색 계통의 섀미로 된 표지였다.

"원래 두 권이었나요?"

권 경감에게서 다이어리가 두 권이라는 소리는 듣지 못했다.

"아니요, 검은색 이게 진본이고 갈색은 필사본이에요. 필사는 제가 했고요."

석규는 무슨 소리인지 얼른 이해하지 못했다. 아니, 이해는 했는데 진본이 있는데 필사본이 왜 또 필요한 것인지 몰라 두 눈만 멀뚱거렸다. 하수연은 차분하게 그 점을 설명해주었다.

"필사본은 한 사람의 이름이 다른 사람의 이름과 바뀌어 있어요. 일부 내용이 누락되어 있기도 하고요."

이름이 바뀌었다는 것이 어떤 의미인지 얼른 이해되지 않았다. 하지만 일부 내용이 누락됐다는 소리는 듣자마자 퍼뜩 한 가지가 짐작되었다. 하수연이 필사했다는 것이 그 힌트였다.

"혹시 그 다이어리에 가브리엘의 집 화재 사건에 대해 적혀 있었습니까?"

"그랬어요. 아버지는 물론 제 이름과 엄마의 이름도 언급되어 있었고요. 기준 씨가 모르길 바랐어요. 제가 가브리엘 원장의 딸이라는 거요."

"하지만 하수연 씨는 알게 됐잖습니까?"

"원수 사이라는 거, 어느 한쪽만 알고 있는 것과 양쪽이 모두 알고 있는 것은 하늘과 땅 차이니까요."

한쪽만 알고 있다면 묻으면 그만이라는 소리였다. 틀린 얘기는 아니었다. 결국 하수연은 과거가 아닌 자신의 현재 그리고 미래를 선택한 것이다. 거기에 대해 비난할 이유는 없었다.

"이름이 바뀐 건 누구하고 누구죠?"

"기준 씨와 강우 씨요."

하필이면 왜 그 두 사람이었을까? 그런다고 뭐가 달라진다는 걸까? 의문을 접어두고 일단 다른 질문으로 넘어갔다.

"다이어리의 존재에 대해 김기준 씨는 어느 정도 알고 있는 겁니까?"

"전혀 몰라요. 앞으로도 그래야 하고요."

"그럼 채강우 씨는요?"

이번에는 대답이 좀 늦었다.

"…… 알아요."

석규는 가만히 하수연을 노려보았다. 하수연, 이 여자는 대체 무슨 짓을 꾸민 것일까?

"김기준 씨와 하수연 씨, 두 사람의 좋지 않은 인연이 들통나는 게 염려되었다면 차라리 다이어리를 없애버렸으면 되는 거 아닙니까? 아까 말했듯이 쓰레기통에라도 버렸으면 그만이잖아요. 그렇게 하지 않은 이유가 뭐죠?"

"제가 전화로 말씀드렸을 거예요. 보이지 않는 칼자루를 쥐고 있는 사람이 따로 있다고. 그 사람이 진범이라고. 제 말 기억하시죠?"

물론 기억하고 있었다.

"이거 한번 보시겠어요?"

하수연이 진본이라고 한 검은색 표지의 다이어리를 양쪽으로 활짝 펼쳐 보였다. 그것은 일반적인 다이어리의 내용물과는 사뭇 달랐다.

"이건 복사한 거잖아요?"

"보셨듯이 진본이라는 것도 사실은 복사본에 불과해요. 양면 복사한 뒤 검은색 인조가죽을 표지로 해서 스프링 제본을 한 거죠. 진짜 원본은 진범이 갖고 있겠죠. 제가 복사본인 이걸 없애도 소용없는 짓이었을 거예요. 진범은 언제든 또 다른 복사본을 기준 씨에게 보낼 수 있으니까요."

제법 설득력이 있었다. 석규는 잠자코 다음 말을 기다렸다.

"제 생각엔 이 복사본마저 진짜가 아닌 조작된 가짜일 가능성이 높아요."

"그건 또 무슨 소리죠?"

"그 내용에 대해 제 나름으로 검증을 해봤어요."

"그런데요?"

"확인하지 못한 내용도 물론 있었지만 확인된 내용은 거의 사실이었어요. 하지만 그보다는 다른 문제가 제 관심을 끌더군요."

그게 뭐냐고 묻는 대신 그는 눈까풀을 감았다 떴다.

"다이어리의 글이 너무 매끄럽다는 거요. 상당한 글솜씨를 가진 사람이 손을 본 게 틀림없어요. 그러니까 지금 저는 누군가 의도적으로 내용을 고쳐 썼다고 주장하는 거예요. 좀더 감성적으로, 그리고 자극적으로."

그녀의 말은 복사본을 보낸 사람 역시 하수연처럼 필사를 했고 내용마저도 일부 손을 댔다는 의미였다.

"하수연 씨가 언급한 그 진범이 그런 짓을 했다는 건데, 이유가 뭘까요? 짐작하는 거라도 있는 겁니까?"

"말했잖아요. 감성적으로 자극적으로 고쳐 썼다고. 그래야 그 진범의 의도대로 기준 씨가 따라줄 테니까요."

"진범의 의도가 김기준 씨를 자신의 꼭두각시로 만드는 것이다, 이거로군요."

석규는 빈 잔에 술을 채워 천천히 목 안으로 넘겼다. 그러면서 '진범'의 의도가 무엇인지 생각을 굴렸다.

하지만 소용없는 짓이었다. 먹먹했다. 도무지 떠오는 것이 없었다. 그것을 알려면 역시 다이어리를 확인해야 할 것 같았다.

석규는 다이어리를 보게 해줄 것을 하수연에게 요구했다.

"제 조건을 수락하면 그렇게 할 수 있어요."

그녀의 조건은 단 하나였다.

"수사팀에 기준 씨와 강우 씨에 대한 내용을 비밀로 해주세요. 영원히 감춰달라는 게 아니라 당분간 만이에요."

그러나 그는 이미 김기준과 채강우 중 한 사람이 김영옥의 아들이라고 오 형사에게 알려주었다. 문자메시지를 받자마자 곧바로 전화가 올 줄 알았는데 어찌된 일인지 오 형사에게서는 도통 연락이 없었다. 전화를 해도 받지 않았다. 수사팀은 김영옥의 아들이 범인이라고 생각하고 있지 않으니 별다른 관심이 없는 것인지도 모른다.

석규는 일단 제안을 거부했다.

"내가 왜 그래야 하죠? 더욱이 난 아직 현직 경찰입니다."

"진범은 따로 있는데 강우 씨에게 모든 죄를 뒤집어씌울 수는 없어요. 그건 너무 억울하잖아요."

"그 말은 김기준 씨 대신 채강우 씨가 당신이 말하는 진범의 꼭두각시 노릇을 했다는 의미로군요. 그렇죠?"

하수연은 부인하지 않았다.

"맞아요, 그랬어요. 하지만 강우 씨를 그렇게 만든 건 저예요. 수없이 후회했어요. 하지만 저로서도 어쩔 수 없는 선택이었어요. 기준 씨를 지키고 싶었으니까요."

하수연이 필사본을 만든 이유, 그것도 김기준과 채강우의 이름을 바꾼 이유를 고백하는 순간이었다.

하수연은 원수를 사랑한 여자였다. 원한을 알고 나서도 김기준을 불행으로부터 대피시킨 여자였다. 그녀의 조작으로 '진범'의 그물에 걸려든 사람은 김기준이 아닌 채강우였다. 그 곰같이 생긴 녀석은 미련하게도 '진범'과 짝짜꿍이 되어 살인을 서슴지 않았다. 순전히 하수연의 수작질 탓이었다.

그런데 하필이면…….

한 사람의 얼굴이 머릿속에 오롯하게 떠올랐다. 누군가 가슴 한쪽을 날카로운 꼬챙이로 콕콕 찌르는 것 같았다.

하필이면 이지아라니…….

아직까지는 명확하지 않았다. 50퍼센트의 확률이었다.

권 경감에 의하면 다이어리를 갖고 있던 사람은 서은희였다. 그녀가 갖고 있던 다이어리를 누군가 얻게 되었고, 그것을 복사해서 김기준에게 보냈다. 그런데 김기준의 손에 들어가기 전에 하수연이 먼저 그것을 가져갔다.

이후로 한 사람씩 죽어갔다. 처음은 서은희였고, 다음은 이정국. 이시우는 자살이었지만 두 사람은 타살이었다. 두 사람에게 원한을 가진 사람은 따지고 보면 이지아뿐이었다. 조진우가 언급했듯이 부모의 느닷없는 죽음을 두 사람과 연관시켜 이해했던 것인지도 모른다. 짐작이 맞는다면 이지아는 18년 전의 복수를 하고 있는 셈이었다.

하지만 그녀 혼자서는 어림도 없는 짓이었다. 연약한 여자의 몸으로는 현실적으로 복수가 어렵다는 것도 느꼈을 것이고, 그래서 김기준을 끌어들이려고 했을 것이다. 적의 적은 아군이니까.

김기준과 그녀에게는 이정국이 공통의 적이었다. 하지만 서은희는 아니었다. 모텔 여주인에 의하면 서은희는 김영옥에게 모질게 대하지 않았다. 오히려 그녀를 위로하면서 새로운 인생을 시작하라고 설득까지 했다. 그런데 서은희까지 굳이 죽인 이유가 무엇이란 말인가?

그가 이해할 수 없는 점은 또 있었다. 한 가지가 아니라 무려 세 가지나 되었다.

부모의 죽음에 얽힌 미스터리를 이지아가 어떻게 알게 되었는가 하는 것이 첫번째였다. 그런 내용조차 다이어리에 적혀 있는 것일까? 그럴 가능성도 배제할 수 없었다. 김영옥은 사진이 든 소포를 배달한 심부름꾼이었다. 이정국의 음모에 대해 어느 정도 인지하고 있었을지도 모른다. 그리고 그런 내용을 다이어리에 적어놓은 것인지도.

두번째는 마창기의 죽음이었다. 마창기와 이지아는 어떻게 연관되어 있는 것일까? 함께 연극을 했다는 것, 그가 알고 있는 것은 단지 그것뿐이었다. 그때 무슨 일이 벌어지기라도 했던 것일까?

마지막 세번째 의문은 석연치 않은 이시우의 자살이었다. 이시우는 왜 자살해야 했을까? 이 문제는 생각하면 할수록 골치만 아팠다. 어렴풋하게 느끼는 것은 그의 죽음이 결코 이지아와 무관치 않다는 것 정도였다.

그 모든 것을 확인하려면 역시 다이어리를 보는 수밖에는 달리 방법이 없었다. 그러려면 하수연과의 거래는 어쩔 수 없는 일이었다.

하지만 아직은 아니었다. 좀더 신중하게 생각을 정리할 필요가 있었다. 과연 그 거래를 그가 감당할 수 있을지도 의심스러웠다. 여러 사람이 이미 죽었고 또 여러 사람이 그의 말 한마디에 운명이 결정될지도 모른다.

"김기준과 채강우, 두 사람의 이름을 바꿔 쓴 이유가 정말로 그것뿐이었습니까? 가브리엘 원장의 딸이라는 거, 그걸 감추기 위한 이유 말고는 달리 없었던 겁니까?"

석규는 또 다른 진실이 있을 것이라고 믿었다. 그것이 무엇인지 이미 대충은, 아니 거의 백 퍼센트 확신하고 있기도 했다.

하수연은 한발 물러설 때와 나아갈 때를 잘 알고 있었다. 이번에는 물러설 때라고 판단한 듯했다. 길게 한숨을 뱉어놓더니 그가 기대했던 얘기들을 술술 풀어놓기 시작했다.

"엄마는 아빠하고 안 좋았지만 나하고는 아니었어요. 아빠는 내게 자주 전화했고 집에 올 때면 선물도 한 아름씩 사 왔고요.

제게는 늘 다정했죠. 아빠가 내가 알고 있던 모습과 다르다는 건
저도 다이어리를 보고 난 다음에야 알게 됐어요. 하지만 난 여전
히 아빠가 그런 사람이었다는 걸 곧이곧대로 믿지 않아요. 다이
어리의 내용이 전부 사실일 가능성이 높지만 그래도 저는 결코
그렇게 믿지 않을 거예요. 그래서…… 그래서 그런 거예요."

"복수였군요."

하수연이 진저리를 치더니 절레절레 고개를 흔들었다. 그녀
의 몸은 석규의 말을 부인했지만 그러나 그녀의 입은 그의 말
을 부인하지 못했다.

"어쩌면…… 그랬을 거예요."

이지아의 복수. 그리고 하수연의 복수. 두 여자의 복수가 모
든 것을 엉망으로 만든 것이었다.

"하지만 그날 강우 씨가 그 위험한 폭탄 놀이를 벌이지 않았
다면 두 사람이 죽지 않았을 거예요. 이건 억지가 아니라 사실
이에요. 그렇잖아요?"

아니, 가정일 뿐이었다. 입 밖으로 나오는 순간 가정은 억지
가 될 뿐이다. 하수연도 그것을 잘 알고 있는 눈치였다. 고개를
푹 꺾더니 어깨를 들썩이기 시작했다. 눈물이 뚝뚝 떨어지는
것을 보면서도 석규는 그 어떤 위로의 말도 건네주지 못했다.

"정말로 이상하지 않아요? 제가…… 왜 그런 짓을 했을까
요?"

하수연이 한참 만에 다시 말했다. 여전히 젖어 있는 목소리
였고 아무리 생각해도 그 이유를 모르겠다는 말투였다.

"다이어리에 적혀 있는 가브리엘 원장은 어떤 사람이었죠?"

"아이들에게는 폭군이었고, 김영옥 그분에게는 음흉한 남자였어요. 화재가 났던 날 원장실에서 아빠는 그분을 강간하려고 했어요. 기준 씨가 아들이라는 걸 아빠는 알고 있었고, 그걸 빌미로 끊임없이 압력을 넣었던 거죠."

뜻밖의 얘기였다. 어쨌거나 김영옥이 그날 그곳에 있었다는 것은 이제 명확히 밝혀진 것이었다.

"원장실에서 그런 일이 있고 나서 도망치듯 그곳을 빠져나갔다가 오후에 다시 왔어요."

"다시 왜 온 거죠?"

"이유는 적혀 있지 않았지만 기준 씨를 보기 위해서였겠죠."

"그런데 그 폭탄 놀이 사고를 목격한 거군요."

"그래요. 강우 씨가 당하는 걸 보고, 그래서 차마 발길을 돌리지 못했던 거예요."

"화재가 났을 당시에도 김영옥 씨는 거기에 있었겠군요?"

"있었어요. 라이터 불을 던진 것도 그분이었으니까요."

하수연의 입이 벌어질 때마다 놀라운 얘기들이 쏟아졌다. 그런 끔찍하고 놀라운 진실들을 어떻게 이제껏 감추고 있었는지 그저 놀라울 지경이었다. 그것도 단지 한 남자 때문이었다는 게 더더욱 기가 막힐 노릇이었다.

그러나 여기서 한 가지 어긋나는 것이 있었다. 김기준은 자기가 불을 질렀다고 했다. 그런데 지금 하수연은 김기준이 아니라고 말하고 있다. 어느 쪽이 진실인 걸까?

어쩌면 더 이상 진실은 불필요한 것인지도 모른다. 진실이 어느 쪽에 있든 변하는 것은 아무것도 없으니까.

"제가 잘못했다는 거 알아요. 다 저 때문이죠. 제가 모두 그 렇게 만든 거예요."

하수연이 고개를 숙이더니 또다시 눈물을 떨구었다.

"하수연 씨 당신도 그렇지만, 결국 김기준 씨도 엉망이 되고 말 겁니다."

"네, 알아요. 안다고요!"

하수연이 갑자기 고개를 뻣뻣하게 쳐들더니 버럭 소리를 질 렀다. 눈빛이 여간 사납지가 않았다.

"그래서요? 그래서 제가 뭘 어떻게 해야 하죠? 뭘 어떻게 했 어야 되냐고요?"

차라리 아무것도 하지 않았으면 어땠을까? 그랬으면 지금처 럼 엉망이 되지는 않았을지도 모른다. 그러나 이런 말은 차마 입에서 나가지 못했다.

하수연이 악에 받쳐 다시 소리를 질렀다.

"나도 아빠가 죽었어요! 따지고 보면 내 아빠는 강우 씨가 그렇게 만든 거라고요! 그럼, 서로 비긴 거잖아요. 그걸로 된 거잖아요!"

하수연의 고통이 고스란히 느껴졌다. 그런 상황에서 도대체 뭘 어떻게 해야 하는 것인지, 석규로서도 여간 답답한 것이 아 니었다.

"그러니까, 좀…… 봐줘요. 눈 한번 찔끔 감아달라고요. 공소시효라는 거, 그거 다 이유가 있는 거라면서요?"

하수연이 뜬금없는 이야기를 꺼냈다. 석규는 빈 술잔에 술을 채우며 그녀의 의도가 무엇인지를 분주하게 유추했다.

"그 이유 중의 하나가 도피 생활을 하면서 겪은 행동의 제한이나 심적 고통을 죗값으로 인정하기 때문이라던데, 맞는 얘긴가요?"

꼭 그런 것은 아니지만 전혀 틀린 소리도 아니었다.

"어떤 식으로든 강우 씨는 고통을 받을 거예요. 저도 그렇고요. 아마 이 사실을 언젠가는 기준 씨도 알게 되겠죠. 우리 셋 다 평생 죄책감을 갖고 살 거예요. 그러니 며칠만 눈 감아주세요. 제발, 부탁드려요."

하수연의 말은 결국 도망치겠다는 것이었다. 그러니 모른 척 한쪽 눈을 감아달라는 부탁이었다. 마음 같아서는 그리 못할 것도 없었다. 이미 죽은 사람들이야 어쩔 수 없는 일이었다. 그가 무슨 짓을 하든 그들이 다시 살아서 돌아올 수 있는 것도 아니었다.

하지만 석규는 그녀의 뜻대로 해줄 수가 없었다. 부패 경찰 정도의 문제라면 지금이라도 얼마든지 한쪽 눈을 감아버릴 수 있었다. 사람이 죽고 또 사람을 죽인 일이었다. 모른 척 눈감아줄 자신이 그에게는 없었다. 석규는 조용히 술잔으로 입술을 적셨다.

"진짜 나쁜 범인은 따로 있다고요!"

이지아를 생각하면 딸이 생각났다. 그녀가 이렇게 소리친다면 그는 어떤 결정을 내려야 하는 것일까? 석규는 침묵한 채 술잔을 비웠다.

"이래도요?"

하수연의 손이 숄더백에서 들어갔다 나온 순간 길쭉한 쇳덩이 하나가 번쩍하고 빛났다. 날카로운 은색 단도였다. 칼끝은 주인의 희디흰 목을 겨누고 있었다.

"무슨 짓입니까?"

석규는 소스라치게 놀랐다. 엉거주춤 엉덩이를 쳐들고는 버럭 소리를 질렀다. 하수연 역시 지지 않겠다는 듯 자리에서 벌떡 일어나며 고함으로 맞받아쳤다.

"보세요! 제 배 좀 보라고요!"

그녀의 한 손이 자신의 배를 부드럽게 쓰다듬었다. 손가락에 낀 반지 하나가 유난히 눈에 띄었다. 그러고 보니 하수연의 배는 조금 불룩하게 튀어나와 있었다.

"5개월이에요. 저는 어떻게 되든 상관없지만 이 아이는 아니에요. 아기를 위해서…… 부탁드릴게요."

하수연은 그에게 애꾸눈이 되라고 강요하고 있었다. 그깟 애꾸눈쯤 되지 못할 이유는 없었다. 눈을 감으나 뜨나 세상을 살아가지 못할 이유도 없었다. 세상에는 애꾸눈으로 살아가는 사람들 천지였다. 그런데 고작 며칠. 그쯤 애꾸눈이 되지 못할 것도 없었다. 하지만 왜 그래야 하지? 그에게도 애꾸눈이 될 수 있는 마땅한 이유가 필요했다. 그러기 위해서는 먼저 확인이 필요했다.

"진정하고 앉아요. 그리고 검은색 다이어리를 내게 보여줘요. 하나만 확인하면 됩니다. 그걸 확인하고 나서 어떻게 할 것인지 대답해줄게요."

하수연은 정말이냐고 되묻지 않았다. 갑자기 모든 것을 포기한 사람처럼 숄더백에서 꺼낸 검은색 다이어리 그리고 갈색 다이어리까지 순순히 그에게 건네주었다.

"결과가 어찌 되든 어차피 소장님에게 주려고 했던 거예요."

석규는 검은색 표지의 다이어리, 맨 마지막 장을 펼쳤다.

글씨는 또박또박 정체로 적혀 있었다. 김영옥이 자살 쇼를 준비했다면 그 촉박한 시간에 정체로 글을 쓰지는 않았을 것 같았다. 더욱이 내용도 꽤 길었다. 생각나는 대로 아무렇게나 휘적휘적 내갈기며 쓸 만한 내용이 결코 아니었다.

그날 일기의 맨 마지막 줄에는 다행히 그가 찾는 '물적 증거'도 있었다. 그가 확인하려고 했던 것은 바로 그것이었다.

"한 가지만 물읍시다. 이 나라를 아예 떠날 생각인 겁니까?"

하수연이 천천히 고개를 끄덕였다.

"그런 다음에는요? 들키지 않고 살아갈 자신은 있고요?"

"계획이 있어요. 감쪽같이 사라지는."

"그 계획……."

그러나 거기까지였다. 더는 호기심도 염려도 쓸데없는 참견일 뿐이었다.

"좋아요, 당신이 하자는 대로 하죠."

하수연이 울컥 눈물을 쏟아내더니 자리에서 일어나 허리를 깊숙이 숙였다.

"고맙습니다. 정말 고마워요. 평생 잊지 못할 거예요."

그것은 석규 쪽도 마찬가지였다. 잊으려야 어찌 잊을 수 있
겠는가. 석규는 다이어리를 챙겨 자리에서 일어났다. 더는 함
께 있을 이유도 없었지만 설령 이유가 있다고 해도 그러고 싶
지 않은 것이 솔직한 그의 심정이었다.

"고마워요. 고마워요, 소장님!"

문 쪽으로 걸어가는데 하수연의 목소리가 다시 등 뒤로 달라
붙었다. 석규는 발을 멈추었다. 아무래도 한마디쯤 해줘야 할
것 같았다.

"하수연 씨, 잊으려고 혹은 잊지 않으려고 쓸데없는 노력 같
은 거 하지 말아요. 그냥 살아요. 살다 보면 그럭저럭 살아지는
법이니까."

하수연이 울컥 눈물을 쏟아내더니 스프링 인형처럼 마구 고
개를 끄덕였다. 눈물이 참 많은 여자였다. 저런 여자가 그리 끔
찍한 짓을 계획했다는 것이 어쩐지 믿기지가 않았다.

"소장님!"

문을 닫으려고 하는데 하수연이 뭔가 생각났다는 듯 급히 그
를 불렀다. 그는 고개만 살짝 뒤로 돌렸다.

"소장님 덕분에 엄마를 만났어요."

이건 전혀 다른 얘기였다. 석규는 상체를 좀더 하수연 쪽으
로 돌렸다.

"오 형사님이 그러더라고요. 소장님이 우리 엄마 찾아달라고

부탁했다고."

그랬던가? 말은 다르게 했어도 사실은 그런 의미였다.

"그래서 물어보고 싶다는 건 물어봤어요?"

하수연이 고개를 끄덕이고 나서 말했다.

"결과는 똑같았을 거래요. 그 사진을 찾아 불에 태웠거나 못 찾았더라도 그냥 집을 나갔을 거라고. 엄마는 그 집이 싫었던 거래요."

그것으로 끝인가? 아니, 그렇지는 않았다.

"그래서 제가 엄마한테 다시 물어봤어요. 나 그 집에서 안 사니까, 그러니까 나랑 같이 살아도 되는 거 아니냐고."

"그랬더니요?"

"엄마가 손으로 가슴을 탁탁 쳤어요. 집은 여기에 있는 거래요. 그러니까 어디로 이사했든 마찬가지였을 거래요."

하수연이 자기 엄마를 흉내 내듯이 자기 가슴을 탁탁 쳤다.

왠지 엄마와 딸은 그것으로 끝일 것만 같았다. 아빠와 딸이 그랬던 것처럼.

"그래도 또 연락할 거죠?"

사실은 석규 자신에게 하는 질문이었다.

실망스럽게도 하수연은 고개를 저었다.

"아니요, 이제 만나지 않을 거예요. 엄마가 그러더라고요. 집도 싫었지만 그보다 더 싫었던 게 나라고. 내가 아빠하고의 마지막 기억이래요. 난 지우고 싶어도 지울 수가 없어서 가슴 아팠대요. 그래서 떠날 수밖에 없었다고 하더라고요."

결국 엄마가 딸을 떠난 것은 딸 때문이라는 것이었다. 딸이 아빠를 떠난 것이 아빠 때문이었듯이.

"뭐, 이젠 괜찮아요. 내겐 아기가 있고, 또 그 사람도 있고요. 앞으론 내가 두 사람의 집이에요."

하수연이 씩씩하게 말했다.

그 말을 끝으로 하수연도 석규도 더는 말이 필요 없었다. 잠시 눈빛이 허공에서 부딪쳤을 뿐 두 사람은 다른 어떤 말도 없이 그곳에서 헤어졌다.

밖으로 나오자 아스팔트에서 올라온 후끈한 열기가 그를 덮쳤다. 하늘에는 흰 구름 몇 조각이 사진 속 풍경처럼 정지해 있었다.

터벅거리며 그는 버스정류장을 향해 걸어갔다.

버스정류장 벤치에 앉아 석규는 검은색 표지의 다이어리를 무릎에 펼쳤다. 김영옥이 자살한 날, 그녀의 마지막 일기를 읽었다.

서은희, 그녀가 찾아왔다. 너무나 놀랍고 당황스러웠다. 그 여자는 다짜고짜 내 멱살을 움켜잡았다. 그러고는 뺨을 때렸다. 한 대, 두 대, 세 대…… 얼마나 맞았는지 모른다. 얼굴이 붓고 입술이 터지고 코에서 피가 났다. 그래도 여자는 분이 안 풀리는지 발길질을 하기 시작했다. 배를 맞고 쓰러졌는데도 여자의 발길질은 멈추지 않았다. 나중에는 머리채를 잡아 창문으로 질질 끌고 가더니 나를 아래로 밀어뜨리려고 했다. 나는 용서해달라고 빌었다. 잘못했어요, 살려주세요.

여자가 말했다.

"잘못했으면 죗값을 치러야지. 너 같은 창녀 따위 아무것도 아
냐. 널 발가벗겨서 보란 듯이 짐승처럼 끌고 다닐 거야."

여자는 내게 올가미를 만들라고 시켰다. 난 여자가 하라는 대로
침대 시트를 찢어 끈으로 엮었고 그것으로 또 올가미를 만들었다
. 여자가 완성된 올가미를 보면서 말했다.

"그 인간 오거든 끝내자고 말해. 안 그러면 죽어버리겠다고 확
목을 매고 창밖으로 뛰어버리겠다고 그래도 그 인간이 정신을 차
리지 않고 허튼짓을 하면, 그땐 네가 죽어. 알아서 죽어버려."

그 사람이 왔다. 이젠 떠나겠다고, 제발 떠나게 해달라고 빌었다.
그러나 소용없었다. 그 사람은 내 말 따위 가소롭게 여겼다. 우악스
럽게 팬티를 버리더니 여느 때처럼 내 몸을 탐했다. 그 사람이 욕
심을 채우는 동안 어디선가 들려오는 그 여자의 목소리를 들었다.
네가 죽어. 죽어버렷!

그 사람이 방에서 나가자마자 전화벨이 울렸다. 서은희, 그 여
자일 것이라고 생각했다. 일부러 전화를 받지 않았다. 전화를 받
지 않았는데도 악악거리는 그 여자의 목소리가 귓가에서 떠나지
않았다. 너, 이년 기다려. 내가 당장 요절을 내버릴 테니까!

죽는 것은 겁나지 않는다. 단지 내가 죽어야 할 만큼 잘못한 것
이 무엇인지 그것을 모르겠다. 사실은 내가 이렇게 살고 있는 이

유도 잘 모르겠다. 이렇게 사느니 정말로 죽어버리는 것이 더 나을지도 모른다. 이까짓 허접한 인생, 죽어도 그뿐이지 않은가. 하지만…… 슬프다. 내가 죽는다고 누가 알아주기나 할까? 그것이 억울하다. 이 억울함을 누가 알아줄까?

그가 찾던 '물적 증거'는 한 줄이 띄워진 다음에 이어지고 있었다. 일기의 맨 마지막 글이었다.

오, 이 더러운 육체여. 녹아 흘러 한 방울 이슬이 되어라.

김영옥이 립스틱으로 거울에 써놓은 글. 석규의 휴대폰에는 '김영옥의 유서'라는 파일명으로 저장되어 있었다. 그는 틈날 때마다 사진을 들여다봤다. 그 때문인지 글씨 하나하나의 생김새마저 또렷하게 기억하고 있었다. 검은색 인조가죽 표지의 다이어리에 적힌 글씨체는 그가 기억하는 사진 속 글씨체와는 완전히 딴판이었다. 그러니까 하수연의 말처럼 '진범'은 따로 있었다.

그 진범을 확인하는 방법은 아주 간단했다. 복사본 다이어리를 가지고 가서 이지아의 필체와 맞춰보면 되니까.

푹푹 찌는 무더위도 이제 끝물이었다. 일기예보에서는 며칠 사이로 열대야가 사라질 것이라고 했다. 석규는 그때까지만 참기로 했다. 무더위든 열대야든 하수연과의 약속이든.

최 소장이 나가고 수연은 두어 번 심호흡을 했다. 백에서 거울을 꺼내 얼굴을 살폈다. 눈물 탓에 화장이 번져 얼굴이 엉망이었다. 밖으로 나가려고 해도 화장을 고치는 것이 먼저였다. 수연은 숄더백 안에서 화장품 파우치를 꺼냈다. 파우치 안을 뒤적이며 화장솜을 찾았다. 노크도 없이 미닫이문이 스르륵 열린 것은 그때였다. 그녀의 눈앞에 한 사람이 나타났다.

"기…… 기준 씨?"

그의 표정이 험악하게 일그러져 있었다. 겁에 질린 어린아이처럼 곧 울음을 터뜨리고 말 것 같은 얼굴이었다.

"수연아……."

그 한마디에 참 많은 질문이 포함되어 있었다. 수연은 뭘 어떻게 말해야 할지 몰라 벽에 걸린 우키요에 쪽으로 시선을 피했다. 기생 차림의 한 여자가 한쪽 가슴을 내민 채 옆에 있음직한 누군가를 응시하고 있었다. 사내를 유혹하는 것일까? 아무래도 그런 것 같았다. 지금 그녀가 그림 속의 여자처럼 행동한다면 기준은 어떻게 반응할까? 아무것도 묻지 않고 그의 유혹에 넘어와줄까? 수연의 가슴이 한껏 올라갔다가 도로 푹 꺼지며 길게 한숨이 새어 나왔다.

하필이면 이런 기막힌 타이밍이라니. 김기준, 이 사람만은 영원히 모르게 할 거라고 큰소리친 지 얼마나 됐다고.

"어디까지 들었어?"

파우치를 도로 숄더백 안에 넣으며 아무렇지 않게 물었다.

"전부 다."

정말로 다 들었을까? 정말로?

"궁금한 거 있으면 물어봐. 대답해줄게."

그녀는 버티기로 했다. 감출 수 있는 것은 억지를 부려서라도 끝까지 감추고 싶었다. 그러나 과연 그것이 가능할까?

"도대체 강우가 무슨 짓을 저질렀다는 거야? 네가 한 말이 사실이야?"

애매한 질문이었다. 앞쪽은 모르는 것인데, 뒤쪽은 알고 있는 것 같은 뉘앙스였다. 대체 어디까지 말해줘야 하는지 감을 잡기가 어려웠다. 수연은 일단 가장 확실한 대답부터 하기로 했다. 앞으로 그녀가 계획한 대로 기준이 따라오려면 그도 알 것은 알아야 한다는 생각이었다.

"강우 씨가…… 사람을 죽였어."

외마디 비명이라도 지를 줄 알았는데 기준은 오히려 태연하게 반응했다. 충격을 느끼지 못한 것이 아니라 그녀의 말 자체를 믿지 못하는 것이 이유였다.

"그걸 지금 나한테 믿으라고?"

"서은희를 죽였어. 그리고 이정국도."

서은희를 말했을 때는 아무런 반응이 없다가 이정국의 이름을 듣고는 돌연 낯빛이 확 바뀌었다.

"도…… 도대체 지금, 지금…… 무슨 소리를 하는 거야? 강우가 왜…… 사람을 죽여?"

"내가 봤어, 텔레비전에서."

이정국 살해 용의자의 모습을 찍은 CCTV의 화질은 그리 좋은 편이 아니었다. 그것을 감안했는지 기자는 용의자의 행색에 대해 야상 점퍼에 야구 모자를 푹 눌러썼다고 설명을 부연했다. 그러나 그 소리를 듣지 않았더라도 수연은 CCTV 속 사내를 알아보았을 것이다. 그녀의 머릿속에는 이미 그 사내의 모습이 부옇게 떠올라 있었다.

이정국이 죽은 그날 밤, 강우는 가게 문을 열지 않았다. 어찌 된 일인지 궁금했다. 강우에게 전화했지만 연락이 닿지 않았다. 기준 역시 강우의 행선지에 대해 전혀 모르는 눈치였다.

강우와 연락이 닿은 것은 그로부터 한 시간쯤 후였다. 그녀는 가게 문을 열지 않은 이유에 대해 넌지시 캐물었다. 강우는 별일 아니라는 투로 한 달에 한 번 쉬는 날이고 이제 운동을 끝내고 집으로 돌아가는 중이라고 했다. 마침 수연은 집 근처였다.

집에서 기다린 지 한 시간쯤 흐르고 나서야 강우가 나타났다. 그의 행색은 평소에 그녀가 보던 모습하고는 많이 달랐다. 야구 모자에 야상 점퍼 차림. 야상의 가슴 주머니에는 선글라스까지 꽂혀 있었다.

"겨우 그게 이유야? 겨우 그걸로 강우를 의심하는 거야?"

기껏 설명을 해줬는데도 기준은 그녀의 말을 믿으려고 하지 않았다. 그녀를 바라보는 그의 눈은 불신과 원망으로 가득했다. 수연은 마음이 편치 못했다. 이만저만 섭섭한 게 아니었다. 솔직히 말해서 당장 고함을 지르며 화를 내고 싶은 것을 애써

꾹꾹 눌러 참았다.

"강우가 그런 짓을 했다는 건 누군가의 모함이거나 착각일 거야! 말도 안 된다고!"

그러나 참는 것도 한계가 있었다. 그녀는 결국 터지고 말았다.

"나 때문이야! 나 때문이라고!"

급기야 버럭 고함을 질렀다.

"방금, 뭐라고 했지?"

"나 때문이라고. 나 때문이라고 그랬어."

"왜 너 때문이지? 수연이 네가 뭘 어쨌기에?"

김영옥의 다이어리에 대해 말할 차례라는 것을 직감적으로 느꼈다. 그렇게 되면 가브리엘의 딸이라는 사실을 감추지 못하게 될지도 모른다. 다른 것은 상관없었지만 그것만은 숨기고 싶은 것이 그녀의 솔직한 심정이었다. 하지만 그것이 가능할까?

"김영옥 그분 알지?"

"그분을 어떻게……?"

질문은 수연이 했는데 오히려 기준이 그녀에게 묻고 있었다.

"기준 씨 엄마…… 그분이야."

"수, 수연아. 지금 무슨 소리를 하는 거야?"

기준의 눈동자는 황당함과 의아함으로 복잡하게 엉켜 있었다.

"그분의 일기장을 봤어."

그의 눈빛을 회피하듯 수연은 가만히 눈을 감았다가 떴다. 그리고 오래된 이야기를 시작했다.

다이어리에 대한 이야기를 하는 내내 기준은 도리질을 치거나 머리를 손으로 감싸거나 터지려는 고함을 참아내려고 무던히 애를 썼다. 결국 이야기가 끝나갈 즈음에는 몸살이라도 앓는 사람처럼 연이어 끙끙 신음 소리를 흘렸다.

수연의 얘기가 끝나자마자 기준이 따지듯이 소리쳤다.

"대체 왜 그런 짓을 한 거야? 대체 왜?"

그녀에 대한 원망과 비난이었다. 각오는 했지만 가슴 한쪽이 가시에 찔린 듯 따끔거렸다.

"말도 안 돼. 말도 안 되는 짓이라고! 결국 우리 때문에 강우가, 강우가……."

"기준 씨."

수연은 그를 불러놓고 천천히 숨을 들이마셨다. 우키요에 쪽으로 고개를 돌려놓고 나서야 조용히 숨을 뱉어냈다. 그 상태에서 목소리가 흘러나왔다.

"말도 안 되는 거, 또 있어."

아무래도 숨길 수 없는 일이었다. 이미 터진 둑이었다. 감당은커녕 도망치기에 급급한 형편이었다.

수연은 모든 진실을 알려주기로 생각을 바꿨다. 진실을 알지 못하면 결국 기준은 그녀의 곁을 떠나고 말 것이다. 그것은 그녀가 감당할 수 없는 일이었다. 그녀의 모든 계획에는 김기준이 있었다. 그를 위해서라면 못할 짓이 없었다. 그가 곁에 없다면 그녀도 아기도 아무런 의미를 갖지 못하는 것이었다.

"알 거야. 가브리엘 원장이라고……."

기준은 이번에도 깜짝 놀랐다. 무슨 상상을 했는지 몰라도 지레 고개를 절레절레 흔들었다.

"그 사람…… 그 사람이 내 아빠야."

대꾸조차 못하고 기준은 얼음처럼 딱딱하게 굳었다.

"내가 그 사람 딸이야."

수연은 확인시켜주듯 다시 말했다.

그 순간 굳어 있던 기준의 몸이 반사적으로 움직였다. 자리에서 벌떡 일어나더니 주춤주춤 뒷걸음질을 치기 시작했다. 장소가 협소했기에 기준의 등은 곧 문에 부딪치고 말았다. 당황했는지 기준은 볼을 심하게 실룩거렸다. 가만히 두면 곧 울음이라도 터뜨릴 것 같았다. 그 모습은 영락없는 겁에 질린 어린아이였다.

수연은 으득 어금니를 깨물었다. 그런 다음 쐐기를 박듯이 말했다.

"지금 한 말, 거짓말 아냐. 그러길 바라겠지만 전부 사실이야."

기준이 돌연 털썩 무릎을 꺾었다. 두 손으로 쥐어짜듯이 머리를 움켜잡더니 이마를 방바닥에 짓찧기 시작했다. 그 소리에 놀라 달려왔는지 문 밖에서 종업원의 조심스러운 목소리가 들려왔다.

"손님, 혹 무슨 일이 있으신지요?"

수연은 종업원의 말을 무시했다. 그녀가 차갑게 내뱉었다.

"내 기분은 어떨 것 같아? 기준 씨하고 얼마나 다를 것 같아? 나도 참는 거야. 참아야 하니까 참는 거야. 이런 내 마음을 조금이라도 이해한다면 이제 그만해. 부탁이야."

기준은 그녀의 부탁을 받아들였다. 점점 멀어지는 종업원의 종종거리는 발소리가 문 밖에서 들려왔다.

"미안해, 네 생각은 하지 못했어. 너도 엉망일 텐데…… 미안해."

"결국 다 지나가는 거야. 틀림없어."

"내게 눈치라도 주지 그랬어. 네가 날 믿었다면 그런 생각을 하기 전에 한 번쯤은 내게 말을 해줬어야 하는 거잖아. 우리는 남이 아니잖아. 우리 셋 가족 아니었어? 가족끼리 하지 못할 말이 어디 있겠어? 가족이 가족한테 이럴 순 없는 거잖아. 대체 어쩌다가 이렇게 엉망이 돼버린 거야?"

"하아."

한숨이 흘러나왔지만 사실은 코웃음과 같았다. 수연은 느릿한 어조로 뒷말을 이었다.

"가족이라는 거, 그거 누가 한 말인지 알아?"

"그건 강우가……."

"아니, 아냐. 잘 생각해봐. 누가 그 말을 했는지, 입만 열면 그 소리를 한 사람이 누군지. 기준 씨가 모를 리가 없잖아."

"그 말은 강우와 내가……."

"아니, 아니야."

수연은 다시 우키요에 속 여인을 주시했다. 그리고 그녀의 입에서 시를 읊듯이 혼잣말이 흘러나오기 시작했다.

"피가 섞여야만 가족인 것은 아닙니다. 우리는 한 방울의 피도 안 섞였지만 언제나 가족입니다. 하나님의 품 안에서 우리는 처음부터 형제요, 자매요, 가족입니다. 우리는…… 우리는 하나님이 정해준 하나님의 가족입니다."

"그 말은……."

"끝은 늘 아멘으로 끝났어."

기준의 눈빛이 어지러울 정도로 심하게 흔들렸다.

"그래, 그 사람이 하던 말이야. 이 말을 달달 외운다고 해서 진짜로 가족은 아니라는 거, 누구보다 기준 씨가 잘 알고 있잖아."

그러나 기준은 끝내 그녀의 말을 부인했다.

"아니, 그래도 우린 가족이야."

이제는 그의 고집을 꺾을 수 없다는 것을 인정해야 했다. 그렇다면 더는 효과도 없는 설득에 매달리느니 차라리 다른 방법을 찾는 것이 현명한 생각이었다. 지금은 싸울 때가 아니었다. 살살 어르고 달래서라도 그를 끌고 가야 할 때였다.

"내가 잘못 생각했어. 맞아, 우린 가족이야. 그 사람과는 달라. 그러니까, 지금부터 내가 하는 말 잘 들어."

기준은 말 잘 듣는 아이처럼 똑바로 수연을 응시했다. 그 아이에게 당부라도 하듯이 수연이 살짝 고개를 끄덕이고 나서 말했다.

"우리 셋, 아니 아기까지 넷. 멀리 가야 해. 이미 준비는 다 해놨어. 기준 씨는 내가 하라는 대로만 하면 돼."

"수연아."

못 들은 척 수연은 기준의 말을 잘랐다. 눈에 힘을 주고는 계속해서 말했다.

"강우 씨가 그런 거 아직 아무도 몰라. 우리만 입 닫으면 아무도 모르는 일이야. 그러니까 서둘러서…….”

“수연아…… 하수연.”

이번에도 그녀는 못 들은 척했다. 듣고 싶지 않았다. 차라리 무시하고 싶었다.

“기준 씨, 다 괜찮을 거야. 내가 그렇게 되도록 해놨어. 날 믿어. 나만 믿어. 그러면 되는 거야.”

“아냐, 아니라고.”

기준의 고개가 천천히 옆으로 흔들렸다. 수연은 기준의 얼굴을 보았다. 변한 것은 없었다. 그는 여전히 어린아이의 겁먹은 표정일 뿐이었다.

“수연아, 우리만 알고 있는 게 아니잖아. 그 사람이 알고 있어.”

그 사람이 최 소장이라는 것을 모르지 않았다. 그러나 수연은 시치미를 뗐다. 억지를 부리기로 작정했다.

“기준 씨가 오해한 거야. 그분은…… 그분은, 우리 편이야. 염려 안 해도 돼.”

“그 사람은 경찰이야. 우리 편이 아니야.”

“아니, 날 믿어. 그분은…… 그 사람은…….”

수연은 아랫입술을 지그시 깨물었다.

기준의 말이 옳았다. 그 사람은 경찰이었다. 경찰은 같은 편이 될 수 없었다. 어리석은 착각이었다. 멍청하게도 증거물이나 다름없는 두 개의 다이어리까지 그 사람에게 몽땅 건네주었다.

멍청한 년. 잘난 척은 혼자 다 했으면서 이런 순간에 실수라니. 바보 같은 년.

수연은 고개를 떨구었다. 뜨거운 눈물이 뚝뚝 허벅지로 떨어졌다. 거기에 덴 듯 움찔움찔 몸을 떨어댔다. 그녀의 귓속으로 기준의 나직한 목소리가 파고든 것은 그때였다. 우키요에 속 기생의 유혹에 넘어온 사내처럼 목소리는 달달하면서도 은근했다.

"아직 안 끝났어. 이번에는 내 차례야. 내가…… 내가 처리할게."

사랑의 증명, 향수

태주의 책상에는 표지 색깔이 다른 두 권의 다이어리가 있었다. 최 소장은 두 권 다 가짜라고 했다. 진본이 어딘가에 있을 것이라고 하면서 그 진본을 갖고 있는 사람이 이번 일의 '진범'일 것이라고 했다. 그러면서 한 사람의 이름을 조심스럽게 언급했다.

이지아.

태주가 받은 문자메시지는 그것의 시작이자 끝이었다.

내 주여, 당신께 왔나이다. 모든 게 제게서 왔어요. 내 주여, 당신만이…… 이 모든 것 막아주실 수 있나이다.

첫번째 메시지는 구원의 메시지였다.

이지아는 두려워했다. 누군가 자신을 멈추게 해줄 사람이 필요했던 것이다. 507호 여자 하수연, 그녀도 비슷한 얘기를 했었다. 그리고 그녀 역시 구원의 메시지를 보냈다. 그 누구도 아닌 바로 그에게.

둔하고 멍청했다. 어리석었다. 두 사람이나 구원을 요청했는데 눈치채지 못하다니. 참으로 무능한 형사였다.

구름 아래 물방울 빗물뿐일까. 그건 혹시 천사의 눈물. 천사라고 행복하지는 않을 테니까 사랑 없으면 천국도 지옥. 강물 흘러서 바다로 가듯이 사랑이 오는 길목 막을 수 없어.

두번째 메시지는 이지아의 변명이자 각오였다. 사랑을 위해 그녀는 살인도 마다하지 않았다. 오직 사랑만을 갈구한 비운의 여왕 거투르트가 된 것이었다.

황혼은 낮과 밤의 빛. 땅의 자손 모두 땅으로 간다. 천사는 가고 밤은 깊어, 어둠 속에서 길 잃었네.

너무나 많은 사람들이 땅으로 갔다. 또한 어둠 속에서 길을 잃었다. 서은희, 이정국, 마창기, 이시우. 그리고 급기야는 이지아까지.

20분쯤 전 조진호에게서 문자메시지가 왔다.

"지아 씨…… 아무래도 자살한 것 같다."

곧바로 새로운 문자가 왔다.

"독을 사용한 것 같아."

사실은 어느 정도 예상한 일이었다. 태주는 담담하게 받아들이려고 노력했다. 그런데 그렇게 되지가 않았다. 뒤늦게 반응이 왔다. 머리가 묵직해지더니 경기 들린 아이처럼 손발이 뻣뻣하게 굳었다. 두 손으로 얼굴을 쓸어내리는데 손가락 사이로 눈물이 비어져 나왔다. 입술이 벌어지면서 무심코 글자 하나가 툭 튀어나왔다.

"…… 독."

이지아가 어떻게 죽었는지 짐작할 수 있을 것 같았다. 책상에는 엄지손가락만 한 향수병이 놓여 있었다. 이지아가 그에게 준 첫 선물이자 마지막 선물. 궁금했다. 저것은 향수일까, 독일까? 이지아는 그에게 무엇을 원하는 것일까?

태주는 노트북 화면을 노려보았다. 수없이 되풀이해서 본 동영상이 또다시 재생되고 있었다.

화면 속 등장인물은 두 사내와 한 여자였다.

한 사내는 뚱뚱했고 다른 한 사내는 키가 크고 마른 편이었다. 두 사내 모두 복면모를 뒤집어썼다. 여자의 입에는 재갈이, 눈에는 눈가리개가, 양손은 끈으로 묶여 있었다.

화면 속에서 마른 사내는 여자의 손을 단단히 붙잡고 있었다. 뚱뚱한 사내는 여자의 몸을 탐하는 데 몰입했다. 얼마쯤 후 뚱뚱한 사내는 여자의 몸 위에서 경련하듯이 엉덩이를 흔들어 댔다. 갑충의 등껍질이 벗겨지듯 여자의 몸에서 뚱뚱한 사내가 떨어져 나가자 여자의 빈 몸뚱이가 시체처럼 축 늘어졌다.

그것만으로 끝난 것은 아니었다. 두 사내는 곧 역할을 바꾸었다. 마른 사내가 여자의 몸에서 떨어져 나갔을 때 여자는 진짜로 죽어버린 사람처럼 숨도 쉬지 않았다.

만일 시간을 되돌릴 수 있다면, 그것이 가능하다면 정말로 그렇게 하고 싶었다. 그것이 불가능하기에 그는 머릿속 기억을 모조리 지워버리고 싶었다. 그러나 그것조차 그의 뜻대로 되는 것은 아니었다. 아무리 시간이 지나도 아무리 애를 써도 지워지지 않는 기억도 있는 법이었다.

그녀를 강간하고 며칠 후 이시우는 미국으로 떠났다. 미국으로 떠나기 전날 밤 그로부터 연락이 왔다.

"나 대신 이것 좀 없애줘."

이시우가 건넨 것은 예쁘게 포장된 선물 상자였다. 거기에 든 것은 비디오테이프였다. 무엇이 찍혔는지는 묻지 않아도 알 수 있었다.

"왜 나야?"

"뚱보한테 맡길 수는 없잖아."

"나한테 주지 말고 네가 없애버려."

"그러려고 했는데, 못 했어."

"왜?"

"나도 몰라."

"알았어, 나중에 내가 처리할게."

"난 내일부터 여기에 없어."

이미 알고 있는 사실이었다. 헤어지기 전 태주는 그에게 한 가지 따질 일이 있었다. 그런 이유로 기꺼이 이시우를 만난 것이었다.

"이번 일, 뚱보 얘기는 없었잖아?"

이시우는 어이없다는 듯 코웃음을 치고 나서 말했다. 역력히 빈정거리는 말투였다.

"오태주, 욕심이 너무 많은 거 아냐? 너 혼자 지아를 독차지할 수 있다고 생각했어? 넌 원하는 것을 얻었잖아. 그걸로 만족해."

"그럼 넌? 넌 얻은 게 뭐지?"

"난…… 지아를 잃었어. 그게 얻은 거야."

"뭐?"

"차라리 망가지는 게 나으니까. 그래야 아무도 갖지 못하니까. 그래서 너도 뚱보도 필요했던 거고."

그 순간 연극 도중에 녀석이 했던 돌발 행동, 줄리엣에게 키스하던 로미오의 모습이 머릿속에 떠올랐다. 그리고 그제야 모든 것이 확연하게 이해되었다.

"너란 놈은……."

"끝난 일이야. 다 끝났다고."

이후로 세 사람은 이지아 앞에서 모습을 감추었다.

하지만 그녀와의 악연이 끝난 것은 아니었다. 그는 비디오테이프를 없애지 못했다. 아니 없앴으되 알맹이가 아닌 껍데기뿐이었다. 태주는 비디오테이프의 영상을 캠코더로 찍어 디지털 파일로 바꿨다. 그것을 노트북에 저장해놓고 가끔씩 재생 버튼을 눌렀다. 그때마다 가슴이 바늘에 찔린 듯 통증이 느껴졌다. 딴에는 죗값이라고 생각했다. 그러나 형벌치고는 너무 가벼웠다. 오히려 부작용인 듯 그녀에 대한 그리움만 더욱 커졌다. 어쨌거나 그는 그녀가 늘 궁금했고 한시도 그녀를 잊은 적이 없었다.

*

휴대폰 화면에 '자기'라고 떴다. 조진호는 냉큼 휴대폰을 집어 들었다.

"응, 나야."

자기야, 는 조그맣게 말했다. 하지만 잠시 후 조진호의 목소리는 화들짝 커져야 했다. 형사들의 이목이 그에게 집중되는 것은 당연한 일이었다.

"뭐야? 미스코리가 돌아왔다고! 그것도 새끼를 네 마리나 데리고!"

황당했는지 조진호의 볼살이 제멋대로 씰룩거렸다. 대화는 계속해서 이어졌다.

"기분 나쁘긴? 내가 그런 마음을 가질 리가 없잖아. 내 목소리가 좀 그런 건 다 미자 씨를 걱정하니까 그런 거고. 집은 좁은데 미스코리가 자식을 넷씩이나 데리고 왔으니 당연히 미자 씨가 신경 쓰일 거 아냐."

그 말이 끝나자마자 갑자기 조진호가 한쪽 눈을 찡그리며 목을 자라처럼 움츠러뜨렸다. 상대방이 사납게 소리라도 지른 모양이었다.

"아니, 내 말은…… 그러니까 나는 더할 나위 없이 기뻐. 갑자기 네 명의 손자 손녀까지 생겼는데 그보다 더 기쁜 일이 어디 있겠어. 단지 한 가지 염려스러운 게 있어서 그런 거지. 생각해봐. 자식까지 낳았으면 남편과 알콩달콩하게 잘살 것이지, 느닷없이 친정에는 왜 왔냐 이거야. 내 딴에는 부부 사이에 혹심각한 문제라도 있는 게 아닌가 해서……."

말을 끝내자마자 조진호는 이맛살을 찌푸렸다. 이번에는 아예 휴대폰을 귀에서 멀찌감치 떼어놓았다.

"자기야, 오해야 오해! 내가 형사 티를 내는 게 아니라 난 걱정돼서 그런 거라고. 물론 남편 그놈이 잘못했겠지. 그건 나도 그렇게 생각해. 하지만 그래도 부부고 또 애들까지 있는데 때로는 참기 싫어도 꾹 참고 살아야 하는 거잖아. 여자가 성질대로 집을 뛰쳐나가버리면 같은 남자의 입장에서 그게 마냥 좋지만은 않은 것도 사실이고. 그니까 그건 자기가 이해를……."

갑자기 조진호가 말을 뚝 끊더니 휴대폰을 귀에 바짝 붙였다. 그런 다음 조그맣게 속삭였다.

"이혼한 거 같다는 게 사실이야? 확실해? 그놈 아주 나쁜 놈일세! 혹시 사기 결혼 아냐?"

그런 식으로 조진호의 통화는 제법 길게 이어졌다.

조진호는 알았어, 나중에 만나서 얘기해, 라는 말을 마지막으로 통화를 끝냈다.

"죄송합니다, 시끄럽게 굴어서."

조진호가 동료 형사들을 향해 뒷머리를 긁적거리며 계면쩍게 웃었다. 딴에는 많이 미안했던지 조금 전의 상황에 대해 변명을 늘어놓았다.

"얼마 전에 미자 씨가 키우던 개 두 마리가 집을 나갔는데요, 그중 한 마리가 오늘 집으로 돌아왔답니다. 그동안 미자 씨는 미스코리가 새끼를 밴 줄 까맣게 모르고 있었던 거죠. 그러니까, 미스코리한테 미자 씨가 속은 겁니다. 자식이 부모를 속이듯 뭐 그런 거죠."

"그러니까 미스코리라는 자네 딸년이 어느 놈팡이와 눈이 맞아 사고를 쳤고, 감당이 안 되니까 냅다 집을 뛰쳐나갔다는 거 아냐? 그래 놓고도 뻔뻔하게 새끼까지 주르륵 달고 다시 집으로 돌아왔고. 내 말이 맞지?"

천 형사가 되묻고는 입가에 미소를 매달았다.

"미자 씨 말로는 낌새가 이혼한 것 같답니다."

"그래? 그거 안됐네. 진작 알았으면 축의금이라도 두둑하게 내놓았을 텐데."

천 형사의 농담에 와자하게 웃음이 터졌다.

"조진호 너 참 힘들게 연애한다."

그 말을 시작으로 여기저기서 동료 형사들의 격려가 줄을 이었다. 물론 하나같이 농담이었다.

그때 누군가 탁자를 탁탁탁 소리 나게 쳤다. 곧이어 박 팀장이 주목! 하고 외치며 분위기를 다잡았다. 박 팀장은 막 수화기를 내려놓고 있었다.

"김기준과 채강우의 행방이 밝혀졌다."

수사팀이 김기준을 이정국 사건의 용의자로 지목한 것은 아니었다. 김영옥의 아들이 김기준인 것을 오태주가 알아냈고, 단순히 수사 협조 차원에서 형사 둘이 그를 찾아갔다. 문제는 거기서 발생했다. 김기준의 행방이 묘연했던 것이다. 함께 살고 있는 채강우도 마찬가지였다. 채강우가 운영하는 참치 횟집은 문이 잠겨 있었다. 알아본 결과 벌써 나흘째 문을 열지 않았다고 했다. 그제야 수사팀은 뭔가 낌새가 이상하다는 것을 느꼈다. 수사팀은 부랴부랴 두 사람의 신원 확보를 위해 분주하게 움직였다. 출국자 명단도 조사했다. 김기준과 채강우는 중국행 비행기 탑승자 명단에 포함되어 있었다. 불과 이틀 전이었다. 그들의 목적지는 광저우였다. 거기까지는 명확했고 단순했다. 문제는 그다음부터였다. 광저우에서 그들의 행방은 연기처럼 사라졌다.

그로부터 다시 사흘이 지났다. 지금 박 팀장은 그 이후의 상황을 언급하려는 찰나였다.

"중국남방항공 탑승자 명단에서 두 사람의 이름이 확인됐어. 목적지는 네팔의 카트만두. 그곳 히말라야 상업등반대에 포함되어 있다는 게 최종 보고니까 그런 줄 알아. 이상."

사실상 사건 수사는 스톱 상태였다. 두 사람의 신원이 확보되지 않는 한 더는 수사 진행이 어려웠다. 이미 수사팀은 두 사람이 짜고 범죄를 저질렀으며, 이시우 테러 사건 역시 두 사람의 소행으로 잠정적인 결론을 내린 상태였다.

그때 사무실 안으로 의경 하나가 불쑥 들어왔다. 의경은 그다지 크지 않은 택배 상자 하나를 조진호에게 건네주고는 이내 돌아서서 나갔다. 상자에 적힌 택배 발신자는 뜬금없게도 이지아였다.

천 형사가 손자 손녀들 옷가지라도 산 거냐며 놀려댔지만 조진호는 무시하고 택배 상자를 뜯어보았다.

종이 상자에서 나온 것은 분홍색 가죽 표지의 다이어리였다. 최근에 본 그 어떤 다이어리보다도 고급스럽다는 느낌이 드는 표지였다. 표지를 넘기자 연분홍빛 봉투 하나가 나왔다. 봉투에는 '조진호 형사님께'라고 적혀 있었다. 조진호는 주저 없이 봉투에서 꺼낸 편지를 읽었다.

서은희, 이정국, 마창기…… 제가 그런 겁니다. 제가 저지른 짓이에요. 시우 오빠도 결국 저 때문에 죽었고요. 하지만 후회는 안 해요.

이지아의 편지는 이렇게 시작되고 있었다.

초등학교 4학년 때 무서운 경험을 했어요. 집에서 나와 발레 학원으로 가는 중이었죠. 늘 그랬듯이 그날도 앞만 보고 똑바로 걸어갔어요. 그러다가 어디선가 들려오는 이상한 소리에 발걸음을 멈춰야 했죠. 끅끅끅 끄륵끅끅. 이런 소리였어요. 불안

한 눈길로 주위를 둘러봤죠.

그녀의 발을 멈추게 한 소리의 진원지는 지상이 아닌 하늘 쪽이었다. 사오십 마리의 비둘기들이 전선줄에 앉아 한곳을 응시하고 있었다.

너무나도 생뚱맞게 느껴지는 풍경이었다. 새들의 시선을 쫓아 그녀도 자연스레 그곳으로 고개를 돌렸다.

공중그네를 탄 서커스 단원이 묘기를 부려놓듯 한 여자가 허공에 매달려 있었다. 그 여자를 본 순간 이지아는 저도 모르게 아! 하고 탄성인지 비명인지 모를 소리를 입 밖으로 토해냈다. 그리고 그 순간 허공에 떠 있던 여자의 몸에서 빠져나온 무엇인가가 수직으로 선을 그으며 떨어졌다.

그제야 보았는데 허공에 매달린 여자 밑에는 한 여자가 우두커니 서 있었다. 그 여자 역시 이지아처럼 허공에 매달린 여자를 넋이 나간 얼굴로 쳐다보고 있었다.

그 여자…… 큰엄마였어요. 목매달아 죽은 여자가 떨어뜨린 물건은 다이어리였는데 알고 보니 일기장이었고요.

목매달아 죽은 여자의 이름은 김영옥이에요. 큰아빠의 극단 소속 배우로 큰아빠와는 그렇고 그런 사이였죠. 제 엄마, 아빠의 죽음에도 큰아빠와 함께 연관되어 있는 사람이고요. 일기장에 이런 내용들이 적혀 있더군요.

그녀의 부모가 죽고 이정국의 집에서 살게 되면서 이지아의 유일한 즐거움은 사촌 오빠인 이시우와 헤어지지 않아도 된다는 것이었다. 이지아로서는 그럭저럭 괜찮은 나날들이었다. 불행은 그녀가 고등학생 때 찾아왔다. 그녀는 집 근처에서 누군가의 습격을 받았다. 정신을 차렸을 때는 온몸이 제압당해 옴짝달싹할 수조차 없는 상태였다. 그 상태로 그녀는 강간을 당했다. 아이러니하게도 그날 그녀는 어디선가 풍겨오는 라일락 향기에 취해 있었다. 그날따라 라일락은 유난히 향기가 강했다.

그녀를 강간한 사람은 세 사람이었다. 두 사람이 그녀를 범했고 한 사람은 그저 구경만 했다. 최근에 그녀는 세 사람 중 한 사람을 알아냈다. 그 사람한테 다른 두 사람이 누군지도 들었다.

마창기, 오태주, 그리고 시우 오빠였어요.

그 한 사람은 오태주였다. 그러나 그녀를 망가뜨리는 계획을 만든 사람은 이시우였다. 그녀는 오태주에게 물었다.
"오빠가 왜 날 망가뜨린 거죠?"
오태주는 아무 말도 해주지 않았다. 대답을 몰라서 안 한 것이 아니라 알려주기 싫어서 안 한다고 했다. 하지만 이지아는 그 이유를 이미 짐작하고 있는 듯했다.

큰엄마와 큰아빠, 아니 이정국과 서은희를 그렇게 한 거, 저예요. 엄마 아빠의 복수? 그런 것과는 아무런 상관없어요. 복수 따위 처음부터 관심도 없었으니까. 나는 그들이 사라지기를 바랐을 뿐이에요. 그들이 없으면 오빠와 나 단둘이 살 수 있을 거라고 생각했죠. 오빠에게 접근하는 다른 여자들도 그래서 그랬던 거예요. 다 제가 그랬어요.

그러나 이제 소용없어요. 그거 아세요? 줄리엣이 죽으면 로미오가 죽고, 로미오가 죽으면 줄리엣이 죽을 수밖에 없다는 거. 그래서 죽는 거예요. 제가 죽는 거 다른 이유 없어요.

그녀는 계획을 세웠다. 그리고 그 계획을 차례차례 실천에 옮겼다.

김기준을 찾았다. 그는 채강우와 같은 집에 살고 있었다. 놀랍게도 김기준은 뮤지컬 배우였고 이시우가 주연을 맡은 뮤지컬에 출연을 확정한 상태였다. 덕분에 일이 여러모로 수월하게 풀렸다. 그녀는 계획대로 김영옥의 일기장을 김기준의 집에 가져다놓았다. 물론 조작된 일기장이었다.

김영옥은 만년필로 일기를 썼다. 아무리 일기라고 해도 조악한 필체였다. 문장 연결이 안 되거나 뜻을 이해하기 힘든 부분도 적지 않았다. 그녀는 문장에 살을 붙였다. 되도록 은근하면서도 자극적인 글이 되도록 고쳐 썼다. 마지막 글에는 복수를 암시하는 내용도 언급했다.

그런데 약속 장소에 나온 것은 김기준이 아닌 채강우였다. 그녀는 모르는 척했다. 사실 그녀의 입장에서는 누구라도 상관없었다. 그녀의 계획에 따라 움직여줄 사람이 필요했을 뿐이니까. 어색한 만남이었지만 이지아는 차분한 어조로 채강우를 설득했다. 채강우는 말을 거의 하지 않고 듣고만 있었다. 그러다가 이야기 막판에 이르러 질문 하나를 던졌다.

"당신은 그들에게 무슨 원한이 있죠?"

그녀는 이미 대답이 준비되어 있었다.

"그들이 제 부모를 죽였어요."

오태주에게 전하는 짤막한 당부의 글도 적혀 있었다. 그리고 그것으로 편지는 끝을 맺었다.

태주 씨, 그 일을 당하고 힘들어한 건 사실이지만 그 일 때문에 쓰러진 건 아니에요. 사실은 그 일 때문에 더 강해졌어요. 오래전에 이미 잊은 일이에요. 그러니 태주 씨, 다 잊으세요. 제가 했던 말, 다 잊으세요. 그냥 잊고 사세요.

조진호는 주먹으로 책상을 내리쳤다. 동료들의 시선이 다시 그에게로 쏠렸다.

"뭐야 저 자식? 우리가 놀렸다고 뒤늦게 화내는 거야?"

"이해해. 오죽 속상하면 저러겠어. 딸년 소박맞고 오면서 줄줄이 떨거지까지 붙여왔잖아."

다시 왁자하게 웃음이 퍼졌다. 하지만 그 웃음은 오래가지 못했다. 조진호의 주먹이 다시 책상을 내리친 것이었다.

"왜 그래?"

천 형사의 의뭉한 눈빛이 그에게로 향했다.

"이지아가…… 이지아가 자살한 것 같습니다."

"뭐?"

염 형사가 이지아의 집 앞을 경계하고 있는 정복 경찰관에게 재빨리 연락을 넣었다. 그의 입에서 이지아의 신변에 이상이 있는지 확인한 뒤 즉시 보고하라는 지시가 떨어졌다. 보고를 기다리는 동안 조진호는 태주에게 문자메시지를 보냈다.

어디야?

곧 짧은 답장이 왔다.

집.

그는 집으로 가서 오태주에게 확인할 것이 있었다. 그는 할말이 있으니 꼼짝 말고 집에서 기다려, 라고 적었다. 하지만 문자를 발송하기 전에 마음이 바뀌었다. 내용을 깨끗이 지우고는 새로 써서 보냈다.

지아 씨…… 아무래도 자살한 것 같다.

조진호가 문자를 보내고 난 뒤 사무실의 전화벨이 울렸다.

짧은 통화가 끝나고 염 형사가 맥 빠진 얼굴로 누구에게랄 것 없이 말했다.

"독을 사용한 것 같아."

조진호는 그 말을 고스란히 오태주에게 다시 문자로 보냈다.

사무실은 졸지에 침울한 분위기로 바뀌었다. 간간이 불만이 터져 나왔다. 따지거나 항의하듯 비아냥거리거나 노골적으로 화를 내거나 투덜거리는 소리였다. 개중에는 힐난의 목소리도 섞여 있었다.

"대체 이유가 뭐야? 왜 다들 죽는 거야?"

하지만 그 질문에 대답하는 사람은 아무도 없었다.

"암튼 이것으로 햄릿가는 맥이 끊긴 거야."

천 형사가 씁쓸한 어조로 중얼거리는 소리를 들으며 조진호는 다이어리와 편지를 챙겨 사무실에서 나갔다. 오태주에게 가볼 생각이었다. 이지아가 오태주에게 무슨 말을 했는지도 정확히 알고 싶었다.

사무실을 빠져나가는 그의 뒤통수에 대고 팀장이 소리쳤다.

"조진호! 어디 가!"

조진호는 주춤하며 걸음을 멈췄지만 대꾸는 하지 않았다. 사실 대꾸를 하려고 했으나 무슨 말을 어떻게 해야 할지 몰라 그냥 침묵으로 버텼다.

"너 손에 든 거, 그거 뭐야!"

그 순간 조진호는 도망치듯 휑하니 사무실을 나가버렸다.

경찰서 밖으로 나오자마자 조진호는 택시를 잡아탔다.

택시 안에서 그는 다이어리를 펼쳤다.

처음에는 꼼꼼하게 살피느라 페이지가 느리게 넘어갔지만 점점 더 속도가 붙었다. 시간이 흐를수록 미간이 좁혀졌고 눈에 잔뜩 힘이 들어갔다. 어느 부분에 이르러서는 낯빛이 붉으락푸르락 수시로 변하기도 했다. 택시에서 내릴 즈음 그는 다이어리를 덮었다. 그 정도면 충분했다. 그간의 사정을 어느 정도 파악할 수 있었다.

그의 방문을 예상했는지 506호는 문이 열려 있었다.

조진호는 씩씩거리며 오태주의 앞에 섰다.

오태주는 노트북을 펼쳐놓고 책상 앞에 앉아 있었다. 책상 위에는 표지 색깔이 다른 두 권의 다이어리와 흰 봉투 두 개도 보였다.

"어이 강간범, 내 기분이 왜 이리 더럽고 지랄 같은지 설명 좀 해봐."

당장 주먹이라도 날리고 싶은 것을 조진호는 억지로 참았다. 그러느라 몸이 부들부들 떨렸다.

오태주는 그에 대한 대답이라는 듯 다이어리와 흰 봉투를 그를 향해 밀쳐놓았다. 다이어리는 검은색과 갈색의 표지였고, 봉투에는 '사직서'와 '진호에게'라고 적혀 있었다. 왜 그랬는지 모르지만 조진호는 자기 이름이 적힌 봉투를 무심코 집어 들었다. 일순 불길한 느낌이 그를 휘어 감았다. 그는 자신이 특별히 감이 발달한 형사는 아니라고 생각했다. 하지만 그런 느낌이 드는 순간 매번 그의 불안감은 여지없이 적중했다. 그것을 알았기에 조진호는 얼른 상체를 뒤로 빼냈다. 봉투를 떨어트리기 위해 손을 털어냈다. 그래도 소용없었다. 어찌된 일인지 봉투는 여전히 그의 손에 찰싹 달라붙어 있었다.

오태주의 손아귀에 있는 조그마한 병을 발견한 것은 그다음 순간이었다.

"그거 뭐야?"

"선물."

오태주의 손이 슬그머니 움직이는가 싶더니 지독한 꽃향기가 그의 콧속으로 파고들었다. 향수였다. 냄새가 지독해 조진호는 자기도 모르게 주춤 한 걸음 뒤로 물러났다. 그 모양이 우습다는 듯 오태주가 히죽거리며 웃었다. 아니, 웃는 게 아니라 꼭 우는 것 같았다. 그리고 그것은 어떤 신호였다. 그가 말릴 새도 없이 오태주는 향수병 속의 무엇인가를 입안으로 털어 넣었다. 그러고는 단숨에 꿀꺽 삼켰다.

조진호의 머릿속에서 순간 번쩍하고 번개가 내리쳤다. 조금 전의 행동이 어떤 의미인지 본능적으로 느낌이 왔다.

"너, 너…… 이 새끼, 너……."

바닥으로 떨어진 향수병이 또르르 조진호의 발치께로 굴러왔다.

"미안해……."

조진호는 팔을 뻗어 오태주의 어깨를 붙잡았다. 오태주의 눈까풀이 파르르 떨리더니 그의 손등으로 투명한 액체 한 방울이 떨어졌다.

"미⋯⋯안해."

그 말은 오태주의 마지막 말이었다. 힘없이 앞으로 고꾸라지는 오태주의 얼굴을 조진호의 두 손이 반사적으로 붙잡았다.

"이 미친놈아, 눈 떠! 눈 뜨라고! 눈 떠, 이 새끼야!"

오태주의 얼굴을 거칠게 흔들어대며 비명을 지르듯이 소리쳤다. 하지만 이미 늦었다. 오태주의 숨결은 빠르게 희미해지고 있었다. 조진호는 오태주의 얼굴을 와락 끌어당겼다. 그렇게 그의 숨이 완전히 멈출 때까지 가만히 끌어안고 있었다.

얼마쯤 시간이 지나고 조진호는 죽은 오태주의 몸을 카펫 위에 눕혔다. 손으로 그의 얼굴에 남아 있던 눈물을 조심스럽게 닦아냈다. 그러나 닦아낼 수 있는 눈물이 아니었다. 닦으면 닦을수록 이상하게도 눈물은 점점 많아졌다. 오태주의 얼굴에서 흐르는 눈물은 사실은 오태주가 흘리는 눈물이 아니었다. 오태주가 아닌 그의 눈에서 떨어지는 눈물이었다.

조진호는 눈물을 닦아내는 것을 포기하고 대신 바닥에 떨어져 있는 흰 봉투를 집어 들었다.

편지지의 맨 처음에는 그의 이름이 적혀 있었다.

진호야, 난 그날을 잊은 적이 없어. 그래서 그랬어. 마창기, 내가 그런 거야. 몇 년 전 마창기를 테러한 것도 나였어. 그렇게라도 하면 마음이 좀 괜찮아질 것 같았거든.

편지의 마지막에는 이렇게 쓰여 있었다.

마창기, 이시우 그리고 지아 씨. 이제 내 차례야.

노트북은 켜져 있는 상태였다. 동영상 하나가 시작되기를 기다리고 있었다.

진호는 재생 버튼을 눌렀다. 복면모를 쓴 두 사내와 눈가리개와 입에 재갈이 물린 한 여자가 화면에 나타났다. 이지아가 언급한, 그리고 오태주의 유서에 있는 그들이었다.

진호는 머리가 지끈거렸다. 창가로 걸어가 커튼을 젖혔다. 그것으로도 만족스럽지 못했는지 베란다 유리문까지 활짝 열어젖혔다. 그리고 나서야 휴대폰을 꺼내 팀장에게 전화했다.

"접니다."

팀장이 어디에 있는지를 물었다.

"팀장님, 여긴……."

갑자기 목이 잠겼다. 휴대폰을 떼어낸 뒤 울음을 삼키고 나서야 다시 말을 이었다.

"태주가…… 죽었습니다. 자살입니다."

팀장이 버럭 소리를 질렀다.

"뭔 소리야! 너 이 자식, 지금 어디야?"

"태주, 집입니다."

"너…… 너, 정말이야? 태주가 정말로 죽었어?"

조금 전과 달리 팀장의 목소리가 바들바들 떨렸다.

"네, 죽었습니다."

멀리서 윙윙거리는 사이렌 소리가 들렸다. 사이렌 소리는 빠르게 가까워지고 있었다. 사이렌 소리는 얼마쯤 후 베란다 바로 아래쪽에서 들려왔다. 그때까지 넋 놓고 앉아 있던 조진호는 그제야 문득 무엇인가를 깨달았다. 그는 민첩하게 움직였다.

그가 첫번째로 한 일은 이지아의 편지와 태주가 남긴 유서를 주머니에 접어 넣는 일이었다. 이지아는 자기가 마창기를 죽였다고 유서에 남겼다. 아마도 오태주의 고백을 들었을 것이다. 죽기로 결심하고 오태주를 위해 마창기의 이름도 유서에 적었을 것이다. 그러니까 굳이 오태주를 살인자로 만들 이유는 없었다.

다음으로 오태주를 안아서 안방 침대에 눕히고, 오태주가 남긴 두 권의 다이어리를 급한 대로 옷장 안에 숨겼다. 나중에 내용을 확인해본 다음 처리를 결정할 생각이었다.

그것만으로 그의 손이 멈춘 것은 아니었다. 그는 마우스를 움직여 노트북의 동영상을 삭제했다. 파일의 흔적까지 삭제할 시간은 없었다. 아니, 그렇게까지 하지 않아도 괜찮았다. 오태주는 형사였다. 형사가 자살했다고 해서 그의 노트북까지 샅샅이 조사할 이유는 없었다.

마지막으로 그는 저장된 한글파일 중 하나를 골라 열고는 전체를 블록으로 씌워 삭제했다. 그런 뒤 빠르게 자판을 두드렸다.

이지아를 사랑했습니다.

여기까지 쓰고 잠시 고민했다. 그러다가 다시 자판을 두드렸다.

줄리엣이 죽으면 로미오도 죽는 거니까, 그래서 저도 죽는 겁니다.

미안합니다. 그동안 고마웠습니다.

저장은 하지 않았다. 일부러 저장 시간을 알려줄 필요는 없었다.

거기까지 끝났을 때 동료 형사들이 우르르 집 안으로 들이닥쳤다.

조진호는 벽에 기대 앉아 눈을 감고 있었다. 그렇더라도 동료들의 따가운 시선이 고스란히 느껴졌다. 하지만 소용없는 짓이었다. 그는 오태주와 관련된 어떤 내용도 입을 벌려 떠들어 댈 생각이 없었다. 모조리 함구하기로 이미 작정한 바였다.

여러 사람으로부터 한꺼번에 질문이 쏟아졌지만 그래서 그는 입도 뻥긋하지 않았다. 만일 가능하다면 숨조차 쉬고 싶지 않았다. 오태주처럼. 방금 전에 죽은 한 녀석처럼.

아빠

　상철은 시외버스에서 내리자마자 택시를 탔다. 마음이 급한 것을 아는지 택시는 시원하게 도로를 달렸다. 사당 고개를 지나고 나서 현저하게 속도가 떨어졌지만 기사는 요령을 발휘해 용케 그곳을 빠져나갔다. 자그마한 터널을 지나며 기사가 다시 한 번 주소를 물었다. 상철은 주소를 정확히 다시 알려주었다. 기사는 고개를 갸웃거리고는 그제야 내비게이션에 주소를 입력했다. 약간 경사진 길을 따라 올라가다가 이윽고 택시가 우뚝 솟은 아파트 정문 앞에 멈춰 섰다.

　두 동이 어깨를 견주듯 나란히 서 있는 아파트였다.

　상철은 101동으로 들어가 버튼을 눌러놓고 엘리베이터를 기다렸다. 예전의 기억 한 토막이 불현듯 떠올랐다. 그의 학교 후배인 해미는 중학생일 때 단발머리보다도 더 짧은 머리를 고집했다. 다른 여자애들은 어떡하든 머리를 기르려고 하는데 해미는 반대로 자르려고 했다. 이해가 되지 않아 하루는 해미에게 이유를 물었다.

"냄새나니까."

의아한 대답이었다. 짧은 머리는 냄새가 안 나는 걸까? 아무리 생각해도 그건 아니었다. 해미의 속내를 알게 된 것은 세월이 한참 흐른 다음이었다. 그 이유를 알려준 사람은 최 소장이었다.

"걔 엄마가 긴 머리였어. 항암 치료를 하면서 한 움큼씩 머리카락이 빠져나가는데도 한사코 바리캉을 대지 않으려고 했지. 언제 죽을지 모르는데 빡빡머리로는 죽기 싫다, 뭐 그런 거였어. 그렇게 죽으면 자길 평생 그렇게 기억할 거 아니냐면서. 하지만 나중에는 결국 바리캉을 댔어. 빠진 머리칼이 여기저기 사방에서 발견되고 지저분하고 그러니까 자기도 포기한 거지. 그때는 사실 깎을 것도 없더라고. 자기도 그걸 몰랐겠어. 거울도 있고 손으로 만져봐도 아는데. 그래도 내가 뭘 어쩌겠어. 깎을 것도 없는 머리 구석구석 바리캉을 들이대며 밀어줬지. 한 20분쯤 그랬나? 아내가 이제 그만해도 된다고 그러더라고. 아내가 바리캉을 거부했을 때 아내의 머리를 감겨주고 닦아주고 했던 사람이 해미야. 냄새 난다고 해미도 싫어했어. 그땐 어렸으니까. 그것 때문에 긴 머리가 싫었는지도 모르지."

그의 기억으로 해미는 고등학생 때에도 늘 같은 머리였다. 최 소장에게 듣기로 결혼식 때에도 짧았다고 했다. 지금도 역시 똑같겠지? 땡, 하는 소리와 함께 엘리베이터 문이 열렸다.
유모차를 앞세우고 젊은 여자가 안에서 내렸다. 그 여자를 보
는 순간 한눈에 누구인지 알아봤다. 머리칼은 예전보다 확실히
길었다.

"해미야."

그의 곁을 무심코 지나던 해미가 걸음을 멈추고 뒤돌아봤다.
해미 역시 금세 그를 알아봤다.

"오빠가 여긴 웬일이야?"

"너 만나려고."

해미는 왜냐고 묻지 않았다. 그의 입에서 어떤 소리가 나올
지 이미 뻔히 짐작하는 눈치였다.

"됐어, 난 그 사람하고 상관없어."

해미가 차갑게 내뱉고는 빠른 걸음으로 유모차를 밀었다.

"소장님, 실종됐어!"

상철이 부리나케 쫓아가며 소리쳤다.

두 사람은 커피숍에 마주 앉았다. 싫다는 사람을 어르고 달
래서 겨우 거기까지 가게 됐지만 해미는 여전히 심드렁한 태도
였다. 시선은 줄곧 창밖으로 뻗어 있었다.

멋쩍게 시간이 흐르는 동안 상철은 커피숍 한쪽 벽에 설치된
큼지막한 LCD텔레비전 화면을 응시하고 있었다. 아이돌 그룹
이 나와 엉덩이를 흔들며 노래했다. 화면 아래쪽으로 '속보' 자
막이 흰 글씨로 뜬 것은 잠시 후였다.

에베레스트 상업등반대 한국인 2명 눈사태로 실종.
실종자 : 김기준, 채강우.

김기준과 채강우. 채강우는 몰라도 김기준은 들어본 것 같은 이름이었다. 어디서 들었더라? 김기준의 이름을 입안에서 몇 번 굴려보았지만 얼른 떠오르는 얼굴은 없었다.

"반지 고마웠어."

한참 만에 해미가 먼저 입을 열었다.

"내 전화는 왜 안 받았어?"

전화만 받았어도 사실 여기까지 올 필요도 없었다. 길에서 시간을 허비하는 대신 최 소장을 찾기 위해 좀더 분주하게 움직였을 것이다.

"그 사람 전화도 안 받는데 어떻게 오빠 전화를 받아."

"너, 소장님 번호 스팸으로 설정해놓은 거 아니었어? 소장님이 전화하는 거 알고 있었던 거야?"

"일주일에 세 번 정도 꼬박꼬박 전화가 오더라고. 아무리 뜸해도 사흘을 넘기지 않았고."

그런데 이번에는 닷새나 되었다. 실종된 지 그만큼 된 것이었다.

"너무 걱정하지 마."

"내가 왜? 난 걱정 같은 거 안 해."

상철은 순간 발끈했다.

"소장님이 왜 그렇게 미운 건데? 대체 이유가 뭐야?"

"오빠한테 그런 거 말하고 싶지 않아."

"그래도 말해봐. 부녀 관계가 왜 남보다 못한지 널 만난 김에 이유나 들어보자고."

"내 잘못이 아냐. 다 그 사람 잘못이야."

해미의 눈썹이 조금 치켜 올라갔다.

"그래, 그러니까 소장님이 대체 뭘 잘못했는지 말해봐."

"싫어, 내 입으로 그런 거 말하고 싶지 않아."

"왜? 그래도 딸이라서 소장님을 생각해주는 거야?"

"그런 거 아니라니까."

"그럼 말해봐."

해미는 지그시 아랫입술을 깨물었다. 그를 외면하듯이 고개를 창밖으로 돌렸다. 그러고는 낮게 한숨을 뱉어냈다. 유모차에 누워 잠들어 있던 아이가 한숨 소리에 놀랐는지 몸을 움찔했다. 해미의 나직한 목소리가 흘러나온 것은 그다음이었다.

하지만 상철은 그 소리를 듣지 못했다. 아니, 들었는데 선뜻 믿기지가 않아서 곧바로 반문했다.

"지금 뭐라고 했지?"

해미가 그를 넌지시 바라보았지만 입술이 다시 움직이지는 않았다.

"방금 한 말 사실이냐고! 정말로 그래?"

상철이 다그쳤다. 흥분했는지 목소리가 떨리면서 다소 격해졌다. 그러나 해미에게는 통하지 않았다. 결국 상철은 방금 전 해미가 한 말을 고스란히 인정할 수밖에 없었다.

"살인자니까."

해미는 분명 이렇게 말했다.

"난 집이 싫었어."

해미는 주저리주저리 푸념을 늘어놓기 시작했다.

"내 기억 속의 엄마는 항상 아픈 사람이었어. 내가 유치원과 초등학교에 입학하고 졸업할 때 내 옆에 누가 있었는지 알아? 엄마도 아빠도 아니었어. 유치원 행사 때마다 내 짝은 항상 선생님이었고, 초등학교 입학식 때에는 옆집 아줌마가 내 손을 잡아줬어."

이미 상철도 알고 있는 사실이었다. 술자리에서 최 소장이 자주 떠벌리는 해미에 대한 레퍼토리 중 하나였다.

"해미는 엄마를 이해하는 기특한 아이면서도 엄마를 싫어하는 아이였어. 불만이 많았지. 왜 안 그렇겠어. 그 나이에 마음대로 친구들과 뛰어놀지도 못하고 친구들을 집에 데려오지도 못했으니까."

학교에서 돌아오면 해미는 옆집 아주머니와 교대를 해줘야 했다. 엄마의 뒤치다꺼리를 책임진 탓에 해미는 다른 아이들처럼 학원에도 다니지 못했다. 그러니 친구도 생기지 않았다. 어쩌다 학원에 다니지 않는 아이를 친구로 알게 되어도 그리 오래가지 못했다. 밖으로 나갈 시간이 없는 해미는 그 아이를 집으로 초대할 수밖에 없었고, 집에 왔다 간 그 아이는 두 번 다시 해미의 초대를 받아들이려고 하지 않았다.

이유는 늘 똑같았다.

"집에서 이상한 냄새가 나."

그것은 지린내보다 서너 배쯤 더 지독한 냄새였다. 이승과 저승의 경계에서 살아가는 사람에게서 풍기는 반송장의 냄새였다.

"하루는 그 사람이 출근하지 않았어. 웬일로 용돈까지 두둑하게 주면서 친구 집에 놀러 갔다 오라는 거야. 난 기쁜 마음에 서둘러 집에서 나갔어."

약속한 친구 집에 거의 다다랐을 때, 깜박하고 용돈을 챙겨 오지 않았다는 것을 깨달았다. 낭패였다. 친구들에게 큰소리를 쳐놨는데 빈손으로 그들 앞에 나타날 수는 없었다. 숨이 차도록 달려 다시 집으로 돌아갔다. 새끼 고양이의 울음소리 같은 이상한 소리를 들은 것은 책상에 있던 용돈을 챙겨 현관문 쪽으로 살금살금 걸음을 옮길 때였다. 소리는 안방에서 새어 나오고 있었다.

"그때…… 봤어."

"뭘?"

"그 사람이 엄마를, 엄마의 얼굴에…… 베개를…….."

거기까지 말하고 해미는 두 손으로 얼굴을 감쌌다. 울음소리는 들리지 않았지만 어깨가 거세게 들썩거렸다. 아이가 무서운 꿈이라도 꾸는지 두 팔을 허공에 쳐들고는 바르르 떨면서 몸을 뒤챘다. 해미는 울면서도 한 손을 뻗어 아이의 손을 잡아주었다.

해미가 냅킨으로 눈물을 찍어내며 계속해서 말했다.

"솔직히 무서웠어. 무서워서 오줌까지 지렸어. 엄마를 그렇게 했는데 이제 나까지 어떻게 하려는 게 아닌가 싶어 덜컥 겁이 났어."

해미는 자기 방으로 도망쳤다. 장롱 속에 들어가 문을 닫고 숨도 쉬지 않고 버텼다. 잠시 후 방문이 열리더니 해미야, 하고 부르는 소리가 들렸다.

"그날 난 들키지 않았어. 그리고 그때부터 난 그 사람을 아빠라고 부르지 않았고."

예상 밖의 고백이었다. 상철은 몹시 당황했다. 엄마의 죽음을 목격한 딸, 그리고 엄마를 죽인 사람이 아빠라는 사실. 어린 해미의 마음이 어떠했을지 충분히 짐작할 수 있었다. 자신이 그런 입장이었어도 해미와 별다르지 않은 충격과 두려움과 분노를 느꼈을 것이다. 그런데 참으로 묘한 것이 사람의 마음이었다. 그의 입에서 튀어나간 소리는 최 소장에 대한 힐난이 아닌 오히려 두둔하는 소리였다.

"소장님도 분명 사정이 있었을 거야. 피치 못할 어떤 사정이."

정말로 그렇게 믿고 싶었는지도 모른다.

"무슨 사정?"

해미가 퉁을 놓듯이 대꾸하고는 어이없다는 듯 눈을 부릅떴다. 화를 삭이듯이 이내 고개를 창밖으로 돌렸다. 그 상태로 목소리가 흘러나왔다.

"누군가를 믿는다는 거, 그게 무서운 거야. 진실을 진실로 받아들이지 못하게 하니까."

상철의 믿음에도 나름 근거는 있었다.

"실종되기 전날 밤에 소장님이 나한테 전화했어. 그때 뜬금없는 소리를 하시더라고. 당분간 애꾸눈이 되기로 했다고. 뜨고 있는 한쪽 눈으로 세상을 보는 게 아니라 감은 한쪽 눈으로 세상을 모른 척할 거라고 했어. 지금 너도 그런 건지 몰라. 뜬 눈으로 세상을 보든 감은 눈으로 아예 보지 않든 너 역시 애꾸눈으로 소장님을 판단하는 건지도."

"아니, 난 아냐. 난 내 눈으로 똑똑히 봤어. 엄마는 버둥거렸어. 죽기 싫었던 거야. 그걸 내가 봤다고. 내가 봤는데, 어떤 설명이 더 필요하겠어."

"해미야, 그건 죽기 싫어서 버둥거리는 게 아냐. 누구나 다 그래. 그건 본능이야. 몸의 본능."

"엄마를 왜 그렇게 만든 건데? 대체 왜? 거기에 또 다른 진실은 없어."

"생선 가게 막내아들인 내가 경찰이 된 건 소장님처럼 되고 싶었기 때문이야. 네가 어떻게 이해했든, 소장님에게도 어쩔 수 없는 다른 사정이 있었을 거야. 난 그렇게 믿을 거야."

"그러고 보니까, 오빠도 애꾸눈이네. 자기가 보고 싶은 것만 보잖아."

최 소장과 통화하면서 그도 똑같은 질문을 했다. 그때 최 소장은 쓸쓸하게 웃으면서 이렇게 대답했다. 두 눈 멀쩡히 뜨고 있어도 어차피 애꾸눈으로 살아가는 게 사람이야. 그러나 상철은 그 말을 해미에게 해주지 않았다. 그 대신 한 가지 부탁을 했다. 그가 군이 해미를 찾아온 또 다른 이유이기도 했다.

"집에 와 있어. 여기 집 말고 네가 엄마, 아빠하고 함께 살던 그 집. 거기에 가면 너도 느끼는 게 있을 거야. 그동안 소장님이 어떻게 살았는지 넌 아무것도 모르잖아."

"내가 꼭 알아야 해? 그럴 이유가 없잖아?"

"다시는 소장님을 못 볼 수도 있어. 내가 한 말 허투루 흘려듣지 마. 남편하고 상의해서 함께 내려와. 소장님이 혹시라도 잘못되면, 그땐 너도 평생 후회할 수밖에 없어. 그러니까 꼭 와."

그 말을 끝으로 해미하고 헤어졌다. 좀더 얘기하고 싶은 마음이 없는 것은 아니었지만 그때는 그도 마음이 복잡했다. 정말로 부인을 그렇게 했을까? 해미가 잘못 본 것은 아닐까? 이유가 대체 뭐였을까? 그러나 이런 질문에 대답을 해줄 사람은 한 사람뿐이었다. 대답을 들으려면 그 무엇보다 사람을 찾는 것이 먼저였다. 해미를 위해서도, 그리고 그를 위해서도 최 소장은 반드시 살아 있어야 했다.

상철이 경찰이 되는 것은 아버지의 소원이었다.

사나흘에 한 번꼴로 최 소장이 생선 가게에 들르기 시작하면서 인연이 시작되었다. 최 소장은 많지는 않아도 꼬박꼬박 생선을 사 갔다. 최 소장의 부인이 폐암이라는 사실은 나중에야 알았다. 그때부터 아버지는 생선 한 마리를 덤으로 얹어주었다. 한 달쯤 지나고 나서 아버지는 최 소장에게 흰 봉투 하나를 건네받았다. 거기에는 짤막한 감사 편지와 함께 그동안 덤으로 준 생선값이 들어 있었다.

그때부터 아버지의 소원은 상철이 경찰이 되는 것이었다. 상철은 아버지에게 그러겠다고 약속했다. 생선 가게 사장에게 존경받는 최 소장 같은 경찰이 되겠다고 아버지 앞에서 장담했다.

그런데 최 소장이 살인자라니? 그것도 아내를 죽인.

상철은 시외버스터미널 대합실에 앉아 연신 도리질을 쳤다. 시외버스에 올라서는 풀리지 않는 수수께끼와 씨름했다.

최 소장은 왜 '애꾸눈'을 언급한 것일까? 최 소장이 실종된 이후로 줄곧 매달린 문제였다. 그 결과 한 가지 사실을 깨달았다. 그것이 무엇인지 몰라도 최 소장이 이윽고 수수께끼를 풀었다는 것. 그래 놓고 엉뚱하게도 그것을 모른 척하겠다고 선언했다는 것. 당연히 이유가 있었을 것이다. 그 이유를 알아내는 것이 상철의 가장 시급한 문제였다. 애꾸눈이 되어야 하는 이유가 최 소장 실종의 열쇠일 것이라고 믿어 의심치 않았다.

터미널에서 내리자마자 상철은 곧장 최 소장의 집으로 갔다. 혹시나 하는 기대를 했지만 역시 최 소장은 그곳에 없었다. 물 한 잔을 마시고 나서야 그는 파출소에 연락을 취했다.

"고생했다. 해미, 많이 놀라지?"

"그렇죠, 뭐. 울고불고."

거짓말은 아니었다. 사정은 달랐지만.

"소식은 좀 있어요?"

"아니, 아직."

실종 이틀째부터 조사가 시작되었다. 상철이 파출소에서 필요 이상으로 목소리를 높인 결과였다. 파출소의 선배 경찰이 먼저 전화로 본서에 연락했고 얼마 지나고 나서는 형사과장을 만나고 돌아왔다.

수사가 시작되었지만 아직까지 이렇다 할 진척은 없었다. 서평에서 최 소장의 모습을 마지막으로 본 사람은 그 누구도 아닌 현상철 자신이었다. 그는 순찰차로 시외버스터미널까지 최 소장을 태워다주었다. 이후로 최 소장의 모습은 CCTV로만 확인이 가능했다. 서울의 시외버스터미널 대합실을 걸어가는 모습이 마지막 확인이었다.

휴대폰 조회 결과도 별다른 것이 없었다.

마지막 통화한 번호는 공중전화 번호였다. 그전에는 오태주 형사였다. 오 형사하고는 꽤 많은 통화 기록이 조회되었다. 하지만 발신만 됐을 뿐 실제로 통화하지는 못했다. 문자메시지는 시간 차를 두고 발송된 두 통이 전부였다. 그러니까 최 소장은 오형사와 연락이 닿지 않았다는 결론을 내려도 무방할 듯싶었다.

오 형사 이전에는 하수연이라는 여자였다. 그 이름을 들었을 때 상철은 깜짝 놀랐다. 자연스럽게 미스 마플을 떠올렸다. 하지만 그녀라고는 섣불리 장담하기 힘들었다. 우연이라는 게 강가의 돌멩이처럼 흔한 것 같아도 결코 그렇지 않다는 것을 그도 이제 알 만한 나이였던 것이다.

그래도 모르는 일이었다. 지푸라기라도 잡아보려는 사람의 심정으로 미스 마플에게 간단한 내용의 메일을 작성해 보냈다. 이런저런 인사치레를 빼면 최석규 소장을 혹 알고 있느냐는 질문이 전부였다.

기다렸지만 미스 마플에게서는 답장이 오지 않았다. 운영자인 미스 마플은 요 며칠간 카페에 들어온 흔적이 전혀 없었다. 하루가 멀다 하고 흔적을 남겨놓던 사람이었는데 왠지 이상하다는 생각이 들었다. 상철은 카페의 운영자들에게 쪽지와 메일을 보내는 방법으로 하수연의 휴대폰 번호를 알아냈고, 곧바로 연락을 취했다. 하지만 통화는 이뤄지지 않았다. 그녀의 휴대폰은 어이없게도 정지 상태였다.

상철은 운영자들에게 다시 연락을 취해 미스 마플의 직장을 알아냈다. 그렇다고 그녀하고 통화가 된 것은 아니었다. 그곳 주민센터 직원은 오히려 그에게 그녀의 소식을 되물었다.

"사정이 있어 출근하지 못한다는 말만 해놓고 며칠간 연락도 없어요. 혹시 무슨 일인지 아세요?"

공교롭게도 하수연이 전화를 한 날은 최 소장이 실종된 날과 일치했다.

상철은 오태주에게도 연락을 취했다. 따로 연락처는 알지 못했기에 용산서 형사과로 전화를 걸어 바꿔달라고 했다. 전화를 받은 상대방은 떨떠름한 목소리로 이렇게 말했다.

"오태주 형사, 죽었습니다. 근데 누구시죠?"

상철은 자신의 신분을 밝히고 오태주가 언제 죽었는지 물었다. 오태주가 자살한 날은 바로 어제였다. 전화를 끊고 나서 상철은 어제 누군가 또 죽었다는 사실을 문득 깨달았다. 이지아였다. 그녀 역시 자살이라고 했다.

이지아의 자살과 오태주 형사의 자살. 그리고 최 소장의 실종. 이 모든 일들은 보이지 않는 끈으로 연결되어 있었다. 아직은 확인하지 못했지만 어쩌면 미스 마플도 그 끈 가운데 하나일 수 있었다.

마냥 기다리고 있자니 마음만 답답해질 뿐이었다. 상철은 혹시나 싶어 마지막 통화 지점을 찾아갔다. 용산구에 소재한 공중전화 부스였다. 누군가 그곳에서 최 소장에게 전화를 걸었고, 최 소장은 그자를 만나기 위해 어디가로 이동했을 것이라는 추정이 가능했다. 그렇지 않다면 최 소장의 실종은 설명이 되지 않았다. 어쨌든 공중전화 부스에서 전화한 사람은 최 소장의 실종과 직접적인 연관이 있을 것이었다. 대여섯 살만 돼도 휴대폰을 들고 다니는 요즘에 공중전화 부스를 이용했다는 것만으로도 뭔지 모를 고약한 냄새가 풍겼다.

그러나 공중전화 부스에서 그가 알아낼 수 있는 것은 아무것도 없었다. 주위를 둘러봤지만 근처에는 그 흔한 CCTV조차 보이지 않았다.

이후로 최 소장 실종 사건에 대한 수사는 한 발짝도 더는 앞으로 나아가지 못했다. 수사팀에서 목격자를 찾고 있었으나 그것 또한 만만치 않은 일이었다.

딩동—

상철은 차임벨 소리에 번쩍 눈을 떴다. 잠깐 누워 있을 생각이었는데 깜박 잠든 모양이었다. 밤 10시가 약간 넘은 시각이었다.

"해미야!"

그녀의 뒤에는 검정 뿔테의 사내가 아기를 안고 있었다. 주위를 두리번거리던 아기가 상철을 보고 배시시 웃었다. 상철의 얼굴에도 저절로 미소가 그려졌다. 낮에는 몰랐는데 웃는 얼굴이 해미를 많이 닮았다.

"안으로……."

상철은 주인이 아니지만 주인처럼 행세했다.

"밖에 대문이 열려 있었어."

거실에 앉고 나서 해미가 말했다.

"주인이 없으니까."

사실은 해미가 집을 떠난 이후로 닫힌 적이 없었다.

남편이 아이를 바닥에 내려놓는 사이 해미는 자기가 살던 때를 회상하기라도 하는지 찬찬히 거실을 둘러보았다. 아기는 아직 걷지 못했다. 하필이면 아기의 옆에 그가 마신 맥주 캔이 널브러져 있었다.

"지저분하지. 내가 아직 이래."

멋쩍게 뒤통수를 잡았다가 놓으며 상철은 후다닥 빈 맥주 캔을 치웠다.

"음료수라도 내올까?"

"아니, 그보다…… 아직 소식 없어?"

"응, 아직."

"수사는 하고 있는 거지?"

"수사팀에선……."

상철은 닷새 동안의 조사 내용에 대해 간략하게 설명해주었다. 남편도 상체를 앞으로 조금 숙이고는 귀담아 얘기를 들었다.

설명이 끝나고 잠시 어색한 침묵이 흘렀다.

"방 좀 볼래?"

상철이 넌지시 권유했다.

해미는 마침 그런 마음이었는지 즉시 자리에서 일어났다. 남편도 그녀의 뒤를 쫓아 안방으로 들어갔다. 예상한 일이지만 곧 울음소리가 들려왔다.

방에 처음 들어갔을 때 상철은 눈이 휘둥그레졌다. 방 안은 작은 사진 전시관을 방불케 했다. 크고 작은 액자들이 벽면 가득했고, 그것으로 부족했는지 받침이 있는 액자들이 방 안 곳곳을 차지하고 있었다. 사진은 최 소장과 죽은 그의 부인과 해미의 모든 것이었다.

한참 만에 방에서 나온 해미는 눈이 불그스름했다. 그녀는 이제 어디로 가야 하는지도 알고 있었다.

작은방에는 해미와 그녀의 남편 그리고 그녀의 딸 사진이 가득했다. 최 소장은 걸핏하면 서울에 올라갔고 사진은 그 결과물이었다.

안방에서처럼 작은방에서도 곧 울음이 터졌다. 엄마를 찾는 아이의 울음소리도 함께였다.

엄마, 엄마, 엄마.

해미도 아이처럼 엄마를 목 놓아 불렀다. 그러다가 엄마는 아빠로 바뀌었다.

아빠, 아빠, 아빠, 아빠.

*

석규는 문득 눈을 떴다. 누군가 부르는 소리를 들은 것 같았
다. 주위를 둘러보았으나 인적이라고는 아무도 없었다. 또다시
찾아온 칠흑 같은 어둠만이 그를 노려보고 있었다.

나무창 틈새로 스며든 햇살에 눈을 뜨기를 다섯 번, 그러니
까 그쯤의 밤과 아침이 지났다. 이제 그는 여섯번째 밤을 보내
고 있었다.

그가 갇힌 곳은 버려진 소금 창고였다.

벽은 벽돌이지만 문과 창문과 지붕은 나무였다. 송판을 덧대
듯이 이어서 만들었다. 지붕 위로 무엇을 얹었는지 빛은 전혀
새어 들지 않았다. 장정이 한두 사람 드나들 수 있는 문은 밖에
서 단단히 빗장이 걸려 있었고, 나무창은 문과 달리 한눈에도
허술하게 보였다.

그를 이곳에 감금한 사람은 오태주였다.

서평행 시외버스를 기다리며 대합실에 앉아 있는데 하수연
으로부터 전화가 왔다. 꼭 할 말이 있으니 다시 만나자는 것이
었다. 약속은 지킬 것이니 염려하지 말라고 말해놓고는 전화를
끊었다. 그녀와의 통화가 끝나자마자 곧바로 다시 전화벨이 울
렸다. 이번에는 모르는 번호였다. 목소리를 듣고서야 오 형사
라는 것을 알았다.

터미널 밖 버스정류장 근처에서 오 형사가 운전하는 차에 올
라탔다.

차는 한갓진 도로를 쉬지 않고 내달렸다. 피곤했는지 차 안에서 깜박 졸았고 다시 눈을 떴을 때는 바로 이곳이었다. 손목과 발목이 밧줄에 단단히 묶여 있었다.

"여기가 어디지?"

"서해안 쪽입니다."

"왜 이러는 거야?"

"이유는 나중에 알게 될 겁니다."

"날 어떻게 할 생각은 없는 모양이군."

"시간이 필요할 뿐입니다."

"무슨 시간?"

"죗값을 치를 시간요."

"무슨 죗값인지는 물어도 대답해주지 않겠지?"

"소장님이 깨어났으니 전 이제 여길 떠날 겁니다."

오 형사는 문은 바깥에서 잠글 것이고 빠져나올 때는 나무창을 이용하라고 친절하게 설명까지 해주었다.

청색 테이프로 석규의 입을 틀어막는 것으로 오 형사는 그와의 이별을 고했다. 햇빛이 거의 들어오지 않는 창고 안은 낮에도 어두웠다. 그는 몸을 굴리며 탈출에 도움이 될 만한 것이 있는지 찾았다. 두 시간쯤 지나서 소금 창고 한쪽에서 못 하나를 발견했다. 녹이 슬어 있었지만 제법 큰 대못이었다. 그는 그것을 벽돌 사이에 거꾸로 끼워 넣고 조심스레 입을 움직여 청색 테이프를 찢었다.

다음 날 해가 나무창 틈새로 비집고 들어왔을 때 온 힘을 다해 고함을 질러댔다. 바다에서 불어온 바람이 나무창을 두드려 댔을 뿐 사람은커녕 짐승의 그림자조차 나타나지 않았다. 나무 창으로 새어 드는 햇살이 희미해졌을 즈음 그는 구조 요청을 아예 포기했다. 벽에 박아놓은 못의 위치를 조정해 손목에 맞 추고는 묶어놓은 밧줄을 쉬지 않고 위아래로 움직였다.

그로부터 세 번의 밤이 지났다. 그리고 다시 또 하루의 밤이 지나가고 있었다. 아주 여러 번 벽돌 사이에 끼워둔 못이 바닥 에 떨어졌고 그때마다 못을 주워 벽의 적당한 틈새에 끼워 넣 었다. 어림없는 짓 같았지만 고생한 보람이 있었는지 손목의 밧줄은 이제 끊어지기 일보 직전이었다.

넉넉잡고 앞으로 세 시간쯤? 그 정도면 손목의 밧줄을 제거 할 수 있을 것 같았다. 손목만 풀리면 발목의 밧줄쯤은 별문제 도 아니었다. 손발이 자유로워지면 탈출은 그야말로 시간문제 였다.

그러나 예상한 것보다 훨씬 많은 시간이 소요되었다. 나무창 틈새로 새벽빛이 스며들 즈음에야 두 손은 겨우 자유를 얻었 다. 발목의 밧줄을 제거하기까지 다시 두 시간이 지나야 했다.

몸에서 밧줄이 완전히 떨어져 나가고 석규는 한동안 소금 창 고 바닥에 드러누워 있었다. 지친 몸을 어느 정도 추스른 뒤 나 무창을 향해 엉금엉금 기어갔다.

나무창은 어이가 없을 정도로 쉽게 열렸다. 손으로 창틀을 붙잡아 몸을 일으켰고 그 상태로 머리를 나무창에 부딪쳤는데 신기하게도 퉁, 소리를 내며 문이 열렸다. 그는 안간힘을 다해

창틀에 몸을 얹고는 고개를 들어 바깥을 보았다. 나무창 틈새로 보던 바다와는 사뭇 느낌이 달랐다. 그는 굼실거리는 은빛 파도를 홀린 듯 한동안 지켜보았다.

얼마나 지났을까? 눈이 아릿하고 따가웠다. 눈을 감자 그 위로 해미의 얼굴이 어른거렸다. 어릴 적에 딸은 엄마보다 그를 더 잘 따랐다. 그가 조금만 보이지 않아도 울면서 아빠를 찾았다. 아빠, 아빠, 아빠, 아빠. 꼭 네 번씩 아빠를 불렀다.

조그마한 여자아이가 핏대를 곤두세워 아빠를 부를 때면 아내는 까르륵 웃음을 터뜨렸다. 웃다가 샐쭉해진 표정으로, 쟤 왜 저래? 아빠가 저렇게 좋아? 라고 물었다. 그때마다 석규는 하하, 하고 멋쩍게 웃었다. 그런 그를 아내는 질투 어린 시선으로 노려보며 또다시 묻고는 했다. 당신도 해미가 좋아? 나보다? 문득 생각났다. 그는 손으로 목을 더듬었다. 딱딱한 물건이 손가락에 닿았다. 아내가 딸에게 주는 마지막 선물. 돌반지에 글씨도 새겨 넣었다.

'우리 딸 생일 축하해.'

눈두덩이 뜨거워지더니 무엇인가 불쑥 솟구쳤다. 뺨을 타고 미끄러지는 그것이 무엇인지 굳이 확인할 필요는 없었다. 이명처럼 어디선가 목소리 하나가 들려오고 있었다.

"축하해. 축하해, 여보."

〈끝〉

추천의 글

제법 오래전이어서 누구였는지는 기억나지 않지만, 그 사람이 정석화의 소설에 대해 한 말은 머릿속에 깊은 울림으로 남아 있다. "그의 작품은 읽기가 쉽지 않다. 그건 재미없거나 어려워서가 아니라 생각할 게 많아서 그렇다." 그의 소설은 S.S. 밴 다인의 소설처럼 현학적이거나 2000년대 초반 유행했던 '지적(知的) 추리소설'처럼 읽기 전부터 지레 경계심을 가져야 할 정도의 까다로움은 없다. 지적 추리소설의 어깨에서 힘을 뺀 감성적 추리소설이 적합한 표현일 것 같다.

그동안 그가 꾸준히 발표했던 단편 중 위의 명제에서 벗어날 수 있는 소설은 금방 머리에 떠오르지 않는다. 심지어 '참을 수 없이 가벼워 보이는 소재'를 다룬 작품에서조차 그렇다. 이번에 발표하는 『춤추는 집』(전 2권) 역시 마찬가지다.

그의 글을 설렁설렁 읽기 어려운 것처럼, 그 역시 글을 쉽고 편하게 쓰지 못한다. 세상에는 멋진 글을 순식간에 써 내려가는 작가들이 제법 있는데, 정석화는 그런 작가의 부류와는 거리가 멀다. 정석화는 자신이 추리소설을 쓰는 작가임을 자부●한다. 『춤추는 집』에는 여느 추리소설처럼 사랑과 질투와 폭력, 분노와 복수, 그리고 살인과 미스터리가 있다. 단편에서 보여주던 그의 필치가 여실히 살아 있어 흥미진진함을 더한다.

　지방 저수지에서 발생한 의문의 익사 사고에서 시작된 사건은, 여러 사람의 죽음으로 이어진다. 이 사건을 좇는 사람은 시골의 나이 든 파출소장과 도시의 젊은 형사. 두 사람은 각자의 방식대로 수사를 진행하고 결국 진실 앞에 서게 된다. 그러나 여기서 끝이 아니다. 정석화의 작품을 읽어본 사람이라면 이 소설이 '사건 발생 → 수사 → 해결'이라는 단순한 패턴으로 진행될 리 없다는 것을 쉽게 짐작할 것이다.

　『춤추는 집』에서는 적지 않은 수의 주요 인물이 등장한다. 그런데 그들 중 시쳇말로 '원톱'은 없다. 천재적 명탐정이나 근육질 액션스타의 활약을 기대했다면 실망할지도 모른다. 등장인물들은 '히어로'와는 거리가 멀다. 오히려 내면에 깊은 상처를 지닌, 어떻게 보면 음울하기까지 한 보통 사람들이다. 그들은 원톱은 아니지만 특이하게도 하나같이 주연이다.

　사건이 발생하고 빠르게 이야기가 전개되면서 현재뿐만 아니라 과거의 다양한 사연이 씨줄과 날줄로 이리저리 엮인다. 미로 속을 헤매는 것처럼 복잡하게 보였던 사건은 추리소설 특유의 전개를 통해 차츰차츰 실마리가 드러난다. 등장인물들의 감춰둔 비밀이 조금씩 밝혀지면서 그들의 어두운 그림자는 더욱 짙어간다. 어둠이 짙을수록 빛에 대한 간절함은 절절해지는 법. 아이러니하게도 그들은 절망의 끝에서 빛을 발견한다. 처절한 죽음의 세계에서 속죄와 화해, 용서와 구원이 교차되는 인간 드라마가 완성되는 것이다.

　정석화의 단편을 읽고, 특유의 섬세하고 미려하면서도 힘 있는 정석화의 장편소설을 읽고 싶었던 독자도 있었을 것이다. 『춤추는 집』은 그들의 기대에 보답하는 결실이다.

　　　　　　　　박광규(추리소설평론가, 전 『계간 미스터리』 편집장)

　누가 뭐래도 늘 뜨거웠다. 순정이든 순수든 열정이든 항상
그랬다. 나름 믿는 구석이 있었다. 사랑한다는 것, 결혼하고 아
이를 낳으면서 산다는 것, 우리 집을 만든다는 것. 오래전 늦은
밤, 그녀가 말했다. "내 집, 여깄잖아." 그녀의 동창생 몇과 만
나고 헤어지고, 잠시 멈췄던 택시를 그냥 지나 보내면서, 팔짱
끼고 밤거리를 걷다가, 헤어졌던 친구들 몇을 다시 만난 자리
였다. 늦었잖아. 집에 안 가? 한 동창이 그녀에게 물었고, 그때
그녀의 대답이 내 집, 여깄잖아, 였다. 그녀에게 집이 되어주고
싶었다. 사실은 내 집을 발견한 것 같았다. 그로부터 꽤 오랜
시간이 지났다. 그녀는, 그는 서로에게 어떤 집이 되었을까. 이
원고의 비평모임에 참여했던 최영훈, 고승욱, 김현주, 김혜선,
권일영 님을 비롯한 여러 회원님과 자주 술잔을 부딪쳤던 선후

배 작가들과 일 년 동안 글만 쓰게 해준 그녀와 늘 독신처럼 살라던 그녀와 자주 내 등을 다독여준 그녀에게 마음 깊이 고마움을 전한다. 기쁘고, 눈물겹다.

2014년 2월
정석화

춤추는 집 2

© 정석화, 2014

1쇄 인쇄일 | 2014년 4월 15일
1쇄 발행일 | 2014년 4월 29일

지은이 | 정석화
펴낸이 | 정은영

펴낸곳 | 네오북스
출판등록 | 2013년 04월 19일 제2013-000123호
주   소 | 121-840 서울시 마포구 서교동 396-33
전   화 | 편집부 (02)324-2347, 경영지원부 (02)325-6047
팩   스 | 편집부 (02)324-2348, 경영지원부 (02)2648-1311
E-mail | neofiction@jamobook.com
Home page | www.jamo21.net

ISBN 979-11-85327-45-7(04810)
        979-11-85327-43-3(set)

이 도서의 국립중앙도서관 출판시도서목록(CIP)은 서지정보유통지원시스템 홈페이지
(http://seoji.nl.go.kr)와 국가자료공동목록시스템(http://www.nl.go.kr/kolisnet)에서
이용하실 수 있습니다.(CIP제어번호: CIP2014011158)